鷲見洋一

いま・ここのポリフォニー

輪切りで読む初発の近代

ぷねうま舎

装幀＝菊地信義

いま・ここのポリフォニー❖目次

序論に代えて　「世界図絵」から「いま・ここ」へ
——あちらの事情とこちらの事情　007

§1　あちらの事情　007
1　カードシステム　007
2　ディドロ全集——フランスの事情　009
3　定期刊行物データベース——フランスの事情　012
4　共時性研究——フランスの事情　013

§2　こちらの事情　016
1　行住座臥へのこだわり　016
2　一八世紀の歯痛　018

3　通時性信仰　020
4　直進する時間と回帰する時間　023
5　救いの神――「世界図絵」と「メタファー思考」　026
6　「世界図絵」が現れるとき　031

第一章　一八六二年　パリの福澤諭吉　035

1　福澤諭吉と通俗文体　036
2　「語る」福澤と「描く」マネ　039
3　『チュイルリー公園の音楽会』と社中・交際の思想　041
4　「遊歩者」福澤と仲間たち　044
5　現地取材から『西洋事情』まで　047
6　量や数への偏執と「近代化」　051
7　フランス、ヨーロッパにおける「近代化」　054
8　「近代」の表象システム　058
9　フランスにおける写真術　063
10　ナダールと写真の芸術性　069

11　福澤と人類学、精神医学への応用　073

第二章　一七八九年　ヴェルサイユ行進　079

§1　下からの恐怖・上からの恐怖　079

§2　〈ヴェルサイユ行進〉の新聞報道　084

§3　議事録の虚実——〈一〇月事件論〉序説　090

序論　090

1　一〇月五日における国民議会の状況　093

2　国王回答をめぐる議事録さまざま　098

まとめ　111

第三章　一七七八年　二つの死　113

一　二五年ぶりのパリ——ヴォルテールの到着とフランスの情勢　113

二 『イレーヌ』上演 120
——ヴォルテール最後の悲劇とラ・アルプ、メルシェ、ボーマルシェ、モーツァルト

三 情報・言語・哲学 129
——ジャーナリズムの隆盛、ヴォルテールとアカデミーの辞典、「哲学者」たち、コンドルセ

四 反動派のその後——パリソとフレロン 140

五 花と夢想——エルムノンヴィルのルソー 147

六 死の恐怖——死に臨んだヴォルテールとその有神論 156

七 生きる人、生きのびる人——サド、ラクロ、レティフと晩年のディドロ 167

結びに代えて 176

第四章 「頭出し」から映画『メッセージ』、そしてディドロへ 179

一 芸術鑑賞における「頭出し」 180

二　実人生における「頭出し」――映画『メッセージ』をめぐって　188
三　頭出しするディドロ　201
1　ディドロの「過去」「現在」「未来」　201
2　放蕩する精神　207
3　世界創造のヴィジョン　210
4　ディドロの人間論と宇宙論　212
5　ディドロのモラルとは？　218
6　古代記憶術　224
7　『わたしの仕事法』が伝えるもの　224
注　255
あとがき　293
図版出典　300

序論に代えて 「世界図絵」から「いま・ここ」へ
――あちらの事情とこちらの事情

§1 あちらの事情

本書の主題と方法はずばり「共時性」記述である。「共時性」へのこだわりは、私のなかではかなり若い頃からの興味や嗜好、ないしは好奇心とでも呼べるものに裏打ちされている。少しだけ、老人の昔話を聴いてください。

1 カードシステム

なぜ「共時性」なのか。「共時性」への関心は、大学院生の頃から自然に身についていた「カード取り」の作業に端を発する。カード取りは私の世代の研究者なら誰もがやっていた学問上の基本作業である。ちょうど、川喜田二郎『発想法——創造性開発のために』（中公新書、一九六七年）がベストセラーになり、周囲でもKJ法とか、発想法とか、いろいろと騒がれていた時期だったように思う。KJ法なるものにはまったく惹かれることはなかったのだが、カードに一枚一枚記した事柄を、トランプのようにシャッフルして読み直すと、年代順や目次順に並んでいたはずの元データが、思いがけない遭遇、衝突や結合、融和などを起こし始め、それが単純に面白かったのである。カードの記載事項はまちまちで、単語だけであったり、数行のまとまりある記述だったりしたが、すべてが「モティーフ」であるという認識はあった。そして、モティーフを組み合わせるやりかたはそれこそ無限にあって、似たもの同士を集めたり、逆に対立、矛盾する事項を並べたり、必ずしもある作家（私の場合はディドロだったが）の生まれてから死ぬまでの時系列に則した順序のなかで読まれたり、理解されたりする必要はないということを、私は生まれて初めてカードから教えられたのである。考えてみれば、私たちが日頃何かを「思い出す」営みにしても、出来事が起きた順に行儀よくつぎつぎと脳裏に浮かんでくることはない。むしろ、前後関係をまったく無視した、唐突で意外な想起だからこそ、ある種の「事件」「出来事」として認識され、思い出されるのではないだろうか。

私の場合、研究対象がディドロという、とことん「モティーフ型」の思想家だったことも関係していよう(1)。ディドロ思想の内部で起きている結合と連携や連想の面白さを、手持ちカードのシャッフルから、私は数え切れないほど教えられた。

カードシステムがもたらしてくれたいま一つの啓示は、こういう問いから生まれた。私がディドロというたった一人の物書きの作品について、カードを使って行っている「モティーフ」の収集作業を、もし大勢の人間がある時代の文献や資料のほとんどを対象にやり始めたら、いったいどのような結果が生まれるだろうかという、馬鹿げた、途方もない問いである。ただ、一九六〇年代当時、研究対象を啓蒙時代に限定しても、大作家の全集や定期刊行物などは、まだまだ容易に手に入る時代ではなく、またヨーロッパでもそうした資料自体が充分整っている状態ではなかった。もう一つ、私がどうしても知りたかったのは、カード（ないしはカードに代わる新しいツール）を使ってフランス語で書かれた書物や資料を「読み取る」作業において、いったいテクストのどこに「下線」を引き、抽出すればいいのかという疑問であった。抽出の対象となるユニットはさまざまで、単語レヴェルからまとまった段落まで作業者の意のままであるが、そうした作業を正当化する根拠は何かという問いである。これは一見どうでもいいような事務的、技術的な手続き論のようでいて、いまから思うとかなり学問研究の核心に触れる大問題だった。

2 ディドロ全集——フランスの事情

さて、そんな私が最初にフランス留学したのは一九六七年だった。南仏モンペリエ市のポール・ヴァレリー大学で、ディドロと『百科全書』研究の権威ジャック・プルースト教授に師事して、数年間しごかれた。いまでも昨日のことのように思い出す。教授のオフィスにおける最初の面接の折りのことである。初対面の席で私がおずおずと切り出したのは、自分が教授の指導で準備したいと思っている博士論文の執筆計画ももちろんだが、いまのフランスで個人レヴェルのカードシステムを超えるような研究ツールが開発されてはいないかどうかという問いかけであった。驚いたことに、この質問はプルースト教授を驚喜させたのである。教授は呆気にとられている二六歳の日本人留学生相手に、そのときフランスで何が起きているのかを、近未来への期待や展望まで込めながら熱っぽく滔々と語ってくれたのだった。一九六七年、秋のことである。

ジャック・プルーストが総括してくれた六〇年代後半の文学・思想研究は、もっぱら研究ツール（古いものではタイプライター、カード、メモ帳、ノート）という、研究上のきわめて具体的で物質的な側面から考察すると、ある種過渡的なフェーズにさしかかっていた。初期コンピュータ（当時日本語では「電算機」と呼ばれていた）が登場して、人文系の研究のための最強ツールとして、その威力がようやく認識され始めていたのである。先駆けといえるのは、一九五〇年代に台頭したいわゆる「パンチカード・システム」による文学作品の用語索引であり、ブザンソンのフランス語語彙研究センターでベルナール・ケマダが主導したボードレール『悪の華』コンコルダンスであった。私個人は慶應義塾大学で、このケマダの成果に刺激を受けて企画された、東京大学と慶應義塾大学の教員グループによるランボー詩のコンコルダンス・プロジェクトをしばらく手伝った経験があり[2]、そのことを告げると、プルーストはわが意を得たりとばかり、さらに話を進めた。いま、フランスではついに一九世紀のアセザ版を超えるディドロ大全集が編集され始めているが、ディドロが『百科全書』に寄稿したおびただしい項目のうち署名のないものを同定するのに、電算機を利用したらどうかというアイデアが出た。項目記事の言語分析から、使用されている語彙の傾向、言い回しの特徴などを集計して、項目執筆者の候補をしぼりこむのである。ところが、しばらくして、プルーストはその方法の致命的欠陥に気がついた。いまでは常識になっていることだが、『百科全書』の項目というのは、書いた著者のオリジナルの文章以外に、おびただしい参考文献や典拠資料からの文章が、引用、剽窃、コピペといった形で、時にはなんの断りもなく紛れ込んでおり、電算機でそのデコボコのコーパスを識別し、仕分けることなどまったく不可能だったからである。近代的な「個性」「独創性」に重きを置く文学思想が、アンシアン・レジーム期のハイブリッドで無愛想な著作の前で手も足も出なくなるのだ。ただ、『百科全書』項目は差し置いても、進行中のディドロ全集（いまではDVP版と呼ばれ、未完である）編集会議で、自分（すなわちプルースト教授）はこういう提案をした。せっかくコンピュータという最強のツールがあるのだから、ディドロの個々のテクストを全集用に校訂・編纂するついでに、そのデータを紙媒体（すなわち冊子体の全集）用とコンピュータ用とに振り分けて、後者を後の「電子出版」のために準備しておくというアイデアである。提案は、全集を刊行しているエルマン社の社長エルマン氏に一蹴され、まったく無視されたそうだ。いま考えてみると、プルーストのこの提案には驚くべき先見の明があったことになる。五〇年後、プルーストすでに亡き二〇一〇年代になって、同じエルマン社はすでにディドロ全集電子出版の準備に入っているからだ。

3　定期刊行物データベース――フランスの事情

プルースト教授はもう一つ、フランスのリヨンやグルノーブルを中心に進められている巨大プロジェクトを教えてくれた。それは、プルーストとほぼ同じ世代に属するピエール・レタやジャン・スガールといった大教授が若手を動員して取り組んでいる、アンシアン・レジーム期における定期刊行物のデータベース構築企画であった。一八世紀の文学・思想研究にとって、おびただしい定期刊行物があたえてくれる情報は決定的と言えるほど重要な意味を持っている。それらをすべてコンピュータに取り込んで整理・分類しようという、驚くべき試みなのである。そこで私はすかさず、数年来の疑問をプルースト教授にぶつけてみた。いったい、レタやスガールたちが定期刊行物の掲載記事を分析の対象にする場合、どういう「解読格子」（この言葉が誕生するのは、この時点から数年後のことだったが）をテクストに当てはめているのですか、と。するとプルーストは引き出しから数十枚のコピーを取り出して見せてくれた。定期刊行物のデータベース構築に使われている「概念リスト」である。しかじかの新聞に掲載された記事を分析するのに、担当者はあるまとまった記述にたいして、複数の名辞（要するに分類用のキーワードないしメタデータ）を振るのである。指が六本ある赤ん坊が誕生したというニュースには、「驚異」「奇形」「雑報」といったレッテルを貼る。件《くだん》の「概念リスト」はそのシソーラス（分類語彙集）総覧だった。これらのレッテルは、二〇世紀現代の人間の頭に宿る概念ないしモティーフであるよりは、啓蒙期の人間が、奇形新生児と聞いて思い浮かべる「共時的」な言葉であり、「共時的」な観念なのである。これはすでに、フランス一八世紀研究者たちによる啓蒙解釈の一端なのであり、要するに当時の研究者たちが共有していた概念装置を網羅したものであった。こういう共有資産がフランスにはあり、学界などを介してそれが全国レヴェルで研究者たちに分有されているという事実に、私は大いに驚き、また感動もした。早速、そのシソーラスのコピーを教授にお願いしたことはいうまでもない。

この定期刊行物のデータベース構築企画から生まれた二〇世紀最大の成果の一つとも言える書物が、ジャン・スガールを中心にして日の目を見た『ジャーナリスト事典』(3)であり、『ジュルノー事典』(4)である。これは目下、世界中のアンシアン・レジーム期研究者が必携ツールとして座右に置くべき事典で、一九七〇年代から八〇年代にかけての、フランス一八世紀共同研究の威力をうかがうに足る一級の資料である。

4 共時性研究――フランスの事情

その後、気をつけて見ていると、フランスではやはり「共同研究」の形で、一八世紀のある特定の年を選んで多角的に記述する試みが数冊出版されたことがある。年代順に、一七三四年、(5)一七六八年、(6)一七七八年(7)である。以上の三冊は、分野を異にする複数の研究者による共同研究論文集であると同時に、数百数千のキーワード(さきほど述べたシソーラス)をコンピュータに仕込んで収集した定期刊行物のデータを、専門別にまとめた作業の成果であるという特徴を持つ。なかでも『一七三四年』は、スガールとレタという優れたリーダーに率いられた若手から中堅のメンバーによる共同研究の結晶だった。ヴォルテール『哲学事典』の刊行と発禁という大事件を中心に、この一年を共時記述しようとする野心的な試みで、私を大いに刺激し、鼓舞した共同論文集である。歴史上のある年にしぼって共時的に記述するという私の試みは、その着想の源泉を求めるなら、一つはこの書物に帰着するだろう。ほかに類書として注目していいのが、リヨン第二大学一八世紀研究センターが刊行した共同研究書『ダミアンの犯行――一八世紀における事件の言説』である。(8) 監修者にリヨン大学のピエール・レタを据えた、四〇〇頁を越える浩瀚な研究書で、当時啓蒙期の新聞雑誌を中心にしたメディアやジャーナリズムに対する関心が高まっていた気運に乗って実現した、途方もなく巨大な研究成果である。国王ルイ一五世を襲って傷を負わせたダミアンの処刑を中心に、その反響にいたるまでを精査した本書は、全体が四部構成で、それを並べるだけで研究者たちの幅広い問題意識が見て取れる。すなわち、「事件の伝達――物語と表象」「権力、公衆と事件」「解釈――社会的・歴史的意識の諸カテゴリー」「事件の記憶」。

こうした共同研究の成果が教えてくれたのは、電算機によるデータ処理を踏まえて、過去のある時代を生きる人々の思考や感性や行動の内実を、定期刊行物という「メディア」で使用されていた言語の分析を介して探り当てようとするもので、当時私が「共時性」という曖昧な概念でぼんやりと把握していたものと、驚くほど一致していたことを確認できたのである。従来、文学史や思想史の分野で行われている研究は、ほとんどがある時代に生産された例外的で、時代を超えた「傑作」を対象とすることが多い。傑作を傑作として判定し、選び出すのは、その作品が生み出された時代ではなく、研究者が生きている「後世」である。こうした、「現代」による「過去」の選別、評価や分類は、時間が常に線状に流れて過去から現在にいたっているとする「通時性」の通念なくしては行われ得ない。かくして、私の心にかすかではあるが、人文系の研究者がほとんど疑いなく依拠している「通時性」なる進歩思想への疑念が生じたのであった。

§2　こちらの事情

以上に述べた私のフランス留学にまつわるややお堅い話は、どこまでも学問研究上の事柄であって、私個人の生きたり死んだりに直接関係してこない類いの、ある意味ではどうでもいいような、机上の話である。しょせんは「あちらの事情」と片付けられても仕方がない。ところが、留学を終えて帰国した私は、就職し、結婚し、家庭を持ち、一生活人としてまがりなりにも暮らし始めることになった。そして大学を職場に学問を続けていくうちに、今度は「こちらの事情」と呼べるような新しい疑問と向き合うようになったのである。

1　行住座臥へのこだわり

まだ現役の大学教師だった頃、ほぼこういう趣旨の文章を書いたことがある。

自分でもはっきりと説明がつかないのだが、最近、妙なことを感じるようになった。働いたり、食べたり、遊んだりの、いわば行住坐臥と、学問として一八世紀フランス文学・思想を勉強していることとの間に、どこかもう一つ、しっくりいかないものがあるように思えてならない。この居心地の悪さは、研究者仲間に話してみても、なぜかあまり通じない。しょせんフランスの専門家にはかなう訳がないよとか、文学を研究すること自体がどだい無理なんだ、といった的外れな答が返ってくるだけなのである。本場と張り合えるかどうか、文学は学問たりうるかなどと悩むのは、悩みそのものがお定まりのコースを安心して歩んでいるような、まことに大仰で不毛な、「へぼ筋」に嵌《は》まった悩みでしかない。それに比べると、私がこのところ思案しているのは、いま少し慎ましい、それだけに一層切実な問題なのである。その問題の一端について、これからたどたどしく書き記してみようと思う。

一個の生活人として、私は実にいろいろなことをやっている。教育・研究・雑務という、大学教師おなじみの三種の神器は申すまでもなく、もっと個人的な、他人には言いにくいようなことだってある。たとえば、身内の影響で西洋占星術なるものを信じかけたり、テレビでボクシングの中継を見た翌日、本屋に行って『ボクシング・マガジン』を求めたり、歯槽膿漏手術の後、歯医者にブラッシング指導を受けたのが嬉しくて、一日三回の歯磨きに熱中したり……。そして、ここが肝心なところなのだが、生活人としての私は、まるで幼児性まる出しの言動や振舞いまで含めて、毎日の雑多な営みの間にさしたる価値の序列を設けず、すべての振舞いや思考を同時に、平等に、黙々と行っているのである。

「歯間ブラシ」とやらを使って口腔の掃除に精出す私に、過去や未来を統覚する意識の冴えはない。人生観とか生活設計などという堅苦しいものとはまるで無関係に、ただ薄ぼんやりとゴシゴシやるだけである。私の一日の生活は、その大半がこうした半ば無意識の営みによって占められている。そして、私はどうやら、そのようなだらしのない手放しの状態を介してのみ、現在の世界と時を共にする——つまりは「共時性」の感覚を手に入れることができる、と考えたいらしいのだ。

ところで、その同じ私が、今度は一八世紀フランスの文学・思想作品に接すると、雰囲気はがらりと変わってくる。ディドロの『ラモーの甥』を読む私は、まるで何かに気兼ねしているみたいに緊張し、いま述べた共時性ののんびり感覚をこっぴどく叱りつけて、心の片隅にある暗室に閉じこめ、鍵をかけてしまうのだ。己れを厳しく律し、どこまでも研究者として「それらしく」振る舞おうという訳か。それにしても私は、いったい誰に気兼ねしているのだろう。それと、思い過ごしかもしれないが、そのように「誰」かにたいして、「何」かにたいしてオドオドしている私は、同時にまた、ある種の権威を笠に着ている気分に襲われてもおり、ふんぞり返ったり、威張ったりする心性を自分で持てあましているらしいのだ。学術論文を読んだり、書いたりする営みは、どこかで因循姑息な権威主義とつながってはいないだろうか。

2　一八世紀の歯痛

ディドロの『ラモーの甥』は、一七六二年頃に書き起こされたと言われている小説である。作者に刊行の意志がまるでなく、その後も何回か手を入れているから、一七六二年という年とこの小説とを結びつけて考えようとする人は、少なくともこれまでのところはほとんど見当たらない。例外は、ディドロの著作のどこにも痕跡を残していない、謎のようなこの対話作品の執筆年代を特定するために、作中に言及されている人名や出来事を調べて、どうやら書き起こしが一七六〇年代初頭らしいとする仮説を提出している文章に、多少とも一七六二年への気配りがうかがわれる程度である。

私自身、一九八〇年代に勤務先の大学から研究休暇をもらってパリに滞在していたとき、国立図書館でこの時期の定期刊行物やパンフレットの類いに片端から目を通していたことがある。ちょうど歯が痛んで（現在の「歯間ブラシ」の遠因となる歯槽膿漏である）、頭がぼうっとしており、込み入った記事となるとまるでついていけなかったが、啓蒙期の雑誌類には歯痛に効くと称する練り薬の広告がやたらと多いことに気がついて、そればかり拾い読みしていた。

歯科医などいない当時、歯痛は人々にとって今日のガンにも匹敵する恐るべき災厄であった。痛くて我慢できなくなると、露店市で「歯抜き屋」と呼ばれる大道芸人まがいの香具師《やし》のところへ行き、麻酔もなしに金梃子《かなてこ》のようなもので抜歯手術を受ける。一つ間違えば下顎ごと持っていかれかねない、命がけの冒険だ。歯の痛い私には、広告の大袈裟な効能書きの行間に潜む、痛々しいばかりの恐怖心がよく理解できたのである。そのときだけは、私も「気兼ね」を忘れ、錐をもみ込むような生理感覚を媒介にして、自分の共時性を一八世紀フランス庶民の共時性に首尾よく同調させることができたのだった。

3　通時性信仰

だが、『ラモーの甥』を研究している私にとって、一七六二年前後のフランス庶民の歯痛などというものは、しょせん無意味な情報にすぎない。では、と開き直って私は自問する。自分にとって、それならばどういう情報が有意味なのか、と。すると、自分を含め、大勢の一八世紀フランス研究者たちが依拠している、いわば「学問上の行住坐臥」ないし「作法」とでも呼べるものの正体が朧気ながら見えるようになってくる。それはズバリ、「通時性信仰」である。

一般に、過去の文学や思想を研究対象とする人間は、「通時性」なるものへの抜き難い信仰を持っている。お断りしておくが、なによりもかくいう私自身が、筋金入りの通時性論者であり、信者だった。まず、適当なタイム・スケールを選んで、半世紀、一世紀にわたる「文学史」や「思想史」の流れを「背景」として設定する。ついでその背景にほどよく調和するような具合に、所定の人物や作品を配置する。背景となる流れは結局のところ現在にまでつながっているのだから、どこをとっても、研究者には流れの来し方も行く末もすべて自明のことであり、その流れに立つ人物や作品についても、語るべきこと、考えるべきことはおのずと見えてくる。虫歯の恐怖のような低次元の共時現象が、そのような知的決定論の世界に受け入れられないのは当然である。

冒頭に述べた居心地の悪さは、私のなかで、この通時性信仰が次第に薄れてきたことに原因があるようだ。人生も半ばをとっくに過ぎ、やっと生きていることの共時性を手応えとして自分のものにし始めたというのに、なぜこの感覚を自分の学問では圧殺して、「通時性」信仰なる怪しげな新興宗教に仕え、空威張りをしなければならないのか。

通時性信仰の教徒がおおむね依拠していると覚しき方法は、おなじみの三つの手口にほとんど尽きると言ってもいい。それらはすなわち作品の源泉探し（先行作品からの影響や仮想敵の存在、作者の生活上の出来事など）、作者の思想への参照（「作者の思想」なるものがあるとして、その仮想システムを構成する要素で作品が読み解かれるか、逆に作品を作り上げている要素で「思想」の解釈が補強されるかである）、思想史・文学史への参照（すでに権威ある通時的なプロセスとして君臨している「背景」「経緯」「変遷」、たとえば古典主義からロマン主義へとか、契約思想の歴史な„どという「紋切り型」を、精細度の違いこそあれ、最終的に確認し安心して終わる）なのである。

もう一つ、これはどんな研究者が書く論文にも面白いほど当てはまることだが、「空威張り」の物言いというのがあるのだ。最後の数行ないし最終段落をどういう文言で締め括るかである。あくまで比喩で言うのだが、通時性を前提に学術論文を書く営みは、いわば超スピードで邁進する「通時特急」の運転席から身を乗り出して、前へ前へと「猛進」ないし「進歩」する歴史という幻想にいっとき身を委ねるようなものである。だから、ここで論文を終えるとなると、少なからぬ人が突然胸を張って、猛烈に吹きつける向かい風に髪をなびかせながら、予言者のごとく、独裁者のごとく、未来を向いた巨視的展望のラッパを喨々《りょうりょう》と吹き鳴らしたくならないだろうか。一九六〇年代はそうした左翼系「挙国一致体制」宣言の全盛期だった。その頃の雑誌から、いくつかの論文末尾の典型事例を引こう。あえて著者名や典拠は記さない。

吾々は寧ろ、個々の偉大な哲学的思索のその難航し行詰った経過を通じて彼らが直面した問題の深さ大きさを理解すべきであろう。その時にこそ彼らの思想上の苦闘は吾々に対する彼らの垂範的顧慮となり、吾々との間に時間と時代とを超えた共同《ミットザイン》が、即ち共同的実存《コ・エクジステンツ》が成就するであろう。

このような意味で、現代の日本の知的変革のために、現代日本に真に適合的かつ有効な人間諸科学の基礎づくりのために、今日ほど歴史的思考の復権が要請されているときはない。現在のわが国が知的漂流の状態から脱却し、真に思想と呼びうるものを独自に創造するために。そして自らの手で海図を作成し、荒波のなかで世界を読み、平和共存の道を見出していくために。

低開発国で所得の再分配が遂行され、大衆の平等主義的感情が、特定の国民的目標に統合されていくとき、そこには昨日までとは異なって、人間のもつ強大な潜在力を発揮することを知る新しい人びとと社会が生まれ出すことになろう。今日大衆レベルで平等主義と人間意欲を主体とした革命を推し進めている中国の、平和五原則をひっさげての国際社会への登場は、長い歴史の流れからすれば、このような明日の第三世界の最初の自己表現とみなされるにちがいない。

どれをとっても、一九六〇年代らしい、喨々たる金管楽器の権威主義的強奏で終わるコーダである。この時代はこういうマーラーやブルックナーのような結びや幕切れが好まれたのだ。ところで、これまで聴いた一番格好のいい終了ラッパは、故中川久定が書いた次のような結びだった。

二〇〇〇年ののちに、私たちはこの小論の冒頭に引用した、あのゲーテに帰せられたことばに反して、なおもこういわねばならないであろう。「ヴォルテールの世界はまだ終わってはおらず、ルソーの世界はまだ始まってはいない」と。(9)

これを読んだときは、してやられたと唸ったものである。中川本人は少しも通時性信仰の教徒などではないのだが、この結びはあらゆる思想史家がお手本にしていい最高の結語であり、ラッパ吹奏である。

4 直進する時間と回帰する時間

さて、かくも頑迷な通時性信徒の信条である「思想史の流れ」を裏で支えているのが、キリスト教ないし近代ヨーロッパが生み出したきわめて特殊で権威主義的な歴史観、すなわち「直進する時間」概念であることは間違いない。世界史を繙いてみればすぐわかることだが、どの文明圏でも「時間」の概念はおおむね円環状で、輪廻のように回帰する本質を持つことが多い。エリアーデ『永遠回帰の神話』などがうってつけの参考文献である。[10] この名著には改めて高い評価があたえられる必要がある。

エリアーデによれば、世界の「伝承社会」は「原始的存在論」の観念を示す文化であり、ある物事や行為が真実であるためには、祖型を模倣するか反復するしかないのである。しかもこの本質はプラトン的構造すら備えているという。[11] いま現在においてなお、私たち日本人の異常とも言える先祖崇拝や伝統的慣習への拘泥は、ほとんど「未開」ないし「古代」と呼んでいいほどの心性を示してはいないであろうか。「世間」や「先祖」を畏怖し、周囲を忖度しまくるわが日本人の心性は、いうなれば原始的で非＝歴史的なものであり、個人性を抹消する傾向を持つ。だからエリアーデに言わせれば、「歴史における『一回起性』（逆転不能）と『新しきこと』とは、人間生活における最近の発見なのである。逆に古代人は、その力の限り、歴史が必要とするすべての新奇なるもの、一回起的なるものに対して自己防衛をなしてきたのである」。[12] エリアーデはこうした古代人を「単純文化人」と呼び、この人々の行動が「非実在」の「俗的世界」に対する絶対性の信仰に支配されているとする。[13]

続いてエリアーデは、ユダヤ民族が自分たちの身に降りかかる恐ろしい災厄を、エホバの怒りと捉えて意味づけ、周期循環の伝統的視野を克服して、「否定的な神の示現としての歴史」を発見したのであると書く。同時にユダヤ民族は「流れる時間」を発見したのであった。「一神教的啓示は時間において起こる」[14]。ただし、そこにはユダヤ民族独自の「メシア的観念」があり、将来の「かの日」に終末論的価値を付与して、「救済」を語るのである。そういう歴史はもはや反復する円環ではなく、ヤーヴェの激怒によるものとして耐え忍ばれるのであった[15]。そうした古代的円環時間の支配と戦いつつ、むしろ巨大な例外とも言うべき歴史観、時間哲学を奉じる共同体が、キリスト教を含むヨーロッパ文化圏なのである。エリアーデは「歴史の恐怖」と題した最終章で、かなり複雑な事情を語っている。ヘーゲル以後の観念、すなわち近代の強固な歴史主義の流れの背後に、依然として古代的観念、祖型的、無歴史的（anhistorical）と指摘しうるものを認めることができるからだ。

従って、ティコ・ブラエー、ケプラー、カルダノ、ジョルダーノ・ブルーノ、ないしカンパネラといった人々の学説のなかに、この周期的観念論は、例えばフランシス・ベーコンやパスカルによって示された新しい直線的進歩の観念の傍らに生きのびてきている。一七世紀に入ってから、歴史の直線主義と進歩の観念が次第にあらわれ、すでにライプニッツによって主張された無限進歩の信仰が起り、啓蒙時代において支配的となり、一九世紀の進化論の勝利によって普及した。この歴史の直線視主義に対する一種の反動と、周期説への関心の一種の復興がはじまるのは二〇世紀を待たねばならなかった。経済学の分野で、循環、変動、周期的振幅の概念の復興が見られ、哲学の分野では永劫回帰の神話がニーチェによって復活させられ、さらに歴史哲学の領域ではシュペングラーやトインビーが周期性の問題に関心を示すに至っている[16]。

翻って、たとえば一八世紀フランスの文学や文化や思想を考えるとき、通時性信仰の教徒はどこかで線的に継起する時系列、すなわち俗にいう「通時性」の枠組みにとらわれがちではないだろうか。「一七世紀科学革命」→「ヨーロッパ意識の危機」→「初期啓蒙」→『百科全書』などの啓蒙思想」→「フランス革命」といった、前へ前へと進む進歩史観の図式である。

もう一つ、年表風の通時史は、たいていの場合、かなり堅固な縦割りの構造を特徴とする。総合大学が複数の「学部」に分割されて、「文学部」「医学部」「経済学部」「理工学部」などで別々のカリキュラムが組まれ、別々に授業が行われているように、一般に思想史家や文学史家の仕事は、ここからここまでという目に見えない境界線で仕切られ、隔てられていて、お互いに領域侵犯がないような「縄張り」が設定され、それぞれの専門領域における「研究会」や「学会」、ついには若手研究者の「人事」にまで、この配置が影響をおよぼしているのは周知の事実である。

5 救いの神——「世界図絵」と「メタファー思考」

では、どうすればいいのか。物心ついてこのかた、私を捕らえて放してくれないこの困った「通時性信仰」の牽引・束縛から自由になれる手立てはないものか。一つの可能性は、どんな人間でも突然見舞われることがある「閃き」や「霊感」のようなものに少し目を向けてみることである。「閃き」や「霊感」は通時性に逆らうように、予定外の事件のように現れる。私の言葉でいえば「世界図絵」の発現である。(17) 自分にそのような瞬間が訪れるのを待っていてはいつのことになるやらわからない人は、時々出現する天才や異端児のような存在と付き合って、何かヒントをもらうことである。私の場合、身内に音楽家が多いおかげで、そうした人種と出会えるチャンスには事欠かない。若い天才演奏家たちや天才の卵たちと食べたり喋ったりしていると、徐々に見えてくるものがある。天才についてよく耳にする「一パーセントの才能と九九パーセントの努力」という言葉には、どこか誇張があって、実際は違うということである。べつに数字にこだわるわけではないが、パーセンテージで表すのなら、「才能」の方にもうすこし大きめの数字をあたえてもいいのではないか。ただし、その才能とは、直観や霊感のような曖昧なものであるよりは、自分のなかに眠る巨大なヴィジョンを一瞬にして成就させようと、それまでの地道な鍛錬や修行を活性化しうるセンスというか、運動神経のようなものであるような気がする。最近、まごうかたなき「天才」と絶賛されている日本人の若い演奏家の男女二人と付き合ってみて、ますますその確信を深めた。

「ヴィジョン」と言ったが、本当は「世界図絵」と書きたいところだ。「世界図絵」とは私の造語で、ある人の内部に思いがけないきっかけで立ち現れる広大な何か、「開け」のようなものを指している。子どもでいえば、ある日突然、なぜか自転車に乗れるようになるというのがそうだし、バッハ「シャコンヌ」の冒頭数小節があたえてくれる突然の開示でもいい。あるいはデカルト、パスカル、ルソー、ヴァレリーといった哲学・思想・文学の天才たちの身にも、「夢」「天啓」「ヴィジョン」といった超絶的体験の形で「世界図絵」は訪れている。デカルトがドイツの宿で見た三つの夢[18]や、ヴァンセンヌに入牢中の親友ディドロを訪ね歩く道中で、ルソーの心に閃いた驚くべき作品計画[19]から、二人の巨人の壮大な人間学や政治学は生まれたのだった。それらの現象は、線的な時間系列の論理からはとうてい理解できない、晴天の霹靂のようなものであり、従来すべての事象や心理を時系列の因果関係だけで納得してきた人間にとっては、ある種「超常現象」と映っても仕方がなく、したがってそれらについて書き記すことも少ない。

だが、天啓やヴィジョンといった超常現象を持ち出さずとも、気軽な読書でそうした「世界図絵」への手がかりは得られないものだろうか。たとえば、気晴らしにディドロや『百科全書』を読んでみたらどうだろう。ディドロは、その筆遣い、感性、思考のすべてからして、直進の苦手な人間である。むしろメタファー思考とでも呼んだらいいのか、前に進むかわりに横にネットワークを張り、一見関係のなさそうな事象や観念を結びつけてみせる。これはいわば『百科全書』型と言われる思考法である。

うってつけの好例があるのだ。『自然の解釈に関する思索』という、ディドロ得意の断想形式で書かれた初期の著作で、第二四断想が「実験物理学の素描」と題され、そこから第三一断章までに、「天才」や「結合」が登場する。そのあたりからこの著作は、いわゆる「ディドロらしい」読みにくさ、要するにディドロをディドロたらしめている特質が目立ち始めるのである。すでに第一五断想で「結合」「創造的天才」という表現が出てくる。

私たちには三つの主要な手段がある。自然の観察、省察、実験である。観察は事実を集める。省察は事実を結合する。実験は結合の結果を吟味する。自然の観察はたゆまず行わなければならないし、省察は深遠でなければならず、実験は正確でなければならない。これらの手段が兼備されていることはまれである。創造的天才はざらにいるものではないのだ。[20]

第二一断章にも似たような「天才」と「結合」との組み合わせが見受けられる。合理哲学の殿堂が時によって破壊され、ばらばらになったとき、「向こう見ずな天才が新しい結合を企てる」のである。極めつけは、少し後にくる第三〇断章と第三一断章である。というのも、そこでディドロは実験物理学に習熟した結果、人が身につける「霊感の性質をもった予感」について語っているからなのだ。

普段から実験する習慣を身につけていると、どれほど粗野な機械操作専門家にも霊感の性格をもった予感をあたえるものである。それを誤ってソクラテスのように親しいダイモンと呼ぶかどうかは勝手だが。ソクラテスには人間を考察し、状況を吟味する驚くべき習慣があったので、どれほどデリケートな状況においても、心の中で、迅速で正当な結合が密かに行われ、ついで予言を口にするが、出来事と予言とはほとんど違っていなかったのだ。ソクラテスはまるで趣味人が芸術作品を判断するみたいに、人間を感情で判断した。実験物理学における、偉大な操作専門家の本能についても同じことが言える。操作者たちは操作する中で、自然を間近にしょっちゅう見ているので、このうえなく奇妙な試みによって自然を挑発したくなった場合、自然がたどる道筋をほぼ正確に予知できるのだ。したがって、操作者たちが実験哲学を手ほどきする相手にあたえることができる最重要の奉仕とは、手法や結果を教えてやることではなくて、相手の中にこの予知の才を閃かせてやることなのである。この才あってこそ、未知の手法、新

しい実験、知られていない結果を嗅ぎつけられるのだ。(21)

ここでディドロが語っている「予感」や「予知」は、ディドロ思想の根幹をなす概念であるように思われる。上の文例でディドロが「操作者」と呼んでいるのは、必ずしも化学の実験を行う科学者などではなく、たとえばアトリエなどで機械を長年操作している職人や技術者でもかまわない。日本でも、「人間国宝」と言われる名人に弟子入りした人物が書き残している記録を読むと、師匠は手を取って何を教えてくれるでもなく、お手本を示すでもない。弟子がいつしか観察眼を磨いて、師から盗むしか習得の方法はなかったと、口を揃えて述懐しているのがまさにそれである。(22)

通時性信徒における直進型時系列志向が、似たもの同士をつないで年代順に並べ、ある人間の初期・中期・後期とか、影響と成長とか、啓蒙主義と現代思想とか、いつでも直進する時間軸上の遊びごとにこだわるのと反対に、ディドロ型の思考はさながらシュールレアリストのごとく、遠く離れた異質なものごと同士を水平に結びあわせる嗜好が強いのである。『百科全書』に頻出する参照項目への指示などを思い浮かべればいい。メタファー思考の実践である。

ディドロにおけるメタファー思考は、複数の声が交錯する対話式、あるいは談話状の書法とか、ルソーのような思想家であれば厳密きわまりない構文と発想で構築していくに違いない論考のさなかに、誰かに向かって呼びかけたり、脱線したりしてしまう、その融通無碍な文体や態度に何よりもよく現れている。長年、ディドロや『百科全書』に付き合っていると、通時性学徒の常套化した方法がたまらなく嫌になってくる。そして、少しでも主題やテクストについて、思いもかけない角度から照射をかけて記述するような、それこそさきほどの「遠く離れた異質なものごと同士を水平に結びあわせる」アプローチを模索し始めるのである。そのディドロが編集長を務めた『百科全書』研究で面白いのは、項目執筆に使用された典拠資料を丹念に抽出して記述するうちに、いつしか啓蒙時代の「知」の全容を形作る文化と教養の実態が、まるで炙り出しのように浮かび上がってくる壮観である。直進型の歴史観からは見えてこない意外な書籍や論考が、おびただしい数集まって参考資料となるのだ。極端にいえば、『百科全書』系研究者の仕事の仕方には、特定の時代や社会が生産した全書籍を一覧しないうちは、恐ろしくて論文が書けないというところにまで自分を追い込んでいくような悪い癖がある。メタファー思考の文献収集は、通時性信徒のように自分が探していたものだけを見つけようとはしない。どの思想が「右」で、どの作家が「左」かなどという品定めとも無縁である。物差しやモデルで選んだり、取捨選択したりせず、全部を受け入れ、互いを結びあわせるのだ。

6 「世界図絵」が現れるとき

さて、もう一度だけ「世界図絵」にこだわってみよう。世界図絵は不意打ちのように出現するので、その前と後とでは見舞われた人間の周囲の風景は一変する。すべてが予定調和的に、粛々《しゅくしゅく》と前進していく「通時性」の風景とはまるで違うのである。「通時性」があたえてくれる世界は列車に乗って窓辺で眺めている景色の流れである。西に富士山が見えてきても、とくに感動するわけではなく、雲や空や煙突と一緒に後ろに流してしまう。これはひたすら直進する、線的な運動のヴィジョンであり、自分が進む方向だけが唯一正しいと信じて（また、その正しさを、時には周囲に喧伝・強制しつつ）、けっして横に拡がらず、前へ前へと突き進む。それに対し、共時性の方は、一見（あくまで一見だが）もたもたと停滞する歴史である。コツコツ型とでもいうか。子どもの世界でも、先へ先へと進むことしか考えない秀才少年の脇に、必ずもたもた、コツコツした、いかにもオタクっぽい子どもがわだかまっているではないか。

「世界図絵」が立ち現れる瞬間や刹那は、おそろしいほどの凝集性や集約性、集中性に満ちている。それが日頃の、一見もたもたとしつこい、反復性の連想や代置の運動を介して、ふと発現するのである。発現のスピードは瞬時であり、その意味では迅速だが、ひたすら直進する「通時性」の速度とは無縁な早さなのである。「共時性」に具わった刹那のスピードには、直進性がない。ディドロが『ダランベールの夢』三部作の「ダランベールとディドロの対話」で、「哲学者」から「クラヴサン」「感性」さらに「記憶」を思い浮かべるメカニズムは[23]、たとえていうなら、どんな類縁語や類概念でも一瞬に呼び寄せてしまう、グーグル検索エンジンのスピードであって、同じパソコンでも、ワープロソフトで文章を線状に打ち込んでいくブラインドタッチの高速とは、まるで違う種類のものなのだ。

「共時性」の歴史とは、「いま・ここ」を重視して、同じところにいつまでも足踏みしながら、いつしか「世界図絵」の現出を待ち望む、同時多発の歴史記述である。同時多発である以上、原則として、通時性にみられるような、専門性の高い縄張り意識を排除し、横へ横へとテリトリーは拡がる傾向になる。思想史がいつの間にか小麦の値段を論じ、オペラの話から公開処刑、外国との戦争と文学作品と宮廷の動向と落とし物情報とが並べられるといった具合なのだ。

横に拡がる分だけ、タイムスパンの設定が狭くなるのは当然だ。数年から一年単位、一日単位といった、世界史年表であれば、数センチにもなるかならないかのような短い期間に限定して、記述がなされる。ここのところで、私はいま一度、自分の私生活を点検してみる。歯は痛むが歯医者には行きたくない——そういうとき、私はどうするか。薬屋で正露丸を買い求め、その一粒か二粒を患部に押しつけて、なんとかやり過ごそうとするのではないか。効くも八卦、効かぬも八卦といった感じの、あの名状し難い心理は、「歯痛を和らげ、歯の洗浄もついでにやります」などという怪し気な謳い文句を信じて、練り薬を虫歯に擦り込む一八世紀のパリ市民とさして選ぶところがないのではあるまいか。

ある年、ある書物が、ある著者によって書かれ、刊行された。文学史家、思想史家は、職業的条件反射によって、無意識に、その著作を「前」（誰の影響？）と「後」（誰に影響？）との相関で捉え、決定論、因果論でがんじがらめにして、「位置づけ」ようとする。作品や作家に、それなりの「権威」をあたえ、肩書きや名刺を付与するのである。それは、人間や出来事や作物を「通時」の網の目に捕らえ、ひたすら「先を急ぐ」歴史記述である。

「共時性」の歴史は、先を急がない。「いま・ここ」の同時多発をじっくり愉しむから、足を止めて、あらゆるジャンルや領域を渉猟し、決定論、因果論が先を急ぐあまりどうしようもなく生み出してしまう価値基準（「後世への貢献度」「影響の規模と範囲」「係累関係」「美的評価」など）をまったく黙殺して、のびのびと自由に振る舞う。「世界図絵」が発現するのは、まさにそうした自由のさなかにおいてなのだ。その結果、研究者の私自身が「いま・ここ」で展開している行住坐臥、学問の世界からは完全に締め出しを食っている「日常」が、まことに面白いめぐり合わせで、研究のなかに復活してくるのだ。(24)

第一章　一八六二年　パリの福澤諭吉

文久二（一八六二）年四月一七日（木）、福澤諭吉は滞在中のパリで、ホテルを訪ねてきたフランス人レオン・ド・ロニー（Léon de Rosny）と会い、親交を結んだ。「佛蘭西の人『ロニ』なる者あり。支那語を學び又よく日本語を言ふ(1)」。ロニーはノール県出身の変わり者で、独学で日本語を学習したという。政府より日本人使節団の応接役を命じられ、ホテルに現れた。ロニー二五歳、福澤二七歳の若さである。二人は何度か会い、また文通もするが、ロニーの日本語はかなり未熟であり、英語を使ったり、のちに「西航手帖」と呼ばれる、福澤がパリの文具店でもとめたノートで、筆談に頼った形跡もある。

さて、ロニーも籍を置いていたパリ東洋語学校では、福澤たち日本幕府の遣欧使節団が引き揚げた翌年、初めて日本語講座が開設され、ロニーは講師に任ぜられた。講義のための教科書として、ロニーが刊行したのが『日本文集』である。そこには、ロニーが前年に親しく接した日本人たちの揮毫《きごう》や作歌などが、文例として掲載されていたが、福澤諭吉のものとおぼしき筆跡の頁があって、こう書かれている。「都《すべ》て外国人は日本の俗文を解し不申候　併し外国人と申候とも両三年も日本え参り執行致候はゝ随分出来可申と存候(2)」。

福澤諭吉は、ロニーがこれまで文献解説を中心とした、文語に偏った学習をしてきたのを補う意味で、口語すなわち「俗文」を重要視せよと奨めたのである。(3) 本章は、世に名高い、いわゆる福澤調の平俗文体が、明治維新前に花の都パリで、親日派のフランス人にすでに勧奨されていたという、感動的な挿話に着目するところから始めたい。

1　福澤諭吉と通俗文体

帰国した福澤諭吉は、『西洋事情』にとりかかり、早くも「自由民権」の思想活動を開始する。『西洋事情』も、単なる西洋紹介書ではなく、かの地における政体・議会制度や、天賦人権説に基づく個人の自然的権利が主張されているが、ここで注目したいのは、福澤諭吉がそれから矢継ぎ早に刊行した、代表三部作と呼ばれる『西洋事情』『学問のすゝめ』『文明論之概略』のうち、前二書が特に平明達意の通俗文体を選んで書かれていることである。福澤は誰にでもよくわかる新しい書き言葉の必要性を痛感していた。その間の事情は、福澤が明治三〇（一八九七）年に執筆した『福澤全集緒言』巻頭の長い回顧文が委細を尽くしてあますところがない。全集緒言の冒頭一〇頁がすべて翻訳文、通俗文についての文章で占められ、後は作品ごとの解説であるから、福澤にとって、大方の顰蹙《ひんしゅく》さえ買いつつ、初志を貫徹して練り上げた平俗文体表現という理想が、いかに切実で重要な課題だったかを、推し量れようというものである。

俗語と漢語とをミックスして、ほどよい通俗文を作るというのが福澤の狙いだったようである。

具体的にはいわゆる「候文《そうろうぶん》」と呼ばれる手紙文体から「候」を削除し、逆に漢語を増やしてみると身分差なく誰でも理解しうる通俗文ができたということである。

其事情を丸出しに云へば、漢學流行の世の中に洋書を譯し洋説を説くに文の俗なるは見苦しとて、云はゞ漢學者に向《むかっ》て容《かたち》を装ふものゝ如し。蓋《けだ》し百年來の飜譯法なれども、斯くては迚《とて》も今日の用を辨《べん》ずるに足らざるを信じ、依て竊《ひそか》に工風したる次第は、漢文の漢字の間に假名を插《さしはさ》み俗文中の候の字を取除くも共に著譯の文章を成す可しと雖も、漢文を臺にして生じたる文章は假名こそ交りたれ矢張り漢文にして文意を解するに難し。之に反して俗文俗語の中に候の文字なければとて其根本俗なるが故に俗間に通用す可し。但し俗文に足らざる所を補ふに漢文字を用ふるは非常の便利にして、決して棄つ可きに非ず。行文の都合次第に任せて遠慮なく漢語を利用し、俗文中に漢語を插み、漢語に接するに俗語を以てして、雅俗めちや〳〵に混合せしめ、恰も漢文社會の靈場を犯して其文法を紊亂《ぶんらん》し、唯早分りに分り易き文章を利用して通俗一般に廣く文明の新思想を得せしめんとの趣意にして、乃《すなは》ち此趣意に基き出版したるは西洋旅案内、窮理圖《きゅうりず》解《かい》等の書にして、當時余は人に語りて云《いは》く、是等の書は教育なき百姓町人輩に分るのみならず、山出《やまだし》の下女をして障子越に聞かしむるも其何の書たるを知る位にあらざれば余が本意に非ずとて、文を草して漢學者などの校正を求めざるは勿論、殊更らに文字に乏しき家の婦人子供等へ命じて必ず一度は草稿を讀ませ、其分らぬと訴る處に必ず漢語の六かしきものあるを發見して之を改めたること多し。[4]

早くも文久二年、パリでフランス人ロニーの稚拙な日本語の背後に福澤が読みとっていたのは、思想の自由な表現にとって桎梏となる、古びた漢文脈の文章、ひいてはそうした桎梏を政治や社会の全般にまで及ぼしている、旧体制日本の「表象」そのものではなかったか。

面白いのは全集緒言の文章が、同時にすぐれた翻訳論にもなっていることである。柳父《やなぶ》章《あきら》も述べるように、当時の日本人にとって、「幕末から明治前半の頃までの間、翻訳語とは、大多数の日本人にとっては、すなわち新しく出現した『漢語』にほかならなかった。『漢語』は、魅力のあることばとして、改めて見直されていたであろう」[5]。従来の「漢文」重視の翻訳文ではなく、話言葉のなかに魅力的な「漢語」を組み入れてできる文章が、これからの翻訳文体であるという訳である。『緒言』のなかの『會議辨《かいぎべん》』を紹介した一文中に挿入されている「明治七年六月七日集会の演説」で福澤はこう述べている。

> 世の中に原書が讀めて飜譯のできぬと云ふ人は、唯むづかしい漢文のやうな譯文ができぬと云ふまでのことで、原文の意味はよく分つて居ることだから、其意味を口で云ふ通りに書くことは誰にもできませう。して見ればこの後は世の中の原書よみは其まゝ飜譯者になられるわけで、世間に飜譯書はふえて、其書は讀み易く、何ほどの便利かしれません。飜譯書のをかしいと云ふのは、漢文のやうな文章の中にはなしのことばがまじるからこそをかしけれ、これをまるではなしの文にすればすこしもをかしいわけはありますまい。都《すべ》て世の中のことは何でも、なれ〔慣〕

でどうでもなります。御同前に勇氣を振て人のさきがけをしやうではないか。すこしなまいきなやうだけれども、世間にこわいものはないと思ふて、我輩から手本を見せるがようございます[6]。

2　「語る」福澤と「描く」マネ

福澤諭吉の誰にでもわかる「通俗文」への執着は、やがて「スピーチ」という日本で最初のコミュニケーション手段の導入へと実を結ぶことになる。「明治七年六月七日肥田昭作氏の宅にて余が演説したるは、口に辯ずる通りに豫め書に綴り、假りに活字印刷に附して之を其のまゝ延べんことを試みたるものにして……[7]」。

通俗文創造の第二段階は、スピーチの練習である。誰にでも伝わる「語り」の創造のための試みである。この二段階を経て、おそらく本当の意味での平易な言文一致が生まれるということなのであろう。松崎欣一《きんいち》が力説するように、「徒党禁止」の名目でグループや議論が取り締まられた時代に、「三田演説会」を発足させて「演説」「討論」の重要性を説き、生涯「語る」ことに徹した福澤諭吉は、文字通り「通俗文」を地でいく人間だったと言える[8]。

『学問のすゝめ』一二編の前半部「演説の法を勸るの説」で、福澤は舶来の「スピイチ」について論じ、「演説を以て事を述れば其事柄の大切なると否とは姑《しばら》く擱《お》き、唯口上を以て述るの際に自から味を生ずるものなり」と、興味深いことを述べている[9]。内容よりも、まずは形式をと主張しているのである。

この福澤における言語観は、ヨーロッパ一八世紀以来、多くの文学者や詩人を魅惑した「喋るように書く」という、反古典主義的表現への嗜好とも一致するが、さらに深読みすれば、一八六二年、日本の遣欧使節団がパリに滞在中、おそらくは日本人たちと同じ巷を徘徊していたであろう、反アカデミスムの画家マネの画業にも響きあうものがあると思われる。

ジョルジュ・バタイユをして、「しかし、われわれはマネにこそ、描くという（芸）術《アール》以外の意味作用をもたない絵画、つまり《近代絵画》の誕生をまず帰さなければならない。……《絵画とは異質なあらゆる価値》の拒否、主題の意味作用に対する無関心がはじまるのはマネからなのだ[10]」と言わしめた、福澤よりわずかに年長の反逆芸術家の特徴は、アカデミスムを始めとする、先立つ時代から遺された因習的技法や主題の強制をことごとく拒否したことである。当時の画壇では、「国立美術アカデミーは、革命後も国家機関として美の基準を支配し、これに異議を唱える者は政治的反逆者とみなされていた[11]」。アカデミーによる絵画の序列で最高位を占めるのは、ちょうど福澤にとって漢文脈に相当するような「歴史画」であったが、時代は大きな曲がり角を迎え、人々は歴史画を自分たちの時代にはもはやそぐわないものと感じ始めていた。折りしも、パリはセーヌ県知事のオスマン男爵が、都市の全面改革中で、上下水道、公園、広場などの整備を敢行し、パリ大改造計画の犠牲になりつつある貧者や労働者が、文学者や芸術家のテーマになりつつあった。「群衆の人」ボードレールを親友に持ち、「近代生活」の直截な描出を心がけるマネにとって、こうした貧民の姿こそは格好の画材であった。

マネが一八五九年のサロンに提出した大作『アプサントを飲む男』は、見事に落選する。選ばれた画材もさることながら、「絵画とは異なるあらゆる価値」を拒否した結果、伝統的な三次元空間が欠如し、画面構成が弱く、絵具の置き方が生硬だという批判が噴出したためである。

一八六二年は、マネにとって多作で豊饒な年であった。スペイン風俗に取材した『マタドール姿のヴィクトール・ムーラン嬢』、『ローラ・ド・ヴァランス』、『スペイン風の衣装を着けた横たわる若い女』、ヴェラスケス『酔っぱらいたち』にヒントを得た、ゾラに絶賛されることになる大作『老音楽師』、『街の女歌手』のような「貧民もの」、そして病み衰えたボードレールの恋人ジャンヌ・デュヴァルを描いた『横たわるボードレールの恋人』など。そして、これらの作品群の延長線上に、翌一八六三年、落選者展で一大スキャンダルを巻き起こす『草上の昼食』と、同じ六三年のさらにスキャンダラスな新作『オランピア』とが描かれるのだ。

「これによって、従来とは全くちがう、国家からも社会からも独立し、公共的な機能というものを持たない、専門家と通人のためのひとつの自由な芸術としての絵画が成立することになる(12)」。

マネが一八六二年に達成しつつあった芸術革命は、若い福澤がパリを闊歩しながら、「蘭学」から「西洋学」への転換に思いを馳せ、日本の政治と社会の改革を若い仲間と語り合う姿に重なり合うのである。

3 『チュイルリー公園の音楽会』と社中・交際の思想

さて、一八六二年、マネが制作した最重要の絵画が『チュイルリー公園の音楽会』(図1)である。

図1　マネ『チュイルリー公園の音楽会』1862年

第二帝政期（一八五二―七〇年）は、西洋近代美術史の原点と言える時期であるが、マネとファンタン＝ラトゥールを中心にした交友関係のなかから、自画像、画家の肖像、ダブル・ポートレート、集団肖像画、ボヘミアン生活の表象、アトリエの情景などという主題がおびただしく制作された(13)。

『チュイルリー公園の音楽会』は、おそらく友人ボードレールが『一八四五年のサロン』で提起した「現代生活の英雄性」という有名なテーゼに応えるようにして描かれた。マネ自身の自画像のほかに、画家の家族や、ボードレールのような知り合いの文学者、芸術家が登場し、ある種集団肖像画として定義づけることもできるだろう。どこまでも「絵画とは異なるあらゆる価値」を拒み、ありのままに荒々しい下絵のタッチで描かれた、細部や仕上げを無視した画面に、批評家たちは激しく反発したが、詩人ボードレールの説く「現代生活」の理念にどこまでも忠実なコンセプトは、若い世代に大きな刺激となったはずである[14]。

ボードレールとの関係を考えるなら、『チュイルリー公園の音楽会』はいわゆる「遊歩者」、あるいは「散策者」のテーマの延長線上で解釈されるべきである。ピーター・ゲイは書いている。「『散策者』は都会の風景をぶらつくといったことをするだけにとどまらず、ボードレールのいう秀逸なダンディにふさわしい、きまった様式の活動を行っていた。その活動には散歩でも注意して物事を見落とさないとか、社交上思いがけない人に出会うとか、馴染んだ公園や或る種の喫茶店《カフェ》を訪れるといったことが必要とされた[15]」。

福澤諭吉もまた、演説のほか、慶應義塾内での式典や集会、同窓会など卒業生のかかわる会合、交詢社《こうじゅんしゃ》の総会、その他の団体の式典や集会、私的な会合などを通じて、社中や座、交際の新思想を徹底した人物である。福澤こそは、近代日本における「近代生活」の唱道者であり、実践者であった。パリを歩き、いろいろなものを見た福澤が、美術館を訪れてフランス美術に接したり、マネと会ったり、オペラ座でフランス・オペラを観たりした形跡はない。そもそも福澤諭吉は「無粋」な人であった。音楽、美術はからきしだめで、かろうじて歌舞伎などの芝居見物を家族と楽しんだぐらいである。「芝居など見物したことはない[16]」。父も兄も文人肌で、とくに兄は多芸だが、弟は「無芸無能」である[17]。また、一八六二年のヨーロッパ行きの前後でも、一八六〇年のサンフランシスコ行きと、一八六七〔慶応三〕年のアメリカ行きを通じても、外国旅行の体験から、芸術関係への関心の深まりや開眼を推測できる手がかりはない。

したがって、私がここで試みようとするのは、バックルやギゾーの書物の影響を『文明論之概略』に求めたり、ロンドンからの福澤書簡に「富国強兵」の決意を読み取ったりといった、資料依存型の、歴史研究や思想史研究の要諦とも言うべき方法をとりあえずは括弧に入れ、こと文化や芸術を福澤諭吉に即して語るために、ある種の抽象化や連想、飛躍を媒介とした、それ自体が詩的な企てなのである。

4 「遊歩者」福澤と仲間たち

「企て」をさらに進めよう。緒方塾のバンカラ秀才であった福澤が、転じて江戸藩邸内の蘭語教師になり、渡米して帰国後は幕府外国翻訳局員として働き、ついに渡欧するのが文久二年。『福翁自傳』の記述によると、万延元〔一八六〇〕年のアメリカ行きに際しては、諭吉は木村摂津守に懇願して随行したが、文久二年のヨーロッパ行きでは幕府に雇用され、四〇〇両という「生まれてから見たこともない金」をもらっている。うち一〇〇両を国許の母親に送金し、残りの三〇〇両を持って出かけたらしい。旅行費用は一切官費なので、この三〇〇両は純然たる手当であり、約一年にわたる長期の旅行中、福澤はことのほか裕福だったということになろう[18]。英語の読み書きがそろそろできており、質実剛健で金は使い道がないので、旅支度にわずかを使い、余った金でロンドンで英書を購入した[19]。

パリ滞在中は、遣欧使節団のなかで、洋学系随員の活躍が目立ったようである。福澤、松木弘安《こうあん》、箕作秋坪《みつくりしゅうへい》の「トリオ」のほかに、福地源一郎、立広作《たちこうさく》、太田源三郎らが洋学仲間だった。「トリオ」は一番の「下っ端」だった。「松木、箕作、福澤等は先づ役人のやうな者ではあるが、大名の家來、所謂陪臣の身分であるから、一行中の一番下席だ[20]」。だが、いずれもオランダ語を身につけている強みで、外出に際しては、言葉の不自由なほかのメンバーに比べて、かなりの自由を謳歌したと想像できる。三月一七日、同心、斎藤大之進より「外出規則」が出される。外出希望者は前の晩に申し出る。翌日もう一度許可を求める。一日二回。午前中は九時から一二時まで、午後は一二時から一七時ないし一八時まで[21]。

外国語に堪能な学友仲間のトリオは、上司からなにかと怪しまれた。その間の事情を、福澤は『福翁自傳』で面白おかしく回顧している。「日本は其時丸で鎖國の世の中で、外國に居ながら兎角外國人に遇ふことを止めやうとするのが可笑しい。〔……〕先づ同志同感、互に目的を共にすると云ふのは箕作秋坪と松木弘安と私と、此三人は年來の學友で互に往來して居たので、彼方に居ても此三人だけは自然別なものにならぬ。何でも有らん限りの物を見やうと斗《ばか》りして居ると、ソレが役人連の目には面白くないと見え、殊に三人とも陪臣で、然かも洋書を讀むと云ふから中々油断をしない。何か見物に出掛けやうとすると、必ず御目附方の下役が附いて行かなければならぬと云ふ御定まりで始終附て廻る。〔……〕私は其時に――是れはマア何の事はない、日本の鎖國を其まゝ擔いで來て、歐羅巴各國を巡回するやうなものだと云て、三人で笑たことがあります[22]」。

一同は蘭語、蘭学を通じて、同時期のヨーロッパにおける科学文明についてはすでにかなりの知識を有していたから、その熱心な見学や調査の様子は、フランス側の新聞でも好意的に報道された[23]。

ところで、山口一夫が労作『福澤諭吉の亜欧見聞』で綿密に跡づけた、『ル・モニトゥール・ユニヴェルセル』紙の記事に見るパリ滞在中の派遣団一行の動静と、一方、福澤諭吉の旅日記とも言える『西航記』の記述とを比較してみると、身分が低いという「特権」もあるだろうが、福澤が意外とパリで企画された公的行事に参加していない事実に驚かされる。(24) 四月一三日(日)、使節がチュイルリー宮で皇帝に拝謁したとき、福澤がいないのは当然としても、四月一四日(月)、一同がいよいよ見物を始め、中央市場、書店、武器博物館、ナダールの写真館訪問などをこなした一日について、『西航記』は何も記していない。四月一七日(木)、ナポレオン・サーカス見物、セーヴル陶器製造所見学の日に、諭吉はロニーと会っている、といった具合なのだ。『西航記』は半ば公的な刊行物であるから、派遣団の公式随員である福澤が、今様ブログのように、その日の詳細を洗いざらい語り尽くすということはまずあり得ない。だが、逆にいえば、『西航記』の空白部分こそ、そこで若き異邦人福澤がしていたに違いないことどもに、思いを馳せるきっかけをあたえてくれるのである。

ヨーロッパ紀行の往路・復路あわせて延べ三七日間にわたるパリ滞在で、大都市パリを、マネの描くチュイルリー公園を、一人の異人として、あるいは仲間と連れだって歩く福澤諭吉には、すでにヴァルター・ベンヤミンが「遊歩者」と呼ぶ近代人の相貌がある。異国の街を歩くという、一種特権的な気分が、麻薬のように福澤の意識を襲ったとき、彼はベンヤミンが記述するボードレール風の「遊歩者」と化して、大衆の間を徘徊し、群衆のなかで「湯浴み」しなかったであろうか。

ボードレールにおける大衆。それは遊歩者の前にヴェールとなってかかっている。それは孤立している者の最新の麻酔薬である。——それは次に個人のすべての痕跡を消し去る。それは追放された者の最新の隠れ家である。それは、ついに、都市の迷宮の中で、最後のもっとも究めがたい迷宮となる。これまで知られていなかった冥界の相貌が大衆を通じて都市像の中に刻み込まれる。[25]

ちなみに、この年の八月二六日—九月二四日には、『プレス』誌が、ボードレール「散文詩集」を掲載している。異人の遊歩者福澤が知ろうと知るまいと、この詩集は、「遊歩者」の美学と思想を声高らかに歌いあげた、文学史上のマニフェストとも言うべき傑作なのである。

5　現地取材から『西洋事情』まで

仏蘭西は欧羅巴中の都ともいうべき真中にて、土地もよく開け、一体花美なる風俗なり。人の才気鋭くして、学問を勉め発明多し。巴理斯の大学校とては世界に並びなき学問所にて、大先生方の集る処なり。[26]

このようにフランスとパリを感じとった近代「遊歩者」の福澤は、いかなる方法でその取材活動を行ったのだろうか。そもそも、福澤と西洋世界との出会いはどのように展開してきたのか（図2）。

図2　『パリのトロワ=マリー広場』撮影者不明，1862年

まずは書物を介しての蘭学修行があった。長崎〔安政元（一八五四）年から一年間〕と、大坂の緒方洪庵の適塾（一八五五年から）で、西洋文明学の王座を占める物理学に開眼する。自然科学中心の蘭学という机上の学問ではあったが、ただし福澤の物理学観は、一七世紀にデカルトが唱道し、ライプニッツに受け継がれた「普遍数学」（マテシス・ウニウェルサリス）の伝統に立ち、けっして間違ってはいない。適塾ではもっぱら物理書と医書に親しんだようである。

三回にわたる欧米体験は、もっぱら書物から吸収した自然科学ではなく、現実に展開する市民社会との出会いが決定的であった。一八六〇〔万延元〕年の遺米使節団のメンバーとして、最初にアメリカに渡ったとき、福澤は西海岸のサンフランシスコだけに五一日間滞在したが、すでに蘭学で物理化学に通じていたので、科学技術上の見聞には驚かず、むしろ現地における生活の近代化ぶりに目を見張ったようである。家庭生活での女尊男卑、あの偉大なワシントンの子孫が無名の庶民のままでいることなどである。

文久二年の遺欧使節団に随行した、最初で最後のヨーロッパ紀行で特筆すべきは、西洋近代文明の本場である列強の実態発見と、航海途中の香港、シンガポール、セイロンなどで、白人支配の下、貧しく遅れたアジア、アフリカの民衆の実態に触れたことで、その両世界の対比や格差の発見から受けた衝撃は、おそらく言語に絶するものだったのではないか。

さて、福澤がヨーロッパ巡歴中に調査した方法については、『福翁自傳』のなかに言及がある。書籍で調べられることは、日本でも原書で読めばいいが、外国人には一番わかりやすいことで、まず辞書にも載せないというようなことが、こちらには一番難しい。したがって、相当な人物だと思える相手にたいして質問を浴びせたというのである。(27)

福澤が現在「西航手帖」と呼ばれている黒革の手帳を、フォルタン文具店で購入したことは知られている。そこに記されたロニーとの出会いと交流ぶりを見ても推察されるように、現実の談話と筆談とメモをそのままの形で留める、いわば現実体験レヴェルすれすれの「表象」構築がまずは注目される。そのインタビューの成果を「西航手帖」に記し、帰国後、また原書を読んで、綴り合わせて『西洋事情』ができた。要するに、福澤は「学術研究」と「事情風習」とを区別し、前者は学習済み、後者こそヨーロッパで学ぶべきだと割り切ったのである。福澤の先見の明は、こうして視野を「事情風習」、すなわち政治・社会の分野にまで拡げたことである。帰国後は、塾生に洋学教育を続けつつ、二回の欧米体験をもとに、書籍を利用して、『西洋事情』初編（一八六六年）、外編（一八六八年）、二編（一八七〇年）を刊行する。「蘭学」から「西洋学」へというその「文明の設計図」こそが、『西洋事情』だったのである。(28)

ロンドンから福澤がしたためた二通の手紙には、さらに書籍の購入について、詳しく述べられている。四月一一日付の島津祐太郎宛書簡によると、[29] すでに仏英両国で国の制度、海陸軍の規則、貢税の取立方等聞糺《ききただ》したが、実地の探索には限度があるので、書籍を購入して帰りたい。ロンドンで英書をかなり買ったが、オランダでも買いたい。江戸でもらったお手当金は残らず書物購入に充て、「玩物一品も持ち帰ざる覚悟に御座候」。「帰府の上は、先づ一通り、辞書、究理書、医書類、其外砲術書等は、御在所えも相揃候積に御座候」。ついで、五月八日付、今泉郡司宛。金子不足。書物だけは十分相整えた。つとめてほかの買い物は倹約。江戸出立時には三〇〇金持参したが、外国の物価は高く、毎回驚愕した。洋酒一つとっても高い。あっという間に一〇〇両がなくなる。[30]

一八六七〔慶応三〕年に出発した第二回の遣米使節団の折りは、諭吉は約二〇〇〇両の大金を工面。仙台藩や和歌山藩の友人からの依頼にも応じて、多数の原書を購入した。ウェーランド『経済学要綱』、チエンバーズ『学校及び家庭学習用経済学』。ほかに辞書、地理書、歴史書、法律書、数学書。訪問先は東部のニューヨーク、ワシントンであったが、南北戦争終了後のアメリカは、産業革命が進行していても、五年前のイギリスやフランスに比べて、まだ西ヨーロッパの出店《でみせ》にすぎない。福澤諭吉の成果は洋書、とりわけ人文・社会科学関係の洋書の大量購入であった。

このような体験の総括書として『西洋事情』は執筆された。巻頭の「備考」は総論にあたる。チエンバーズの『経済学』や『道徳読本』などを参照して発展させたもので、きわめて自覚的な構成プランが特徴である。「備考」は政治の原論から説き起こして、「技芸」に終わっている。また、国家ごとの記述よりも、「西洋一般普通の制度風俗」の描出に意を用いている。

6　量や数への偏執と「近代化」

福澤諭吉が欧米に関して執筆したさまざまなテクストには、おびただしい数字や量に関する記述が頻出する。現場での書き込みが満載された「西航手帖」がすでにそうであるし、帰国後の著作でも、「西航手帖」の延長線上に位置づけられるべき『西航記』には、とりわけ距離や規模の測定や表記に異常なこだわりが見られる。[31]

また、『西洋事情』初編の「附録」は、西洋における太陽暦と時間のシステム、度量衡を詳説しているし、「銭貨出納」ではアメリカ合衆国の歳入などが論じられる。『西洋事情』二編におけるロシアにあてられた記述にも、「銭貨出納」と題された章がある。また、『西洋旅案内』では、「飛脚船」でヨーロッパ各国を経巡るに際し、事細かな距離などの数字を挙げているし、[32]それ以外にも量や数へのこだわりは多々見られる。とりわけ『西洋旅案内』附録は、「商法」、「コンシュル　勤方の事」、「両替屋の事　バンク」、「商売船雇入の事　チャルトルパルチ」、「災難請合の事　インシュアランス」などと続き、[33]『掌中万国一覧』における各国の簡潔をきわめた数字中心の記述は圧巻である。[34]

こうした特徴をいかに解釈できるか。たとえば「時間」の問題を検討してみよう。『西洋衣食住』の末尾に時計についての詳細な記述がある。「時計は衣食住より外のことなれども、西洋にては時を測るに寺の鐘などを當にせず、上下貴賤とも銘々時計を所持する風俗にて……」。[35]時間の平準化が、人間の「平等化」につながる機微が注目される。また、『西洋事情』初編の「附録」にも、西洋における太陽暦と時間のシステムについて詳説されているが、こうした「時」へのこだわりこそは、ベネディクト・アンダーソンが国民国家の誕生に際して「同時性」という時間意識をまっさきに挙げ、近代が「時計」と「暦」によって計られる「均質で空虚な時間」を特質としていると述べたことに深くかかわっている。[36] 李孝徳《リー・ヒョドク》は、ベネディクト・アンダーソンを踏まえつつ、幕藩体制下の日本列島で行われた「近代化」の過程で、それまでの太陽を標準とする不定時法が、いかにして明治五〔一八七二〕年の改暦によって取って代わられたかを描き出している。[37]

明治政府による太陽暦（グレゴリオ暦）の採用は、当時進行中だった欧米列強との折衝に際し、国内の近代化を推進して独立した文明国という評価をかちえるための、緊急政策の一環だった。明治五年に制定・創設されたのは、新橋・横浜間の鉄道敷設、郵便制の全国実施、官営富岡製糸場開業、学制公布、全国徴兵の詔の発布、国立銀行条例公布、戸籍調査の開始、壬申地券《じんしんちけん》の発行、違式《いしき》詿違条例《かいいじょうれい》などであり、[38] これらの新制度・新機構の導入は、期せずして、その一〇年前に、福澤諭吉がパリで、ヨーロッパ各地で、「遊歩者」として見聞し、調査して歩いた「文明」の諸項目とほぼ一致していることに驚かされる。『西洋事情』初編のほとんどは、先進国におけるそうした諸項目列挙といった観があるが、なかでもベネディクト・アンダーソンが新しい「時間」の成立に欠かせないメディアとして「新聞」を挙げていることと軌を一にして、福澤もまた「新聞紙」について「故に一室に閑居して戸外を見ず、万里の絶域に居て郷信を得ざるものと雖も、一と度び新聞紙を見れば世間の情實を摸寫して一目瞭然、恰も現に其事物に接するが如し」と書き、まさに「均質で空虚な時間」を新聞メディアに見て取っているのである。福澤が念頭においているのは『ロンドンタイムズ』であるが、大量印刷、迅速な配達など、国民国家に不可欠なコミュニケーション網の充実が、その後、力説されている。『時事新報』の編集主幹の姿が、すでにここにはあるではないか。[39]
福澤がパリやその他の大都市で見聞を拡げようとしたのは、具体的には、理化学、器械学、電気、蒸気、印刷、工業生産など、原書で調べればわかるものではなく、病院、銀行、郵便、徴兵、選挙、議院、政党など、「事情風習」と呼ばれるものであった。ロンドンで書いた四月一一日付の島津祐太郎宛書簡では、そうした宿題をこなしてのち、日本における「富国強兵」が焦眉の急だと説かれるが、そのための緊急の課題が教育なのである。「先づ当今の急務は富国強兵に御座候。富国強兵の本は人物を養育すること専務に存候[40]」。
石森秀三が「観光革命」と名づけた、「地球的規模で生じる観光をめぐる構造的変化」は、これまでに三度起きているが、まさに福澤一行がヨーロッパを訪れた一八六〇年代こそが、「第一次観光革命」にあたる時期である[41]。

第一次観光革命のさいに、ヨーロッパの有閑階級が好んで訪れたのはギリシアやエジプトであり、つづいてインドや中国なのであった。これは、当時の世界中心文明圏の人々がかつての中心文明圏〔ギリシア、エジプト、インド、中国〕を観光旅行するという現象である[42]。

遣欧使節団が品川を発って、フランスのマルセイユ港に到着するまでの三カ月間、イギリス艦オーディン号で周遊した土地、すなわち香港、シンガポール、インド洋、セイロン島、紅海、スエズ

（まだ運河はない）、カイロ、アレキサンドリア、ここで船を乗り換えてマルタへというその要所要所は、方向こそ逆さまではあるが、まさに「第一次観光革命」でヨーロッパ人たちが訪問した観光地であった事実に着目しよう。福澤たち一行が最初期の日本人外国旅行を実践していたことはたしかであるが、一方またヨーロッパ人も、未曾有の外国旅行ブームのとば口に立っていたと言えるのである。

ところで、石森秀三は、梅棹忠夫による「文明システム」観を援用しつつ、こう述べる。「人間は自然に働きかけて、さまざまな装置や制度を生み出してきた。そのような有形無形の人工的な装置群と制度群を含む人間の生活のシステムを『文明』と定義づけるわけである。システム論の視点で表現するならば、人間が居住する環境のなかで、人間－自然系としての『生態系』から発展した人間－装置・制度系が『文明』であり、それらが人間精神に投影され形成された価値体系が『文化』であるということができる(43)」。

7　フランス、ヨーロッパにおける「近代化」

さて、福澤諭吉を驚かせたヨーロッパの「文明」とは、一八世紀以来、整備されてきた交通インフラや宿泊インフラなど、人間－装置・制度系の充実の成果にほかならない。生まれて初めて乗車した鉄道、パリで宿泊した豪華ホテルなどについて、福澤は詳しく述べている。そればかりではない。ヨーロッパ文明の新しさは、有形ストックである装置系の資本（蒸気機関車やホテル）に加えて、無形のストックである制度系資本（博物館、病院、図書館、学校、劇団、美術館、博覧会など）を充実させた点である。

福澤が滞在した一八六〇年前後のフランスの状況とは、以下のように略述できる。いわゆる「第二帝政」、すなわちナポレオン三世の治世は、一八五一年のクーデターに始まり、プロシア戦争におけるセダンの敗北（一八七〇年）で終わる。帝政は、男子普通選挙制度を維持して名望家を弱体化させ、一八六九年まではきわめて権威主義的であった。原則として個人の自由は保障するが、あらゆる反対運動をかなり専制的に抑圧した。軍隊の支持を得、初期はブルジョワジーの支持もとりつけた。ブルジョワジーは、帝政にあらゆる民衆の暴動にたいする防壁を見てとり、宗教政策にも賛同した。

また、帝政は経済成長をうながすために、公共事業を中心とする公的介入型の経済政策を展開した。第二帝政のおかげで、フランスは工業化時代と植民地時代に入り、国家が財政に介入する伝統もこのときに始まる。一八六〇年からは、産業家たちは皇帝とその取り巻きが鼓吹する経済上の自由主義を非難したが、自由化の一環として行われたイギリスとの通商条約（一八六〇年）では、自由放任による生産性の向上をめざして、関税率の引き下げと相互最恵国待遇とが定められた。こうして英仏両国は保護貿易から自由貿易への転換を主導し、さらに他の諸国とも同様の条約を結んで、自由貿易のネットワークを拡げていった。一八六二年、日本が使節を送ったのも、日本の幕府との間に結ばれた通商条約の期限に関してであったことを忘れてはならない。すなわち、フランスも国を挙げてそれなりの「近代化」路線を走り、その開化や整備の一端を、遣欧使節団の日本人たちに見せつけたのだということができよう。

一方、ナポレオン三世は、法王の敵であるピエモンテの国王を支持して、カトリック教徒を敵に回した。体制が信用を失うのは、部分的には外交政策のゆえと言われる。一八六〇年までは順風満帆だったのが、セダンの敗北にいたるまでに挫折を重ね、それが命取りになった。

一八七〇年、フランスがプロシアに破れたとき、フランスはヨーロッパでもっとも富裕な国であり、プロシアへの賠償金を迅速に支払うことができたのである[44]。

福澤諭吉一行の派遣団が滞在した一八六二年を中心に、ヨーロッパの社会や科学のめぼしい話題を拾ってみると、技術分野では、一八六〇年から科学と技術の発展が加速する。米国の果たす役割が大きくなってきており、純粋科学が、徐々に日常生活、健康や安楽の欲求に適用されるようになる。すでにスクリュー船が普及し（一八六〇年）、列車内に最初の警報装置が設置され（一八六一年）、ラ・ロッシュ＝シュル＝フォロンが電気を装備した最初の村となった（一八六一年）。また、農業の進歩もめざましく、一八六二年にはフランス全国で、九〇〇〇台の収穫機と一〇〇〇台の脱穀機を数えた。

社会の「近代化」の徴候としては、ジュリー・ドビエがバカロレア（大学入学資格試験）に合格した女性第一号となり（一八六一年）、またこの頃、黒人の密貿易が廃止された。期せずして、アメリカでは南北戦争（一八六一―六五年）が勃発したが、フランスはメキシコ戦争に巻き込まれる（一八六一年）。メキシコの借財支払いを要求するため、フランス、英国、スペインの軍隊がヴェラクルスに上陸したのである。翌一八六二年五月五日、メキシコ、プエブラでの作戦失敗があり、協約のあと、フランス軍の遠征部隊のみ、現地に居残り、困難な闘いを強いられた。ナポレオン三世は、オーストリアの大公マクシミリアンをメキシコ皇帝に指名するが、フランス軍の撤退後、マクシミリアンは銃殺される。

文化状況として目にとまるのは、音楽ではセザール・フランク『三声のミサ』（一八六〇年）、サン＝サーンス『クリスマス・オラトリオ』（一八六〇年）であり、ワーグナーのパリ滞在（一八六〇年）とガルニエによるオペラ座の建設開始はほぼ同時である（一八六一年）。ワーグナーの『タンホイザー』が初演され（一八六一年）、この頃、『カルメン』などで有名な脚本家メイヤックとアレヴィの協力が開始された（一八六一年）。オッフェンバックのオペレッタ『パリの生活』は一八六二年に初演され、また同年サラ＝ベルナール座とシャトレ座も建設されている。

文学・思想の分野では、プルードン『税制論』（一八六一年）。一八六二年に入ると、六月二一日、ダーウィン『種の起源』の仏訳が出て反響を呼び、一一月にはフロベールの小説『サランボー』が、一一月二二日にはミシュレ『魔女』が刊行されている。ほかに、亡命中の大作家ヴィクトル・ユゴーの代表作『レ・ミゼラブル』も忘れるわけにはいかない。また、コレージュ・ド・フランスではルナンによる講演がスキャンダルを呼んだ(45)。

明治維新を数年後に控えた日本からの派遣団は、攘夷を排して開国と近代化への道を模索する使命を帯びていたのであるが、最初の訪問国フランスそれ自体が、レヴェルこそ違え、かなりの速度で「近代化」の途上にあったという事実は注目に値する。

8 「近代」の表象システム

ところで、福澤がいちはやくヨーロッパで着目した時計の重要性と、世界標準時機構は、それまでの融通無碍でローカルな日本における時間概念を根本から転倒させ、日本を「世界同時性」の容赦ない縛りのなかに否応なく追い込んだ。それは日本が近代化する過程で、みずからの表象システム、すなわち対象の知覚と伝達の様態とを根源で規定しているコードに、大きな変容を生じさせたということである。以下、福澤諭吉のパリ体験から、それらのコードについて、代表的なものを選んで、若干の検討を加えたい。

「マルセイル」より巴理斯《パリス》までの間は山岡少く田野曠平なり。土人皆農作を勉め、麥田《むぎた》を耕し、葡萄を植へ、田畔には木綿を樹へ、山腰《さんよう》に至るまでも間地あることなし。然《しか》れ共《ども》此地方は米作を主とせざるが故に水田なし。土地は都て薄瘦《うすや》にして、往々山林あれども、多くは皆雑小樹にして絶て大木を見ず。但し数日以來偶《たまた》ま春晴、桃杏梨《とうあんり》櫻《おう》正に開花、路傍の風光最も可愛。(46)

まずは風景をめぐる視覚のコード、あるいは空間感覚のコードである。マルセイユ港から鉄道に乗り、一路パリをめざして北上した福澤が、のちに『西航記』で略述したフランス国の風景だが、おそらくは車窓から見た、ローヌ峡谷沿いの比較的なだらかで穏和な地形を嘆賞しての一文であろ

図3　エドワール・バルデュス撮影『マルセイユ駅』1860年頃

う（図3）。ここで福澤の筆がなぞっているのは、あえていえば中国や日本の伝統的な山水画の枠組みである。山や水といった個々の表現素材を駆使して構成され、自然全体を構造として把握するような高所の発想はない。全体としては人間世界を超えた理想郷が描かれ、さらには東洋風に点景人物まで添えられる（「土人皆農作を勉め、麥田を耕し……」）。

そもそも風景を成立させるのは、自然の観照態度ではなく、観照者が身につけた文化コードである。旅行者の視点から構築される風景像がその人の文化なのだ。その意味では、首都パリに到着前の車中で、福澤の目が捉えた「風景」は、いまだに「近代化」されない、福澤が背後に残してきた日本の伝統的・共同体的文化コードであったということができる。

パリに着いて、様相は一変する。福澤はそこで初めて近代ヨーロッパを特徴づける、「空間」に関する遠近法的表象を学習するのだ。『西航記』その他の文章で、福澤の筆が建築、施設など大都市空間に言及するとき、山水画のような細部の蓄積や羅列から全体像が構成されるような美学ではもはや通用せず、おのずとその描写は空間の構造把握に赴き、ヨーロッパ近代が創出し得た「均質空間」をそこに現前させるようになるのは必然であった。「江戸期には空間と空間内の事物とが等価な原理で把握される〈均質空間〉は存在しなかった。世界を等質的で連結的だとみなす視線は生じなかったのである(47)」。

福澤が獲得した新しい空間表象の最たるものは、パリで最初に宿泊したホテルの記述であろう。「昨晩巴理斯に着。旅館ホテル・デ・ロウブル〔ルーブル・ホテル〕に止宿す。館は王宮の門外に在り。巴理府最大の旅館と云。六層樓を分て六百室となし、旅客止宿する者常に千人より下らず。婢僕《ぬぼく》五百餘人、其他衣肆《いし》、浣衣婦《かんいふ》、匠工《たくみ》等、此館に属せる者ありて、日用の事物は悉く館内にて便ずべし。館内の各処に婢僕の居室あり。爰より各室に傳信機《テレガラーフ》を通じ、客室内より婢僕を呼ばんと欲する時は、傳信機の線端を引て號《アイヅ》をなすべし(48)」。

ここで記述されているルーヴル・ホテルの概要は、単に数字で表される部屋数や人数ばかりではない。この巨大な建造物が、実は生きた人間たち（「旅客」と「婢僕」）によって構成されている社会空間であり、その小型社会を特徴づける「均質空間」の普遍性、連続性は「傳信機」なる文明の利器の働きによって保障されているという事実を、福澤はそのすぐれた嗅覚で感じとっているのだ。すでに福澤は、ホテルという住居空間内で十分に「遊歩者」である。ベンヤミンがいみじくも見抜いたように、当時のパリでは、街路と室内という一見相反する空間に、「遊歩者」のみが幻視できる相互浸透が認められるのである。その結果、ホテルの内部空間も立派な「都市」空間に変貌する。「一九世紀のパリで起こっている街路と住居の陶酔的な相互浸透――とりわけ遊歩者の経験における――には予言的な価値がある。というのも、この相互浸透を新しい建築術が客観的な現実にしているからである[49]」。

『西航記』が日を追って紹介する「遊歩者」福澤の訪問先は、各種病院・施設であれ、「薬園」（植物園）であれ、あるいは海を渡ったイギリスで訪れた「展観場」（万国博会場）であれ、「テレガラーフ局」であれ、ペテルブルクで見学した学校であれ、博物館であれ、グーテンベルク聖書と出会った「蔵書庫」であれ、パリに戻ってロニーと訪れた書庫（国立図書館）であれ、そのことごとくが社会学的遠近法とでも呼ぶべき方法をいつの間にか身につけた福澤によって、解読され、分析されて、近代的表象の姿を帯びていく。そして、ベストセラーとなった『西洋事情』になると、たとえば「貧院」については、この遠近法は前景（病院の概略）と遠景（私立病院の経営事情）とに分かれ、ますます奥行きの深い社会空間の表象が炙り出される仕組みになっている[50]。

ところで「表象」は、何かを思い浮かべる心的な操作にかかわる面と、何かの代替物を提示する物質的な行為にかかわる面（いわゆる「代理表象」）との、二つの相にまたがる概念である。ヨーロッパで福澤を魅惑した後者のタイプに属する表象が、パリで訪れた「ハウス・ヲフ・コムモン」（共和国議事堂）であった。いわゆる「代議士」（代理表象）であり、福澤が「デピュト」と呼ぶ存在が政治を行う場である。「デピュトを撰ぶには貴賎貧富を論ぜずと雖共、唯だ年三十歳以下の者と嘗て法を犯せる者は此撰に當ることを得ず[51]」。

この代議制民主主義の発見は、のちに『文明論の概略』で「人民同権の説」(「貴賤貧富を論ぜず……」)と呼ばれる思想に結実するのだが、単に同一国家内の自由平等であるばかりか、国際社会での平等や非差別を含意するのである[52]。

また、政党政治が血で血を洗う争いにならず、敵同士の呉越同舟を可能にする光景に、肝を潰しもするのだ。「保守党と自由党と徒党のやうなものがあって……敵だなんと云ふて、同じテーブルで酒を飲んで飯を食うている。少しも分からない[53]」。ヨーロッパ政界のこの常識が、始めのうちは福澤にはどうしても呑み込めず、合点がいかなかったようである。

「代理表象」システムにかかわる福澤の体験で、おそらく一番衝撃を感じたであろうエピソードは、この年、一八六二年二月、フランス労働者代表団をロンドンの万国博に派遣する件で、五〇の職業から一八三名が指名され、七月から一〇月、実際に、トランを団長に、代表団がロンドンに赴いて、英国の代表団とストライキの権利などについて協議した事実であろう。ロンドンで実際に博覧会を訪れている福澤が、この間の事情にどこまで通じていたかは不明であるが、それぞれに「近代化」するフランス人(労働者代表という「下から」の代理表象)と日本人(「上から」の富国強兵とエリート養成という代理表象)とが、一九世紀社会後半期を揺さぶった労働運動という契機を介して、奇跡のように出会った類稀な機会として特筆に値する。

9　フランスにおける写真術

わが福澤諭吉がパリで立ち会った「近代の表象」のドラマで、その最終幕は「写真」にあてられよう。サンフランシスコの写真館で撮らせた少女との写真にまつわるエピソードを持ち出さずとも[54]、福澤の写真好きは有名であるし、またその肖像写真は、サンフランシスコ滞在期から晩年まで、明治期の思想家や文学者のなかでも、群を抜いて数が多い。ただ、本人自身が写真についてのコメントをほとんど残していないので、周辺の状況から推量するしか方法がないのである。

さて、フランスにおける写真術は、一八三九年にダゲールが発明した世界最初の写真法である「ダゲレオタイプ」をもって嚆矢とする。一八五一年、ロンドンで開催された最初の万国博覧会の折りには、クリスタル・パレスで最初の国際写真展が開催されている[55]。

その後、複製のできないダゲレオタイプが徐々に衰退して、ガラス・ネガを用いた、コロディオン法と呼ばれる、複製可能な湿板写真法に席を譲る。ここから本格的複製文化が始まり、新興中産階級が肖像画を求めて血眼になる時代が幕を開ける。一八五一年、写真館の数はパリで三〇ほどであった。

明敏なディデリ（André-Adolphe-Eugène Disdéri）は、一八五四年半ば、写真が奢侈産業として大きな収益を約束してくれることを見抜き、パリの繁華街に豪奢なアトリエを構え、各界の大御所を招いて人目を惹き、さらに一一月には、自作の展示会を開催、また後に有名を馳せる「名刺判」

の特許を早くも取得している。一二月には株式会社を設立、翌年開催予定の万国博覧会に出品された、すべての展示の撮影許可を取りつけるという手回しのよさを示した。

一八五五年、プロのスタジオが、ダゲレオタイプを捨てて、湿板写真法に切り替える。同年、パリ万国博覧会に写真用の会場が設けられ、一般大衆は生まれて初めて、遠くからしか眺めることのできなかった有名人（芸術家、政治家など）の写真を間近に見ることができて興奮し、やがて自分もあやかりたいという欲望を募らせるようになった。ナポレオン三世の写真家と呼ばれ、政財界人の写真で一世を風靡するマイエール（Léopold-Ernest Mayer）とピエルソン（Pierre-Louis Pierson）が、「写真工場」と呼ばれるスタジオを開設するのもこのときである。ちなみに、この一八五六年、写真館の数はパリで一六〇館を越えている。

一方、辣腕家のディデリは、人々の注目を集め始めた写真がたいそう高価であり、ごく少数の金持ちしか入手できない実態を知って、客層の拡大と価格の引き下げを考え、「カルト・ド・ヴィジット」を考案したのだった。まず、複眼レンズを装着したカメラで撮影し、ガラス・ネガを使用して、通常の五分の一のコストで一二枚のプリントを作成した。そうして得られた肖像写真は、名刺判、すなわち約六センチメートル×九センチのサイズにまで縮小された。一八六二年、大判写真の価格は一枚で二五フランから一五〇フランであり、一方、ディデリは一二枚の写真で一五フラン、一〇〇枚で七〇フランを請求した。大衆の経済状態を考えれば、これは画期的なサーヴィスだった。当時の労働者の日当は、室内労働で三・五八フラン、北部の炭坑で二・五フラン、農業で一・八二フランというレヴェルだったからである。写真マニアの外国人福澤が、パリで逍遥の途次、いずれ

図4 『日本人幼児のモンタージュ写真』撮影者不明, 1880年頃

の写真館に私人の資格で足を運び、肖像写真を作らせたかどうかは知る由もないが、出航前に四〇〇両の支度金をもらった身であれば、少なくともディデリの名刺判レイトは、けっして手が出ないものではなかったであろう（図4）。

この空前の盛況、熱狂を支えたのは、いうまでもなく顧客となった下層ブルジョワジーの上昇志向である。正直のところ、当時の技術水準では、プリントの寿命はそう長いものではなく、それがために、産業界の関係者は写真への疑念を完全には晴らしきれずにいたが、一般の大衆で、いくらでも撮り直せばいい安価な名刺判にたいして、耐用年数を云々する者はいなかったのである。贅を尽くした写真館の内部は、さながら大貴族の邸館であり、客はオペラの舞台さながらの装置や家具や内装に囲まれて、写真師のいうがままにポーズをとり、おのれの儚い美意識を成就するのであった。顧客は肖像写真が表面上の「身体的類似」を超えて、おのれの魂が渇望する幻のモデルとの「精神的類似」、すなわち「一流」や「洗練」や「気品」を実現してくれることを狂おしく求めた。写真館にはそうした客との即興芝居に欠かせないありとあらゆる小道具（とりわけ円柱、カーテン、テーブル）が装備され、いかなる要求にも応じることができた。こうした小道具は、ディデリの写真に頻出するが、いずれはモデルからその個性を奪い、本人をある「類型」として示す方向に様式化する。その効果を高めるためなら、出来上がったプリントに彩色したり、修正を施すことはむしろ推奨された。

すでに述べたように、遣欧使節団が訪問したヨーロッパは、地域差こそあれ、それぞれの国が自国なりの「近代化」を急いでいた時期で、その意味では、「遅れた日本人」が「進んだ文明圏」にひたすら学習にでかけたといった月並みな解釈は禁物である。写真についても、日本は嘉永元〔一八四八〕年のダゲレオタイプ（銀板写真）渡来このかた、けっしてパリやロンドンに負けない紆余曲折を経験してきている。[56]

日本人の手になる写真技法書も刊行された。銀板写真については、蘭学者川本幸民による嘉永七〔一八五四〕年の『遠西奇器述《えんせいききじゅつ》』が、本邦初のマニュアルであるし、湿板写真の方は、文久二〔一八六二〕年に、上野彦馬《ひこま》・堀江鍬次郎《くわじろう》が蘭書から抄訳した化学書『舎密局必携《せいみきょくひっけい》』のなかに、技法を詳述した頁があるという。[57]

そればかりではない。木下直之の研究によると、最初期の日本人写真家として名高い下岡連杖《れんじょう》は、来日外国人から写真技術を学ぶ一方で、パノラマ画家としても活躍し、米商館の客人の英人写真師「ウンシン」に頼まれて、日本を紹介するパノラマ画を制作している。当時のことであるから、死刑に処せられるのを覚悟である。「ウンシン」とは、江戸のイギリス公使館と関係のあったキャプテンことジョン・ウィルソンのことで、ウィルソンは江戸とその近郊の風景写真、および連杖のパノラマ画を携えて、折りしも万国博覧会で賑わうロンドンに乗り込み、一八六二年五月に「ポリテクニック・インスティテューション」で下岡連杖のパノラマ画を披瀝、解説に熱弁を振るったという。残された連杖は写真の技術を磨き、同年末にようやく横浜野毛に写真館を開業したと言われている。[58]

ところで、一八五〇年から七〇年、すなわち「文久二年」をほぼ真ん中に挿んだ二〇年間は、とりわけフランスで、写真が芸術か否かという論議がかつてなく喧しかった時期である。

図５　（右）ジュリアン・ヴァルー・ド・ヴィルヌーヴ撮影『習作』1853-1854年頃，（左）ウジェーヌ・ドラクロワ画『若い女性の立像』1854年頃

一八五五年、フランス写真協会が創立される。また、パリ万国博覧会で写真に大きなスペースが割かれたことは画期的だったが、ただし美術専用のパヴィヨンには入れてもらえず、「産業」側に組み入れられた。「量」ではなく、「質」を求める顧客をなだめるために、この年、ディデリは『写真術』を刊行し、またディデリと並んで商業派の先端を行くマイエールとピエルソンは、たまたま二人の有名人写真を偽造した相手との訴訟に際して、『芸術および産業とみなされた写真』という微妙なタイトルを付けた著書を上梓している。しかし、敵たちも執拗だった。福澤がパリにきた一八六二年には、一一月に、最高法院裁判所で弁護士が、画家のアングル、フランドラン、トロワイヨンたちによる、写真を芸術と同一視する悪しき傾向に反対する署名文書を朗読している。写真興隆で犠牲者もまた続

出したのである。「写真の犠牲となったものはしかし、ほんらい、風景画ではなくて、細密肖像画であった。事態の発展は急速で、一八四〇年にはすでに、無数の細密画家たちのうちの大部分が、職業写真家に転じていた(59)」。

ドラクロワは、早くからダゲレオタイプを素描のお手本とせよという理解ある態度を示して、アングルたちによる抗議文書への署名を当然拒否している。だが、そのドラクロワもまさか写真自体が「芸術」であるなどとは考えておらず、せいぜい画学生の便利な練習道具程度の認識だった（図5）。オットー・シュテルツァーの書物は、カメラ・オブスクーラ時代以来、歴代の有名無名の画家たちが、いかに写真を制作過程で利用し、しかもそれを隠蔽してきたかという裏の事情をあますところなく伝えて興味深い(60)。

10　ナダールと写真の芸術性

写真家ナダールは、写真の商業主義的逸脱に最後まで抵抗した「芸術派」である。始めは諷刺画家として名を挙げたが、下絵のために写真を利用していたらしい。一八五四年二月、サン・ラザール通りにスタジオを開き、著名人が訪れて賑わった。彼とても、名刺判に手を染めなかったわけではないのである。

一八六二年のパリ滞在では、日本人遣欧使節団全体も、折りからヨーロッパ全土に流行していた写真にたいして、大きな関心を抱いていたらしい。たまたま、ナダール自身が遣欧使節団の撮影担当を政府から命じられたこともあり、一行はナダールの写真館を訪れ、とくにのちの寺島宗則《むねのり》こと松木弘安は、直接ナダールの教えを受け、アトリエで色紙に書いた揮毫文《きごうぶん》「写真術ハ造物者之画に志テ光輝ハ其筆なり」は有名である。[61]

ナダールは気球への熱中でも知られ、一八六二年、「空気より重い機械による飛行術推進協会」を創設。気球の落下で事業に失敗し、写真で蓄積した財を飛行術で蕩尽したと言われている。日本人遣欧使節団は、ナダールによる気球の公開打ち上げ実験に立ち会ったはずである。[62]

近代社会の表象システムのなかで、いわゆる「芸術」、すなわち人間の身体や精神を介在させた絵画や版画などと違い、写真はその無媒介性ゆえに（すなわち写真が写し出す対象を「描く」主体はどこにもいないゆえに）、表象それ自体を無化して超え出てしまう危険をはらんでいた。対象物と光を介して物理的に隣接し、化学薬品の媒介で獲得されるだけのイメージを、果たして芸術と呼べるのかどうかという問題である。「写真」はもはや「表象」ではなく、「過去における光の状態の記録」にすぎないのではないか。バルトが指摘したように、写真とは「考古学的な記録性」を湛え、常に「……があった」時空を指し示すのだ。それはある意味では、対象物を「死」の相で捉えるアプローチであり、近代芸術がしきりに追い求めた「作者」の姿を、作品やテクストの背後から完全に消し去ることで、近代社会の表象システム自体の危機を体現するものであるとも言えた。

表象芸術家ナダールの「芸術性」とは、危ういところでその危機を脱する離れ業によって成立する。ナダールは撮影に際し、流行の背景や小道具を取り除き、白い布だけを背景に、客には控えめなポーズをとらせた。これによって、顧客本人の的確な性格描写を狙ったのである。ただし、モデルは誰でもいいというわけにはいかなかった。多木浩二はその卓抜なナダール論で、この写真家の興味は「顔」にあると断じ、それも写真館を訪れるおびただしい無名のブルジョワ顧客の顔ではなく、ナダールが始めから知っている「有名人」こそ、肖像の個別性を顔によって獲得する存在なのだという。「ナダールのスタジオには何千というひとびとが写真を撮ってもらいにやって来た。彼らはその時代には立派にブルジョワジーであり、それなりに知られていたとしても、歴史のなかでは名前を失っていくひとびとであった。そうした無数の無名のひとびとの集合があってはじめて選別が可能になるのだ。ひとつの時代を共有する群れのなかから、このような歴史的な意義をもったひとびとを差異化し、『同時代のひとびと』たらしめることこそ、ブルジョワ社会の特質であった」[63]。「顔」が有名モデル内部の「個性」や「心理」の現れであるなら、それを正しくプリントに定着することこそが、ナダール写真に求められる役割であった。一八六〇年代、写真技術の進歩は著しく、モデルの一瞥、一瞬の感情を速写できるまでになっていた。イアン・ジェフリーは、ナダールのそうした写真術が、一八世紀末以来、連綿と続くフランス肖像画の伝統に棹さすものであると述べている[64]。

ナダールを始めとするヨーロッパの名だたる写真家のカメラの前でポーズをとった福澤は、まさしく近代ヨーロッパ社会の表象文化が、「個人」や「個性」を捉え始めた、その入り口に佇んでいたということになるだろうか。カメラを前にした福澤の立ち位置については、すでに前田富士男に優れた小論[65]があるので深入りしないが、前田も引用しているベンヤミンの『写真小史』は傾聴に値する考察を含んでいる。「初期の写真では、いっさいが持続にもとづいていた。ひとびとが相い寄って作りだす、たとえようもない効果――そしてこの群像の消失こそ、たしかに、一九世紀後半の社会に進行した事態を、もっとも厳密に示す徴候のひとつだった[66]」。

ここでベンヤミンがいう「初期の写真」とは、撮影にかける時間が数秒で済んだ一八六〇年代のナダール時代以前の、長い露出を必要とした頃の写真を指している。モデルは否応なく長い静止を余儀なくされ、表情に瞬間を超えたある種総合性を獲得するのである。「ひとびとが相い寄って作りだす、たとえようもない効果」とは、個人の肖像ではなく、数名の人間を捉えたグループ写真のことで、この下りは、本章の始めの方でとりあげた、画家マネの交友関係からおのずと紡ぎ出された、ダブル・ポートレート、集団肖像画、ボヘミアン生活の表象、アトリエの情景といった、福澤風に言うなら「社中」や「塾」の概念に近い「群像」の内密なイメージと響き合う。福澤にとっての逆説は、初めてのヨーロッパ滞在で汲み取った貴重な「群像」イメージが、実は当のヨーロッパ社会では、ベンヤミンが鋭く指摘しているように、まもない消滅を運命づけられた、サロン的な東の間のユートピアだったという事実である。最近、東京大学の谷昭佳《あきよし》がオランダで発見した遣欧使節団の写真集には、少なくとも四枚、福澤諭吉が写ったものが含まれているが、たった一枚、福澤を含む四名の日本人の「群像」を撮った写真などがその典型と言えよう。

だが、ベンヤミンはさらにこうも言っている。

じじつ、カメラに語りかける自然は、眼に語りかける自然とは違う。その違いは、とりわけ、人間の意識に浸透された空間の代わりに、無意識に浸透された空間が現出するところにある。ひとは誰しも、たとえばひとびとの歩きかたを、おおまかにではあれ陳述できるだろうが、足を踏み出す瞬間、一秒の何分の一かにおけるひとびとの身ごなしについてとなると、たしかにもう何も知らない。高速度撮影や映像の拡大といった補助手段をもつ写真は、これを教えてくれる。(67)

「眼に語りかける自然」を信じ、それを「主体」の内部に取り込んで再構成したり、再編集したりする営み、すなわち従来の「芸術」の営みは、「人間の意識に浸透された空間」を信じる営みである。「カメラに語りかける自然」はまったく違う。それが現出させるのは、「無意識に浸透された空間」であって、主体を媒介しない、ただの無機質な「記録」、表象概念それ自体を無化してしまうような表現なのである。ヨーロッパ一九世紀は、写真のそのような「非人間的」特徴を利用して、さまざまな分野に適用しようとした歴史でもある。

11　福澤と人類学、精神医学への応用

ナダールを始めとするフランスの写真家が、一八六二年にパリを訪れた日本人の一行を撮影したことは言うまでもないが、そのなかの一枚で福澤を写したものが、数十年後に刊行された人類学者の著書に掲載されている。パリ自然史博物館司書のジョゼフ・ドゥニケール『地球上の人種および

図6　ドゥニケールの著作を飾った福澤の写真　1862年［？］

民族』で、初版は一九〇〇年。筆者が参看できた第二版（一九二六年）では、和服を着た福澤の正面像は、原書の九〇頁に載っている（図6）。

この図版に対応する本文の記述はかなり離れた四六七頁にあり、「朝鮮人」に続いて「日本人」を詳説している下りである。「日本人は、それ以外の多くの民族同様、身体上のタイプにかなりの多様性をみせるが、主たる類型は二種で、そのまわりに偏差が生じている。まず、〈上品な〉タイプは、とりわけ社会の上層階級にみられ、特徴としてはすらりとした背丈、どちらかというと長頭で面長、眼は男性ではまっすぐで、女性は吊り目か蒙古人状であり、鼻は細いか、凸状か、まっすぐか、などである[68]」。続いて第二の〈粗野な〉タイプが説明されるが、これは省略する。重要な点は、引用文中の「〈上品な〉タイプ」とある直後に、九〇頁にある福澤の写真に送る番号が記されていることである。ちなみに、写真のキャプションはこうなっている。「日本人士官（旧体制下）、東京生まれ。面長の典型。写真はパリ自然史博物館蔵」。「東京生まれ」は間違いにしても、福澤は二七歳。身長が一七〇センチを越える[69]、当時としてはかなり大柄な美丈夫だったから、フランス人写真家の注目を惹き、またキャプションや本文に書かれているような、本人にとってはいささか面映ゆい評言を呈されても当然であろう。著者のドゥニケールと、福澤が交誼を結んだレオン・ド・ロニーとは、同じパリ人類学協会にゆかりの人間だったから、ひょっとしてこの写真掲載にはロニーの斡旋が働いていないとも限らないが、憶測の域を出ない。

この挿話から導き出せる考察は、もっぱら絵画との関連で論じられがちな写真技術、とりわけ肖像写真が、もう一方で人類学や司法警察の関心を呼び始めていたという事実である。当時の美術史で肖像画を扱う場合、どうしても画家やモデルの身元調査が中心になってくるが、同じ通念を異民族や犯罪者という特殊な「モデル」に適用すると、そこに新しい方法が探り当てられるのである。

作者とモデルの身元確認の文献学的な作業は、美術史のもっとも重要な仕事の一つになっていく。というのも、肖像は、それがすぐれた作品であればあるほど、そこに描かれているモデルの内面や生を忠実に写し取っている、とみなされているからである。このように美術史が、画家やモデルの身元調査に躍起になりはじめたのとほぼ同じころ、西洋はもうひとつ別の身元確認システムを練り上げはじめる。それとは、肖像写真の導入によって犯罪者（とりわけ再犯者）を見分け、同定しようとする方法である。(70)

岡田温司《あつし》によれば、この方法は「アイデンティティ確証」というブルジョワジーに共通の願望に裏打ちされたものだが、美術史学と犯罪学（そして福澤をモデルに選んだ人類学）独自の傾向であった。

精神医学と写真をめぐって興味深い論考を書いた橋本一径《かずみち》によると、フランシス・ゴルトンやア

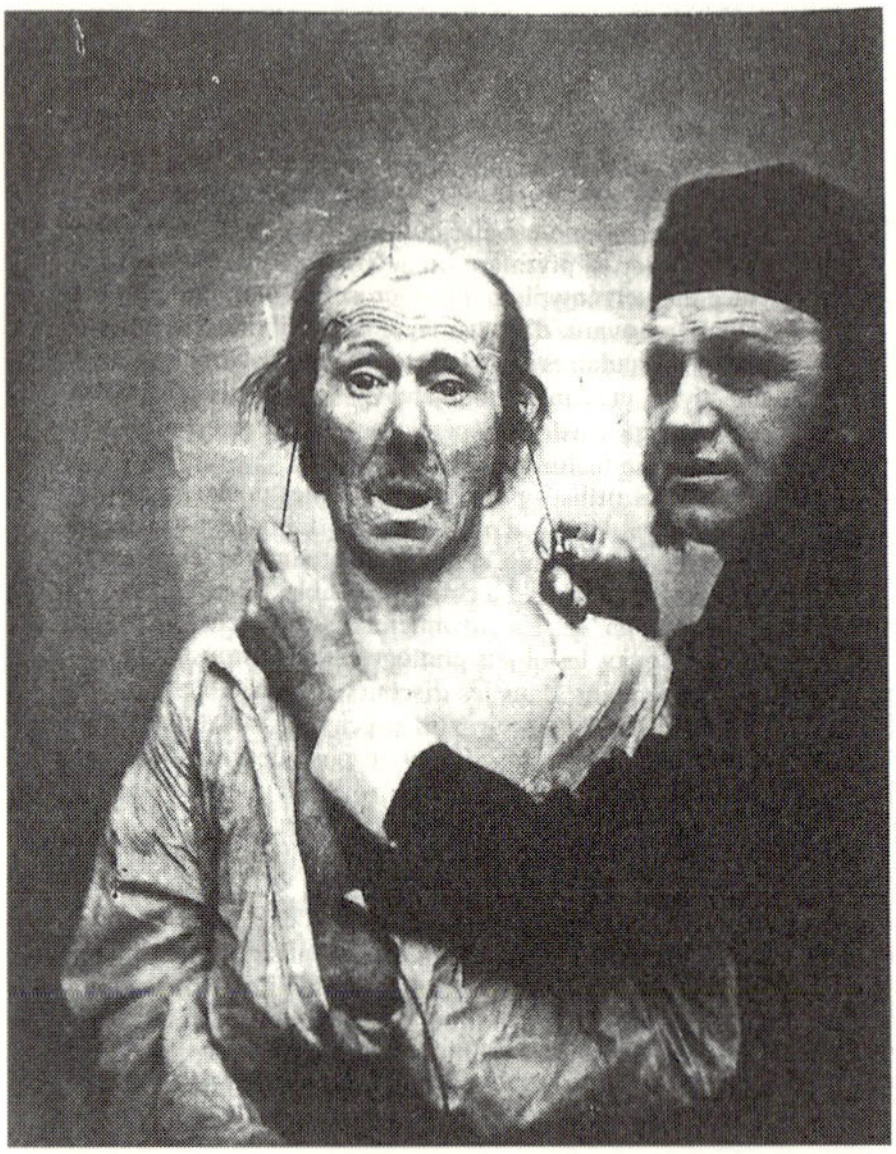

図7　デュシェンヌ・ド・ブローニュによる電気の人体実験　1862年

ルトゥール・バテュが創始し、アルベール・ロンドが開発した「病理的顔貌」という概念がある。「それは複数のポートレートを重ね合わせることで『犯罪者』『病人』あるいは『人種』といった類型を浮かび上がらせようとする、『合成肖像』の試みである。ロンドによれば、合成肖像においては、『あらゆる個人的な特性は消え去り、共通の特徴だけが残って、それにより各々の病気に固有の顔貌』が明確になるだろう[71]」。

「病人」、あるいは「犯罪者」を「人種」に置き換えるだけで、ドゥニケールの分類人類学が、同時代の「病理的顔貌」概念を踏まえていることは一目瞭然であろう。

「病理的顔貌」学説は、福澤のパリ滞在からかなり後の一九世紀末のことであるが、一八六二年、遣欧使節団巡航と同時期に、デュシェンヌ・ド・ブローニュ博士は、一八五〇年代の実験成果を一冊の書物にまとめて、『人相学のメカニズム、または情念表出の電気生理学的分析』と題して出版した。博士は日頃無表情な精神病患者の顔の筋肉に、電気の刺激をかけて動かし、特定の表情を作為的に作らせることにより、身体に「魂の無言の言語のしるし」を読みとろうとしたのである[72]（図7）。

現地視察が目的でヨーロッパに出向いた福澤が、フランスを中心に澎湃《ほうはい》として湧き起こりつつあった、写真技術の精神疾患治療への応用というプロセスに、いつの間にか巻き込まれている事情はじつに示唆的である。だが、カメラの前の福澤もまた、一筋縄ではいかない剛の者であった。上記、谷昭佳発見になる残り三枚の福澤一人の肖像は、集合写真とほぼ同時に野外で撮影されたものだが、そのうち二枚で福澤は、明らかにカメラの前で自在に動き、今風のスナップを撮らせるかのようなポーズの変化で、ベンヤミンのいう「無意識に浸透された空間」をはぐらかし、自分を捉えるレンズと戯れているように見える。その潑剌とした青春の息吹を、私たちはどう受けとめたらいいのだろうか。

第二章　一七八九年　ヴェルサイユ行進

§1　下からの恐怖・上からの恐怖

ポーの短篇『陥穽《かんせい》と振子』の末尾に身の毛もよだつような場面がある。迫りくる灼熱の壁を逃れて井戸に身を投じようとした囚人は、水のなかに見てはならぬものを見てしまう。陥穽の底に何があるのか、囚人はついに口にすることができない。彼は飛び退《の》き、さめざめと泣く。そして井戸に入るぐらいなら、壁の炎で身を焼かれようと意を決するのである。

フランス革命下に書かれたさまざまなテクストを読むたびに、ポーのこの恐怖譚のことをふと思い出す。暴動、弾圧、検閲、処刑――当時の人々は無数の血腥《ちなまぐさ》い幻影に怯《おび》えたはずだが、革命期のテクストに刻み込まれた究極の恐怖体験を示す痕跡とは、つまるところ、恐怖の対象を言葉で明示しえず、むしろ対象から目をそむけ、直接の対決や接触を何としても回避しようとする書き手の側の対応に求められるのではあるまいか。

典型的な例として、ブリソが刊行していた『ル・パトリオット・フランセ』（『フランス愛国者』）紙の一七八九年一〇月七日号を挙げよう。むろん、この記事は有名な〈ヴェルサイユ行進〉と呼ばれる事件を報道しているのだが、不思議なことに、ブリソの記述はヴェルサイユ宮の国民議会と国王との確執や、パリから到着した国民衛兵の動静に触れるのみで、国王一家のパリ移転という大事を引き起こした直接の原因であるパリ下層民の大規模な行動、議場や王宮への乱入と狼藉、近衛兵との間の避けられぬ衝突や流血の模様については一切口を噤《つぐ》んだままなのである。憲法制定委員会のメンバーとして九一年憲法草案の作成に腐心するブリソが共和主義者でありうるのは、あくまで法という抽象世界の論理に身を託していればこそである。この日、知識人ブリソは見てはならぬものを見てしまった。ブリソの筆になる報道文の奇妙な欠落は、一〇月事件の主役たる民衆（とりわけパリ中央市場の女たち）の存在が、革命初期の進歩派ジャーナリストにとってすら、いかにおぞましい〈下からの恐怖〉を構成するものであったかを雄弁に物語っている。

ブリソの沈黙は衝動的に行動する民衆や女性に対して、同じく衝動的に反応した即座のものである。ところで、同じジャーナリストでも、恐怖政治の直中に『老コルドリエ』紙を刊行したカミーユ・デムーランの場合、恐怖は「検閲」という形で上からやってくる。デムーランはジャコバン派にいながら、ダントンらと組んでロベスピエールと対立し、やがて粛清された。〈上からの恐怖〉はけっして青天の霹靂のようにデムーランを襲ったわけではない。一七九三年一二月五日に発刊された個人紙『老コルドリエ』の紙面で、デムーランは徐々に〈寛容派〉としての分派的言辞をあらわにしていく。エベール派への攻撃で始まった彼の舌鋒が、やがて恐怖政治全体に向けられるに及び、隠忍自重を決めこんでいたロベスピエールもついにダントン、デムーランらの逮捕に踏み切る(一七九四年三月三一日)。

獄中で『老コルドリエ』紙第七号の校正刷を読んだデムーランは、原稿の段階で攻撃した相手の名が印刷業者の手でことごとくイニシアルと省略符号に変えられていることに気づく。死をすでに覚悟しているはずの彼は、しかしながら、元の名前を復元しようとはしない。むしろ、あえてイニシアルの数を増やし、さらに三行にわたって省略符号を書きつらねるのだ。そして、その少し先にこういう言葉を書き加える。「共和国の本質とは人や物を名前で呼ぶこと、著作に省略符号やアステリスクを使用しないことである」。つまりデムーランは、自分にそのようなエクリチュールを強いるロベスピエールの政治は、共和政どころか一種の王政である、と主張しているのだ。〈上からの恐怖〉、すなわち権力機構の圧力に対して、デムーランが最後に見せた反抗の仕種《しぐさ》は、場当たりなスタンドプレーなどではなく、どこまでも熟慮の結果であり、相手を名指さず、むしろ忌避しようとする態度そのものが相手に対する痛烈な批評となりえている珍しい例と言えよう。

検閲を意識した文学者の長期にわたる苦闘として特筆されるべきは、ジャン＝ルイ・ラヤの戯曲『法の味方』ではないだろうか。新聞と並んでもともと公共性の高いジャンルである演劇は、猫の目のように変わる折り折りの権力者がもっとも監視の目を光らせ、かつプロパガンダの道具として利用しようとした芸術である。一七八九年の革命勃発とともに全廃された演劇検閲は、国王裁判とロベスピエールら山岳派の台頭を背景とする九三年初頭に、ふたたび復活の兆を見せ始めていた。ラヤの芝居はそうしたきな臭い状況を踏まえ、ジロンド派の大胆なマニフェストという形で一月二日に初演され、山岳派の激昂を買い、パリ市役所や国民公会を巻き込む大規模なスキャンダルを引き起こす。

ラヤにとってはこれが最初の〈上からの恐怖〉であった。その恐怖の痕跡は初演後に刊行された初版本のテクストが、上演用台本と比べて著しく表現の緩和されたものになっている点に認められる。驚くべきは、さらに二回にわたるテクストの改変である。一七九五年のテルミドール反動期に出た第二版は、当然ながらジャコバン派への歯に衣着せぬ批判が強調され、一八二二年の第三版では第二次王政復古期の世相を考慮して、脚本は大幅に書き変えられ、第二版まで進歩的な共和主義者であった主人公フォルリスはなんと立憲王政主義者に変身して、「血腥い革命よりも賢明な君主を」とうそぶくのである。

こうしたラヤの変節を近代芸術倫理の立場から〈日和見主義〉と断罪することは容易である。革命前の社会は社団的編成をなす小集団の集積体であり、表現者は国家権力と直接向き合う前に、自分が属する小集団内部の桎梏をまず意識してかかるのが常であった。大革命は一切を破壊し、そのようないわば緩衝地帯を無に帰することで、表現者をただ一つの強力な検閲機構と無媒介に対峙するよう仕向けた。

文学者や芸術家にとってこれがどれほどの恐怖の体験を強いたのか、いまの私たちには知る由もない。だが、均一的モラルを強要する〈上からの恐怖〉としての検閲制度にせよ、パンと平等を求めて結集する〈下からの恐怖〉としての革命的民衆にせよ、おしなべて差異を無化しようとするあらゆる主張や思想には、けっして口にしてはならぬ無気味な気配が潜み隠れている。それを指摘したのは未開社会を分析する『暴力と聖なるもの』におけるルネ・ジラールであるが、フランス革命下の社会、そしてさらに私たちの現代社会と、未開社会とを截然と区別する論拠を、すくなくともいまの私は見つけることができないのである。

§2 〈ヴェルサイユ行進〉の新聞報道

一年半ほど前から、フランス革命期の文学について、一五名ほどの仲間と研究会をやっている。文学史を繙いてみても、二つの世紀の狭間にあって、どちらの専門家からも敬遠されがちなこの時期について、二〇〇年祭が近いことを口実に皆で一緒に勉強しておこうという訳である。日頃一匹狼を決めこんであまり動こうとしない仏文学徒としては、まあ殊勝な心がけと言ってよいだろう。

始めは、メルシエ、レチフ、サン゠マルタンなど、特定の作家に関する発表・質疑の形式を採用していたが、そのうち誰からともなく、革命期のある事件を選んで、それについてのさまざまな証言や報告を読んでみたらという提案が出て、あれこれ物色した末、一七八九年一〇月のパリ市民による有名な〈ヴェルサイユ行進〉を素材にする話がまとまった。

フランス革命下で演劇や弁舌や祭典が果たした政治的・美学的役割の重要性はつとに知られるところであるが、それ以上に注目されてよいのがジャーナリズムのめざましい発展である。中央市場の女たちがパンを求めて雨のなかをヴェルサイユ宮に押しかけ、国王一家をパリに連れてきてしまったという異常な事件が、フランス語の直訳風に言うなら実に多くのインクを流させ、ビラやパンフレットの類いから日刊新聞まで、共和主義者から王党派までの多種多様な報道言語を生み出したことは申すまでもない。ただ、私たちは歴史家ではないから、そうしたおびただしい「資料」を分析して一つの「事実」を復元する作業はもとより不得手であるし、また思想史家と違って、資料の思想傾向や政治的立場を見きわめる方法にもあまり関心がない。ヴェルサイユ行進をめぐる諸種の記録を単なる資料ではなく、それ自体に固有の意味と構造を有するテクストとしてみなすこと、これが私たちの大前提であった。

そもそもある出来事を出来事たらしめるものは、その出来事について発せられた（もしくは発せられなかった）膨大な言葉の集積である。私たち日本人にとって某月某夜の東京ドームにおける巨人・阪神戦とは、タテ・ヨコ数十センチメートルのテレビ画面に明滅する無数の断片的映像と、アナウンサーらのお喋りや大歓声や騒音からなる音声との混沌とした集合体にすぎない。東京ドームで試合を観戦中のファンですら、トランジスターで実況中継を聴いているという事態が、巨人・阪神戦という「事件」の言語的本質を雄弁に物語っている。その意味で、ヴェルサイユ行進なる歴史的事件もまた、当時のジャーナリズムが量産した報道言語の「背後」にではなく、まさにその「直中」に読みとられる必要がある。

私たちの手元に集まった記録のなかには、シャトーブリアンの『墓の彼方よりの回想』、スタール夫人『フランス革命論』といった回想録の体裁をとる文章や、レチフ・ド・ラ・ブルトンヌ『パリの夜』の一節のように事件から二カ月近い時間的距離をおいて執筆された記述のほかに、パリ第七大学教授ジョルジュ・ベンレカッサ氏の好意で入手できた一〇月五日直後の日付のある生々しい一連の新聞記事（『ジュルナル・ポリティック＝ナショナル』『アナル・パトリオティック』『ジュルナル・ド・パリ』『クロニック・ド・パリ』『ル・パトリオット・フランセ』『レ・レヴォリュシオン・ド・パリ』などなど)、およびまったく正体不明のパンフレット数点などがある。めぼしいものをいくつか選び出して分担を決め、担当者の報告を中心に読解を進めていくうちに、案の定、面白い問題が次々と浮かび上がってきた。

まず誰の眼にもはっきりしたのは、大革命初年でバスチーユ奪取につぐ大事件とも言えるヴェルサイユ行進なるものが、それを報じる人間と同じ数だけの、しかもお互いに食違う、矛盾しあった「出来事」をテクストのなかに生み出していることである。パリ中央市場のおかみさんを三〇キロメートルも隔たった王宮にまで駆り立てたものは、飢えであり、国王への不信感であり、はたまた国王への愛情であり、ヴェルサイユの宴会で三色の帽章が踏みにじられたことへの怒りであり、不穏分子の挑発であり、貴族の陰謀であり、それら要因のいくつかの組み合わせであり、時にはすべてでもある。因果論からする穿鑿はさておいて、単なる事実の羅列に等しい記述を比べてみても、書き手が民衆とともに行動しているか(『ヴェルサイユからパリへの旅』と題した匿名のパンフレット)、それともヴェルサイユ側に視点を置いているか(『ル・パトリオット・フランセ』)で、事態はまったく異なった趣きを呈してくる。ここで重要なのは、報告記事のそうしたニュアンスの違いを、唯一絶対の客観的「事件」からの主観的偏差とみなして、事件と解釈とを安直に分離してしまわないことである。事件は私たちの眼の前、つまり事件について記されたテクストのなかにのみある。そうした次元での「事件」を扱う場合、テクストが報じている事実の素朴実在論的な確認はほとんど意味をなさない。一〇月行進のしかじかのエピソードやエピソードに関するコメントが、新聞報道の文脈のなかでいかなる構図や配置のもとに、いかに語られているかを探ること。言い換えれば、一〇月行進の報道記事における「語りの戦略」を明らかにすること、これこそが私たちの狙いであった。ここでは私が担当した『ル・パトリオット・フランセ』紙の一〇月七日と八日号のテクストを例に、執筆者ブリソが作り出している「事件」、いうなればブリソの「戦略」のメカニズムを検討してみたい。

のちにジロンド派の大物として知られるようになる弁護士ブリソは、ヴェルサイユ議会の憲法委員会のメンバーとして、いわゆる九一年憲法草案の作成に腐心していた。彼の日刊紙は一〇月五日から六日にかけての事件を七日付と八日付の二号八頁にわたって報道している。面白いのは、七日号と八日号でブリソはまったく同じ事件を二度にわたり、くりかえし報じていることである。しかも相接する二つの記事は、水と油ほどにも違うのだ。

七日号はおおむね私情を混じえぬ淡々とした文体が特徴で、一〇月五日に国王が国民議会に対して人権宣言の裁可を拒絶するあたりから、パリからの行進が到着し、国王がついに裁可をあたえるとともに、翌朝のパリ行きを決意し、議会も同じ決定を下すにいたるまでの経緯が、ヴェルサイユ宮の日録風につづられる。書き手が憲法委員会で作業中の法律家であるという事情が、この記事の内容と形式のすべてを決定しているようだ。政治的立場はどうあれ、ブリソは王とともに王宮におり、作成中の九一年憲法という虚構を眼鏡にして現実を読んでいる。ブリソの関心はいずれ憲法の冒頭にかかげられることになる人権宣言を、ルイ一六世が裁可するかどうかという手続き上の問題にあり、五日から六日にかけてヴェルサイユ宮を揺さぶり動かしたパリ市民の行動はすべて視野の外に置かれる。七日付のテクストはつまるところ無色透明な議事録なのだ。議場に乱入したパリの女房たちの罵詈雑言や、明け方の血腥《ちなまぐさ》いエピソードなどは、議事たるに値しない瑣末事とでもいうかのように徹頭徹尾黙殺されてしまう。しかしながら、生《なま》の現実を隠蔽した中性的記述がそう長続きする訳はない。すでに国王一家がパリに入った六日の夜に書かれたとおぼしき部分で、初めてブリソの本音らしきものが聞かれる。「私たちの眼前で起きたばかりの数々の出来事はまるで夢のように見える。昨日はこの上なく大きな災厄と血腥い情景の前夜にいた私たちが、今日は憲法制定作業が強化されることをほぼ確信しているのだから」。

ことの発端（民衆の王宮への侵入）から結末（国王のパリ帰還）までの具体的経過、すなわち、法に生きる知識人ブリソを一番激しく揺さぶった事実に関する詳細は翌一〇月八日号にまわされ、ここでは時間稼ぎに九一年憲法の眼鏡を介する事件全体の総括が先取りされる。ブリソは、パリで王や王妃が民衆と和解し、国民議会もパリに移転するという「大変革《レヴォリュシオン》」を、愛国者党《パトリオット》の理念に照らして肯定し、制定準備中の憲法にとっても好ましい事件であったと評価せざるをえないのである。

さて、一〇月八日号に移ると、予告通りヴェルサイユ行進の顚末がそれこそ微に入り細を穿って語られている。時間が経過した分だけ資料や情報が集まり、ブリソも落ち着きを取り戻したのだろう。前号の痩せ我慢のような議事録風の記述は影をひそめ、かわって現実描写により適した語り《レシ》の文体が採用されているが、ただしよく読むとテクストは、パリ市役所での騒動→ヴェルサイユ→国王のパリ到着の三段構成をとり、原因（貴族の陰謀）と結果（災い転じて福）に関する考察を前後に配した周到な論文仕立てになっていて、ただの報告記事でないことは一目瞭然である。己れの安住する抽象的な法秩序を現実の暴力的介入によって破られたブリソが、ここでは態勢を立て直し、因果律に支配された言語表現の世界、すなわちそれなりに「法秩序」を有する物語《レシ》のなかに現実をとりこみ返すことに成功している。逐一、詳述する余裕はないが、ブリソの「語りの戦略」の要諦が徹底した選択と排除の方法に基づくものであることは指摘しておきたい。これは『ル・パトリオット』のみならず、一〇月行進を報じるほとんどすべての新聞記事に共通した特徴だが、パリの「民衆」と「女性」とを主役とする事件の記録が、当の主役たちをいかにも卑小で猥雑な存在として描き、かつ疎外しているという点が意味深い。民衆が一定の良識と秩序の範囲で行動する限り彼らは市民《シトワイヤン》と呼ばれるが、ひとたび限度を越えると下層民《カナイユ》に転落する。ヴェルサイユへ向かう行列のなかで、女性はどこまでも残忍にして淫乱な動物である。男たち（国民衛兵や議員）の言動は正確な時計の目盛で記録されるが、女性については一切が計測不能である。ブリソはこう結論する。

自由な民は道理をわきまえた民でなければならない。道理をわきまえた民は吊るしたり殺戮したりする前に、必ず判断し議論する。数が多すぎて判断が無理なら、この困難な任務は他の者に委ねるべきだ。

代議制の近代民主主義が女性や下層民を排除していくメカニズムの萌芽が、一般には民衆の勝利を謳われる一〇月行進をめぐる報道文のなかに、「語りの戦略」という形でひそかに見え隠れしている。その機微を明らかにするのに、テクストそのものを「事件」とみなす読解の方法はけっして無意味ではないと思うのである。

§3 議事録の虚実——〈一〇月事件論〉序説

序論

1 共同研究

本章は、植田祐次（青山学院大学）、水林章（明治大学）および筆者の三名による共同研究の一端である。とりあえずは筆者一人の名を冠して発表されるが、研究の構想や資料の収集・分析のすべてにわたって、共同性がきわめて高い論考であることをお断りしておく。[1]

2 研究対象

本章が対象とするのは、一七八九年一〇月五日から六日にかけて起きた〈一〇月事件〉、または〈ヴェルサイユ行進〉と呼ばれる事件である。「七月一四日の革命が男たちのものであるように、一〇月六日の……革命は女たちのものである」[2]とミシュレが称えたこの事件については、すでにアルベール・マチエス、[3]ジョルジュ・リュデ[4]に先行研究があり、また幾多の革命史家たちが革命史の記述のなかでそれぞれ再構成に努めているが、[5]本論の目的はこの記念すべき出来事に関する資料・情報を〈事実〉のレベルに還元し、〈一〇月事件〉の素朴実在論的な復元を試みることではなく、事件を事件たらしめているもの、すなわちヴェルサイユ行進を報道する幾多の記事・記録それ自体の表現や構造についてどこまでもこだわり続けることにある。

3　事件の〈事件性〉

私たちが方法上の出発点としたいのは、「事件を記述するとは、その事件がすでに書かれてあるということを意味している」というロラン・バルトの言葉である。[6] 言い換えれば、生々しい、赤裸の事件などというものはありえない。事件はその発生の瞬間から、無数のエクリチュール（それらは必ずしも言語表現のカテゴリーにのみ限定されるとは限らない）に攻囲され、しかるべき意味を付与されて一つの〈物語〉に翻訳される。ピエール・ノラがいみじくも述べたように、「現実にできあがった社会はすべて、事件の否認を最終目的とする一個のニュースの体系によって、自らの存在を恒久化しようとする。というのも、事件とはまさに社会が依拠している均衡を危うくする断絶だからである[7]」。

一〇月事件をめぐる〈ニュースの体系〉、すなわち新聞の報道記事は、二つの対立する衝動に引き裂かれているように見える。すなわち事件の否認と事件の産出である。たとえ愛国派のジャーナリストにとってすら、パリの民衆の怒号や暴力は容認しがたい異常事態であり、時には報道文から抹消すべき不祥事として捉えられている。だが、それと同時に、彼らはこの出来事全体が生み出した驚くべき結果――国王のパリ帰還――を国民にとっても議会にとってもきわめて好ましい事態と評価し、ことの成り行きを画期的な〈事件〉として改めて物語化する必要に迫られる。一〇月事件を報道するジャーナリストの筆は、こうして相矛盾する二つの感情、欲望の要請のもとに、きわめて屈折した運びを見せるのである。[8]

4　資料体について

私たちがこの共同研究のために構成した資料体（corpus）は全部で四九点の新聞より成り[9]、若干の例外を除けば、その大部分についてはピエール・レタのカタログに記載がある。[10]これらの新聞は、刊行年代や形式、報道内容や思想傾向などはいずれも異なるが、一〇月事件をめぐる記事については大別して二つのスタイルを抽出できるように思われる。一つは〈レシ型〉とでも呼べるもので、一〇月五日のパリ市役所前広場における騒乱から始まって、ヴェルサイユに向けての第一陣（マイヤール率いる市場の女たち）と第二陣（ラファイエット率いる国民衛兵とパリ市民）の出発、五日から六日にかけてのヴェルサイユでの数々のエピソードを経て国王と王家のパリ到着にいたるまでの出来事を、物語（récit）風に順次綴り記している。第二のスタイルは〈議事録型〉、すなわちヴェルサイユの国民議会における討議の逐一を詳述・略述した記録で、一〇月五日は人権宣言と憲法諸条項に対する国王の回答をめぐる本会議での議論、パリ市民の議場への乱入その他、翌六日は国王のパリ帰還声明を受けて議会がパリへの移転を決定するにいたるプロセスが報告される。むろん、〈レシ型〉と〈議事録型〉との中間にはさまざまなヴァリエーションがあり、時には両者をあわせ具えた大部な報道記事も見かけられ、類型化はきわめて困難である。[11]

本章でとりあげる資料はもっぱら〈議事録型〉に属する新聞十数点で、二日にわたる国民議会の審議のうち、一〇月五日の本会議（国王回答の朗読から、マイヤールに率いられたパリ女性市民の入場直前まで）についての記録を検討する。[12]

1 一〇月五日における国民議会の状況

1 人権宣言・憲法草案に対する王の回答

一〇月一日にヴェルサイユ宮廷で催された〈破廉恥な狂宴〉（orgie scandaleuse）の知らせがパリに届いて市民の神経を逆撫でし、折りからの食糧危機に加えて宮廷の〈陰謀〉が取り沙汰され、パレ・ロワイヤルを中心にヴェルサイユへの陳情行進の気運が醸成されつつある頃、当のヴェルサイユでは国民議会と国王ルイ一六世（および国務会議の大臣たち）との間に交わされる有形無形の取引きが一つの転機を迎えようとしていた。すでに九月一一日、愛国派は国王の〈停止的拒否権〉（veto suspensif）を認め、この譲歩と引き換えに八月以来の諸法令を国王に裁可させる肚《はら》であったが、ルイ一六世は強気を貫き、裁可を拒んで時間を稼いだ。一〇月五日の国民議会本会議冒頭で朗読された国王の回答は、若干のデクレ（政令）については裁可（sanction）をあたえながらも、[13]肝心の憲法諸条項[14]には留保付きの〈同意〉（accession）しかあたえず、人権宣言にいたっては〈道徳律〉（maximes）であると片付けて、はっきり不満の意を表明している。

2 王の回答に対する反論の型

一〇月五日の本会議で国王よりの回答が朗読されると、弁護士を中心とする第三身分の議員たちから猛然たる反論の声があがる。王党派の議員による国王擁護の弁も含め、王の返書に対し無条件裁可を要求するデクレを、当日議会が採択するにいたるまでの発言数は延べ四十余りである。おそらくは数時間におよぶこの長大な討議の全体を収録した議事録は存在しないが、現在私たちは『アルシーヴ・パルルマンテール』(*Archives parlementaires*)[15]、『ランシアン・モニトゥール』(*L'ancien Moniteur*)[16]、『ル・ポワン・デュ・ジュール』(*Le Point du jour*)[17] といった新聞資料の記録を照合することにより、ある程度まで当日の審議の詳細を復元することができる。

諸紙の報道を比較・検討した結果、国王回答への反論はいくつかの型に整理することができる。

① 反論の理論的拠点。啓蒙主義の自然法論を踏まえた批判。〈自然〉(nature) を母胎とする〈自然権〉(droits naturels)、それに立脚した〈人権宣言〉(Déclarations des droits de l'homme)、〈宣言〉の理念をフランス国家に発現させる形で生まれた〈憲法〉(Constitution)、〈憲法〉の原理の実定化である〈法律〉(lois)、そして〈法律〉制定の場であるべき立法府としての〈国民議会〉(Assemblée Nationale)。厳密に秩序づけられたこの階梯状の法理論のどこにも、〈王権〉(royauté) の恣意的介入は許されない。したがって国王は〈宣言〉や〈憲法〉に無条件認可 (acceptation pure et simple) をあたえるしかない、いやそもそもあたえる権利すらない。

② 国王回答のテクストそのものへの反論。もっぱら①の論拠をもとに、王が〈認可〉

（acceptation）ではなく〈同意〉（accession）と述べていることや、条件を付けたり修正をほのめかしたり、批判的言辞を弄していることに哲学的・理念的批判を加える。

③ 国王を補佐する大臣や廷臣への批判。善良な王を唆す悪臣たちの〈陰謀〉。一〇月一日の宴会で露呈された貴族の本音と近衛兵の無統制ぶり。

④ 憲法制定を見るまでは、ネッケルの要求する四分の一税法案は成立させない。

⑤ 食糧不足と穀物の流通阻害への憂慮。

⑥ 国王への具体的な要求に関する動議。無条件裁可要求から単なる釈明要求までいろいろであり、採択されたデクレを国王のもとに届ける役目も、議長のみという意見と代表団派遣という主張とに分かれる。

3 国王回答をめぐる討議の流れ

いくつかの主要な議事録を通覧し、本会議での審議を復元してみた結果、以下の表のような順序で、発言者がリスト・アップされる[18]。表の延べ四二名にのぼる発言者の主張は、第三身分による国王回答への批判と王党派による弁護という基本的対立を孕みながら、全体としていくつかの分節点を有する大きな流れを作り出している。

一、回答への理念的批判

発言者1－6はそのほとんどが、王に裁可を求めている当の〈人権宣言〉と〈憲法〉に謳われた

1	ミュゲ・ド・ナントゥ（Ⅲ）	22	デムニエ（Ⅲ）
2	ロベスピエール（Ⅲ）	23	クルミエ（Ⅱ）
3	ブーシュエ（Ⅲ）	24	ミラボー伯（Ⅲ）
4	プリウール（Ⅲ）	25	ペティオン・ド・ヴィルヌーヴ（Ⅲ）
5	デュ・ポール（Ⅱ）	26	モンスペ（Ⅱ）
6	グピ・ド・プレフェルン（Ⅲ）	27	ガラ兄（Ⅲ）
7	ミラボー子爵（Ⅱ）	28	モンボワシエ（Ⅱ）
8	デュマ（Ⅲ）	29	トゥロンジョン（Ⅱ）
9	ゴチエ・ド・ビオザ（Ⅲ）	30	ラ・ロシュフーコー（Ⅰ）
10	レノー・ド・モンロジエ（Ⅱ）	31	リュベル（Ⅲ）
11	ヴィリウ（Ⅱ）	32	グレゼン（Ⅲ）
12	ペティオン・ド・ヴィルヌーヴ（Ⅲ）	33	ミラボー伯（Ⅲ）
13	グレゴワール（Ⅰ）	34	ラ・ガリソニエール（Ⅱ）
14	バレール・ド・ヴィユザック（Ⅲ）	35	ラ・リュゼルヌ（Ⅰ）
15	ユルリ（Ⅲ）	36	ラメト（Ⅰ）
16	シャセ（Ⅲ）	37	？
17	ミラボー伯（Ⅲ）	38	テリエ（Ⅲ）
18	アベ・モリ（Ⅰ）	39	ミラボー伯（Ⅲ）
19	カミュ（Ⅲ）	40	バルナーヴ（Ⅲ）
20	リシエ・ド・ラ・ロシュロンシャン（Ⅱ）	41	ミラボー伯（Ⅲ）
21	モンスペ（Ⅱ）	42	タルジェ（Ⅲ）

一〇月五日の本会議での発言者

理念とを武器に、王の回答を批判し、王に無条件認可を要求している。

二、回答の擁護

7は王を弁護するついでに、国民議会が王権の切り崩しをはかっていると失言し、非難されて（8、9）謝罪する。11は討議の引き延ばしにかかる一方で、〈宴会〉を擁護する。

三、批判の多様化

12－17はときに理念を離れて、批判の対象を〈宴会〉〈近衛兵〉〈大臣〉、さらに〈デクレの改竄〉や〈食糧危機〉にまで拡げていく。とりわけ14と17の提出した動議がいずれ票決にかけられることになる。

四、王党派の反撃

さまざまな回答擁護の弁（18、20、21、30）とそれへの反論（29、31、32）、さらに冷静な手続き論（19、27）と相次ぐなかで、王党派の問題発言が二つ。22の挑発と28のパリ批判が物議をかもした。

五、動議採決まで

バレール（14）かミラボー（17）かの票決動議を前に、引き延ばし工作があるが（34、35）、結局ミラボー案を採択。ただし、この案は相次ぐ修正動議で骨抜きにされ、最後はバレール案に近いものになってしまう。採択されたデクレとは、「議長と代表団は王のもとに赴き、人権宣言と憲法諸条項の無条件認可を求める」というものであった。

六、タルジェ発言

首都の食糧危機を訴えるパリ選出の代議士タルジェの演説（42）が呼び水となったかのように、

パリからきた女たちがマイヤールに率いられて議場に入る。

2 国王回答をめぐる議事録さまざま

以上見てきた討議の全体は、私たちの資料体のうちでどちらかというと〈議事録型〉に属する新聞によって多様な扱いを受けている。

1 簡略化――〈よそ見型〉

まず目を惹くのは、ほとんど議事録の体をなさない極度に簡略化された記述で、たとえば『ビュルタン・ド・ラ・コレスポンダンス〔…〕ド・ブレスト』(*Bulletin de la correspondance de la députation des communes de la sénéchaussée de Brest*)[19] にいたっては、わずか六行で国王回答とそれに続く無条件裁可要求とを報告するのみであり、議場での審議の経過は完全に無視されている。記述の視点はどこまでも国民議会に置かれており、しかもジャーナリスト自身が国王回答に批判的であるにもかかわらず本会議の模様が採録されないのは、ジャーナリストが議場外部のさまざまな動き(一〇月一日の宴会、パリの騒擾、民衆のヴェルサイユ到着など)に目を奪われているためである。これは〈よそ見型〉の報道とでも呼べる記事なのであって、国民議会の役割がとりたてて過小評価されているわけではない。

民衆、とりわけ女性にことのほか好意的な『レヴォリュシオン・ド・ヴェルサイユ・エ・ド・パリ』（*Révolution de Versailles et de Paris*）[20]の場合でも、書き手の興味は〈現代のアマゾネスたち〉のめざましい活躍にあり、一〇月五日本会議での討論についてはその要旨がテーマ別に記されているのみで、むしろ重点はその後の議場内で女たちがいかに重要な役割を演じたかというテーマの方に置かれている。

『コレスポンダンス・ド・メッシュー・レ・デュピュテ・ド・ラ・プロヴァンス・ダンジュー』（*Corres-pondance de MM. les députés de la province d'Anjou*）[21]についても同様である。国民議会中心の記述ながら、議事録はわずか二頁で、国王への反論と擁護論をまとめの形で紹介するのみ。議論をいくら重ねても埒が明かないので、とにかく国王に無条件裁可を求めるデクレが採択されるにいたったといった風に、やや投げやりな編集で全体の経過が略述されている。書き手の関心は討議前後のよりドラマチックな展開や出来事に向けられており、一見中性的なその筆致がかえって記述の濃淡を際立たせる結果となっている。

2　騒乱の回避・隠蔽

議事録の簡略化や省略が単にジャーナリストの〈よそ見〉に起因するのみならず、さらに深刻なイデオロギー上の、あるいは情緒的な理由によって説明されるケースがある。旧政体下で長らくヴェルサイユ宮の官報としての役割を務めてきた『ガゼット・ド・フランス』（*Gazette de France*）[22]が、一〇月事件それ自体を紙面から完全に抹消しているのがその代表的なもので、民衆の動向や議会での審議、宮廷の反応などに対する言及は一切なく、一〇月一三日付の八二号における *De Paris* の欄で読者は国王がいつの間にかパリにきていることを初めて教えられる[23]。

思想上は『ガゼット』と対極の位置にある『ル・パトリオット・フランセ』(*Le Patriote français*)[24]にも似たような逃避の姿勢が見受けられる。執筆者のブリソやド・ヴァルヴィルは刊行紙の標題通りの〈愛国者〉であり、国民議会で作成中の憲法草案に並々ならぬ関心と情熱をそそいでいるが、六三号の大部分を占める五日から六日の議事録ではパリ市民の到着には一切触れず、そればかりかブリソにとってきわめて切実な意味をもちえたはずの国王回答をめぐる審議については、最初の発言者ミュゲ・ド・ナントゥの意見がわずかに紹介されているにすぎない。法律家ブリソが必然的に選びとる説話論的構図のなかでは、ヴェルサイユに押しかけた民衆は憲法制定という議会の神聖な任務を妨害する唾棄すべき存在なのである。ところで一〇月六日夜の時点で二日間の事件を回顧するブリソには、議会での煩瑣な討論など吹き飛ばすような驚くべき結果、すなわち国王による電光石火の裁可とそれに続く国王のパリ帰還とがすでに既成の事実として見えている。明らかにブリソは国民議会の能力(ということは彼自身の能力)の限界をはるかに超えて進展してしまった現実の事態を前にしてひどく動揺し、怯えているのだ。民衆という有難迷惑な存在の援助なしに、国民議会が国王から裁可をとりつけるなどとうていありえなかったということは、ブリソ自身が誰よりもよく知っている。議事の採録などにもはや何の意味もない。むしろ、国王回答からパリ帰還までの全過程を、民衆を能う限り排除した上で初めて可能な、国民議会勝利の物語[25]として描き直さなければならない。六三号で己れの動揺を隠そうとすらしなかったブリソは態勢を立て直し、次の六四号で下層民批判と憲法擁護のイデオロギーとで武装した〈物語《レシ》〉を捏造し、辻褄をあわせようとするだろう。この型の叙述は、当時の〈進歩的〉ジャーナリストの対応ぶりを如実に示すもので、『ル・パトリオット』の紙面にもっとも極端な形で表されている。

数ある議事録のなかでも発言収録数が多い方の部類に属するにもかかわらず、書き手が議場での葛藤・対立を嫌い、テクストからそのような痕跡を消し去ろうと努めている例もある。ゴチエ・ド・ビオザの『ジュルナル・デ・デバ・エ・デ・デクレ』(*Journal des débats et des décrets*)[26]がそれで、この議員はオーヴェルニュの選挙民を不安に陥れまいという配慮から、危機や騒擾に関する情報を一切排除した〈公正無私〉な報道に腐心する。当然のことながら、タルジェ発言(42)直後のパリ市民乱入は無視され、討議の採録部分でも国王を擁護しようとする第一・第二身分の発言は省略されるか軽視されて、議場内部での対立・混乱の相をつとめて隠蔽しようとする編集意図が明白である。[27]とはいえ、ビオザが発言1－5で表明されているような第三身分の先端的政治理念を信奉しているとは思えない。むしろ国王と悪臣とを区別して前者を美化しようとする6の引用に介入し、「議会のメンバー全員がそう考えている」と表白しているところから見て、どちらかというと穏和な立憲君主制論者といったイメージが強い。

以上に検討した三紙は思想も立場もまったく異なる編集方針を貫きながら、刊行者にとって都合の悪い情報、不快な対象、手にあまる事態を回避し省略するという共通の特徴を有している。これらはいずれも〈事件の否認を最終目的とする一個のニュース体系〉にほかならないのである。

ビオザにおける混乱忌避型の報道は、以下の二紙に特定思想の骨抜き型という姿で引き継がれる。特定思想とは言うまでもなく国王回答をめぐる四二の発言中もっとも急進的な、自然法理論を軸に王権を批判するロベスピエール（2）の主張である。『ジュルナル・ジェネラル・ド・フランス』（*Journal général de France*）[28]の事件報道は、そもそも民衆の暴力に関する記述が最小限に抑えられ、視点は議場内に置かれているが、その議場での審議にしても記録はきわめて簡略化され、国王の回答への批判的意見はミュゲ・ド・ナントゥ（1）に代弁させられている。すなわち、憲法は人民の意志の表現であるから国王の裁可すら必要としないというロベスピエール（2）や、バレール（14）らの人民主権論の主張がうやむやにされ、むしろ国王の無謬性を主張して大臣に責任を負わせようとするミラボー（17）の意見が格別の扱いを受けている。書き手の狙いは、どうやら人民主権論を持ち出すことなく、神聖不可侵な国王に無条件裁可を求めよう、というあたりにあるらしい。

『ル・ヌヴェリスト・ユニヴェルセル』（*Le Nouvelliste universel*）[29]の場合も似たり寄ったりで、この場合は想定されている読者層のレヴェルがかなり低いということもあるのか、議事録の極端な単純化が実行された結果、ロベスピエールの発言引用のなかからは、その主張の要をなす、あらゆる権力の源泉たる国民の意志、国民の憲法制定権とそれに従属する王権（＝行政権）との関係をめぐる議論、すなわち国王回答を批判する理論的枠組みの部分がすっぽりと抜け落ちてしまっている。

3　国民主権論に則した編集

上記二紙とは正反対の国民主権論の立場から、やはり同じような単純化の編集を行っている例がある。『ジュルナル・デ・デクレ・ド・ラサンブレ・ナシォナル』（*Journal des décrets de l'Assemblée Nationale*）[30]の場合がそれで、議事録で引用されている発言は、ロベスピエール（2）、ペティオン・ド・ヴィルヌーヴ（12）、ミラボー（17）の三名に絞られ、しかも2の主張は五七行にわたっているのに対し、他の二人はそれぞれ一一行と一九行であるから、議会内の論議は2に代表させられている感すらある。議事録が国民主権の立場に立つ以上、議会の外部にいる民衆の動向も食糧危機などでは説明されない。パリ市民を行動に駆り立てたものは、人民の代表者の議会を侮辱し、それによって国民主権を冒瀆した〈破廉恥な狂宴〉と、それに続く国王のメス逃亡の噂なのである。

ボーリウーの刊行になる『セアンス・エ・スュイット・デ・ヌヴェル・ド・ヴェルサイユ』（*Séance et suite des nouvelles de Versailles*）[31]はやや趣きを異にする。議事録の部分は約三頁で、議論の流れ全体が要約されているだけだが、国王回答への批判陣営の発言について見ると細かいニュアンスの違いが削ぎ落とされて、2のロベスピエールのみが個人の資格での要約という破格の扱いを受けている。ここにおいてもテクストの批判の拠点はロベスピエールの発言によって代表される国民主権の原理にある、ということができるだろう。しかしながら、ボーリウーが議事の採録にあたってロベスピエールの主張を選びとったということは、先の『ジュルナル・デ・デクレ〔…〕』におけるように、議場外の民衆に対してまで好意的な態度を自らに課すような苦しい立場を選択したことにはならない。ボーリウーにおいて、理念と現実とは峻別され、国政の根本問題を論議する国民議会にとってパリからの民衆は完全な異物として捉えられる。一〇月五日本会議の議事録に続く *Variétés* の見出しのもとに、国民主権の〈理念〉を踏みにじるかのような暴徒と化した民衆という〈現実〉が生ま生ましく描かれているのが興味を惹く。

これを書いているいま、男女の巨大な群衆が、槍や剣や小銃さえ携えて、パリの城門を出て、ヴェルサイユに向かった。国王は、今朝は狩猟に行かれていたが、この危険な暴動の知らせを受けて、大急ぎで城に戻った。並木道には竜騎兵を配備したが、兵たちは場所を動かず、この恐ろしい群衆をやり過ごしたのである。[32]

4　王党派系の編集

国王回答の朗読に続く一連の審議のなかで、王権を擁護したのは少数の声であった。それも国王回答の苦しい弁護（18、20、22）や一〇月一日の宴会の正当化（11）あたりが精一杯のところで、デクレ採択の引き延ばし工作も失敗し（34、35）、むしろ貴族の失言（国民議会が王権の切り崩しをこれ以上続けると……と言って非難され謝罪した）7と、パリにたいする批判的言辞で物議をかもした28や、挑発の不成功（ミラボーにやりこめられて撤回を余儀なくされた）21が相次いで、旗色はきわめて悪く、王党派にとってはじつに不如意な数時間であったろうことは容易に推測できる。

国王擁護の立場に立つジャーナリストがこの本会議の議事録を作成しようとする場合、発言の忠実な記録は己れの信奉する理念にきわめて不利な結果をもたらしかねない。ここはどうしても編集の手を加えて、テクストから王党派色をなるべく消し去るよう努める必要がある。王党派ジャーナリストの危機感は、その点これまで検討した第三身分系の新聞とは比較にならないほど強かったはずである。

『ガゼット・ド・パリ』（*Gazette de Paris*）[33]は会議における国王回答朗読の記事の直前に二〇行

ほどの文章を挿入し、「人心がかつてないほどにこの上なく恐ろしい興奮状態にある」ことの実例として、エヴルーで開催された司教会議が付近の住民に怪しまれて強制的に解散させられたこと、地方で暴力行為が多発していることを伝え、読者の危機感を煽っている。この不穏な情勢への言及は、ヴェルサイユでの流血事件を予告するばかりか、その直前の国民議会における審議そのものを許しがたい王権への侮辱行為として捉えさせるように、下地を作りあげている。

続く議事録は書き手の頻繁な介入によってきわめて主観性の強いものとなり、国王による回答を批判する議員は、「国民自体を君主に対して蜂起させる」不逞の輩であるかのように描かれている。ロベスピエール（2）による「国王に憲法について判定する資格はない」という主張が一応六行にわたって引用されるが、「たしかにわれわれの憲法には欠陥がある」というロベスピエールの言明[34]につけこむ形で書き手の介入があり、以後再三にわたり欠陥憲法を行政権（＝王権）に押しつける国民議会の身勝手さが攻撃される。

『ジュルナル・イストリック・エ・ポリティック・ド・ジュネーヴ』（*Journal historique et politique de Genève*）[35]においても書き手の割り込みが目につく。議事録の収録発言数は『ガゼット・ド・パリ』よりもはるかに多いにもかかわらず、要所要所のナレーションが全体の方向をしっかりと定めて、王党派色の強いテクストになっている。冒頭にまず無法地帯と化したかに見えるフランスの紹介があって、書き手の立場が明確に示されている。国王回答に対しては、「多数の議員が満足の意を表明したが、他に決然たる反対を表明する者もいた」とされる。1、2、3、5と比較的長々と紹介される反対意見のなかでは1のミュゲ・ド・ナントゥの発言に指導性が認められ、2のロベスピエール発言には直接引用のみでコメントはない。それよりも4と5との間でどうやら発言順をめぐる醜い争いがあったらしいことがほのめかされる。7のミラボー子爵は他紙では失言問題で話題になることが多いが、ここでは1から6にいたる国王批判の発言に対する反批判の頼もしい論客という扱いを受け、彼の失言に対する第三身分側からの抗議のあとに、むしろ1－6発言が国王を侮辱しているという逆襲の意見もいくつかあったと記し加えている。(36) 後半に入っても、やはり編集意図は露骨であり、13、14、15といった重要な反論を12と同じ類いの主張であるとして、発言者名の羅列だけで片付けてしまう。モンスペ（21）の挑発も一応報告はされているが、その直後のミラボー発言やモンスペ自身による撤回のエピソードは一切省略されている。

以上の二紙に代表される王党派ジャーナリストの〈編集〉は、つまるところ書き手の強引とも言えるような介入によって印象づけられる、アクの強い主観性を特色としている。平坦にして単調な記録の内部に不連続の声を響かせるこの方法は、王権の危機を読者に実感させ、不安をつのらせるにはもっとも効果的であり、それが昂じると、たとえば記者の一人、リヴァロルに見られるように、語り手の独白や長広舌が記述の位相を完全に覆いつくしてしまうような、特異なスタイルを生み出すことになる。(37)

5　メタレベルの活用

書き手の記録文への割り込みは報道記事に二つの層を作り出す。国民議会議事録が本会議における討論の忠実な復元ではなくなり、ジャーナリストの感情や見解陳述の場と化したとき、新聞は王党派について見たような傾向性の強い政治的役割を担うことになる。王党派系以外の新聞で、そうした書き手のメタレベルが報道記事の叙述を侵蝕している例を、以下に三名のジャーナリストについて検討してみよう。

まず当時もっとも充実した議事録を掲載していたことで定評のあった『ル・ポワン・デュ・ジュール』(*Le Point du jour*)である。[38]トゥールーズのパルルマン法院弁護士の議員バレール・ド・ヴィユザックの刊行になる当紙は、五日の本会議でバレール自身の動議が事実上採択されたこともあって、[39]詳細をきわめた記録を発表している。そして当然予想されることながら、書き手バレールの記録文への介入は都合五回に及び、さらにバレール本人の発言(14)の引用も全三九行と断然他を圧する分量である。五回の介入を六つのパラグラフに分類して並べ、さらに14発言を組み入れてみると、議事録を超えた次元に全部で七つのディスクールよりなるメタレベルが形成される。このメタレベルこそが、当紙を貫く基本的主張を盛る器としてきわめて重要な役割を果たしているように思われる。本会議での審議の流れに寄り添う形をとりながら、巧妙に自己アピールを続けるこの静かな声によって語られる物語とは次のようなものである。

ディスクール①　状況見取り図――外部の危機(破廉恥な宴会と民衆の食糧欠乏)と内部の危機(憲法をめぐる対立)。

ディスクール②　内部の危機の不安――国王の回答は意味不明であるが、どうやら〈敵〉の正体は善良な王ではないらしい。

ディスクール③　〈敵〉に対置すべき論理――〈敵〉は宮廷の悪臣にほかならず、彼らに対しては〈法〉〈三権分立〉〈基本的人権〉理念で闘う。
ディスクール④　バレール自身の発言（14）――③の〈法・権力・人権〉をさらに細かく論じて王権を相対化する、また代表団を王のもとに派遣するなどの動議を提出。
ディスクール⑤　アベ・モリ発言（18）への反論――人権宣言の原理的擁護。
ディスクール⑥　ミラボー発言（39）への反論――アベ・モリと同じくミラボーも人権宣言は〈哲学著作〉であるから国王の裁可の対象たりえないとする。バレールにとってミラボーは同じ第三身分同士ながら、採択動議をめぐる審議でのライヴァルになるので、この牽制は当然である。この反論によって、憲法のほかに人権宣言をも裁可の対象に加える論理は完成し、〈内部の危機〉解決への道が拓かれる。
ディスクール⑦　〈内部の危機〉と〈外部の危機〉との一挙解決――パリ女性市民（下層民ではない）が傍聴席に登場する（乱入ではない）ことで、内部の危機と外部の危機とが出会う。物語は〈女たちの出現〉→〈議会による事情聴取〉→〈代表の出発〉→〈王の裁可〉→〈王の善性の確認〉という必然の筋道をたどり、両危機は電光石火の解決をみて、〈民衆〉〈議会〉〈国王〉が一本の糸で結び合わされる。

このようなメタレベルの物語は、バレールによる一〇月五日本会議の個性的な〈読み〉（そのなかにはロベスピエール（2）の発言主旨を横取りしてしまうような強引な自己顕示も含まれる）を示しているが、それ以上に当時のジャーナリストにとって国民議会の議事録という新しいジャンルが、一つの〈事件〉や〈物語〉を己れの紙面に現出させるための格好の素材であった事情をよく伝えてくれる。

『クリエ・ナショナル』(*Courier National*)[40]はやや事情を異にする。ド・ピュシーの記事は議事録の常識をまったく無視したもので、発言者の名前を省略したままその発言を直接話法で引用し、しかもそれらが数名のディスクールの合成物である上にド・ピュシー自身の意見や感想を織り混ぜてあるため、読み手にはメタレベルを識別することすらかなわず、テクストのすべてを無批判に受け入れるしか方法がない。バレールの新聞よりはるかに狡猾なやりくちと言える。

メタレベルの介入という点では、やはりマラの『人民の友』(*L'Ami du peuple*)[41]を落とすわけにはいかないだろう。というのも、これまでのどの新聞にも増して、書き手の割り込みは強引にして臆面もなく、読者はむしろその横暴さ、荒々しさに惹かれてこの新聞を求めたとすら言えるからである。

たとえば、一〇月事件を扱った第二六号(一〇月七日付)には三日から六日までの国民議会議事録が掲載されているが、議会報告とは名ばかりで、審議の模様を伝える中性的文体は必ずマラ自身の激烈な弁舌にとってかわられる。一〇月三日の本会議における食糧問題の討議報告では、途中から小麦粉の国外流出が政府側の仕業であるとする弾劾演説が始まり、やがてネッケルの責任追求、ひいては血腥い処刑への呼びかけへとエスカレートする。

一〇月五日昼の報告は簡略をきわめ、国王回答に対する批判的発言の要旨が七行と、ペティオン・ド・ヴィルヌーヴ(12)が無条件裁可を要求したという五行のあと、議会が採択したデクレが引用されているのみである。その後の展開を記述する筆もまったく熱意は感じられず、議場に侵入した女たちの模様や近衛兵虐殺のエピソードも、マラには一切の共感も反感も呼ばないかのごとくである。六日の記録の最後は、国王一家のパリ到着を報じる次のような文で締め括られる。

国王、王妃、王太子らは夕刻七時頃に首都に到着した。ようよう自分たちの王様をわがものにできたというのは、パリジャンたちにとってはお祝い事であった。王がいてくだされば、たちまちいろいろなことが変わるだろう。貧民が飢えで死ぬこともあるまい。だが、この僥倖は、憲法が完全に認可されるまでは、国王一家を我々の許に留めおくのでなければ、まもなく夢のように霧散してしまうであろう。『人民の友』は同胞市民と喜びをわかち合いはすれど、惰眠をむさぼりはしない。(42)

この無愛想な数行は、ジャーナリスト、マラの見詰めているものがどこにあるかを如実に示している。マラは、つい前日までパリとヴェルサイユを揺り動かした驚くべき事件の展開にはほとんど興味を抱いていない。事件を〈物語〉に仕立てて逐一報告するというジャーナリストの常套手段を、マラは始めから拒んでいるように見える。報告を執筆中のマラの意識は、過去の出来事の方向にはまったく向けられていないとさえ言える。といってその意識は、上記引用文に明白に現れているごとく、国王のパリ帰還がもたらした手放しの喜びに満ちる現在の状況に吸収されてしまう訳でもない。マラは憲法の全文が国王の手で裁可されるべき瞬間にこだわり続けているので(43)、そのような未来の一点からマラは過去と現在に容赦のない疑問を発するのである。この革命家の幻想こそが、民衆への直接の呼びかけを誘発し、警告や扇動の言説を生み出す。現在と未来に絶望し、過去を彩る王権の栄光を懐かしむ王党派リヴァロルの語調と、過去と現在を拒み、未来に同化する革命家マラの弁舌には、不思議なほど似通ったある悲痛な響きがある。

まとめ

一〇月事件のなかで五日の国民議会本会議の討論が占める位置はささやかなものであるにすぎない。タルジェ発言（42）のあと、議場には多数のパリ市民が乱入し、審議は混乱の相を呈する。議会は代議制の原則によって選出されたエリートたちがお互いの理念を交換しあう神聖な空間であることをやめ、民衆の巨大な圧力の前にほとんど無防備のままさらされる。五日夜、国王の無条件裁可をとりつけて以後、翌日国王一家がパリに出発するまでの間、国民議会にはもはや果たすべきなんの役割もない。宮殿内外での流血騒ぎ、国民衛兵の活躍、バルコニーでの王の演説、パリへの行進など、事件の節目となるエピソードのすべては議場の外で起き、議会の介入なしに進展・解決をみている。五日昼の本会議以前にも、パリを舞台に大群衆を主役とするドラマが演じられ、ヴェルサイユ行進や民衆の議場乱入はその結果であることを忘れてはならない。

国王回答をめぐる議会での審議は、このようにして、国民の代表たる議員たちの予測や能力をはるかに超えた異常な事態に囲まれ、試練にかけられている。この事態――ピエール・ノラやロラン・バルトが言う意味での〈事件〉――は、ヴェルサイユの議事録を中心にした報道活動に従事するジャーナリストにとっても、まったく同じような試練の体験であった。すでに一〇月五日昼の本会議記録そのものからして、さまざまな隠蔽、選択、介入の小細工が弄されている事情はこれまでに記したとおりであるが、ジャーナリストたちにとってさらに大きな試練とは、視点を議会からパリやヴェルサイユ宮廷に移して事件の全貌を報告しようとする場合、議事録の無色透明な事務的文体をもってしてはまったく記述不能な現実があるという状況であった。彼らは〈レシ〉という手法に訴え、ヴェルサイユ行進をめぐる、それぞれに異なった物語をこしらえあげることで、〈事件〉を馴致《じゅんち》・処理すると同時に、おのれの物語を一つの〈事件〉に仕立てようとするだろう。この〈レシ型〉報道文の読解こそが、私たちの次なる課題である。

第三章　一七七八年　二つの死

一　二五年ぶりのパリ——ヴォルテールの到着とフランスの情勢

一七七八年二月一〇日、八三歳のヴォルテールがその痩せ枯れた姿をパリに現したとき、全市民は異常なまでの興奮に駆られ、好奇の眼を輝かせてこの伝説の巨人を迎えた。ルイ一五世の宮廷に愛想をつかし、プロシアのフリードリヒ二世にも失望したヴォルテールが、ジュネーヴに近いフランス領フェルネーに館を建てて定住してから二〇年近い歳月が流れていた。パリに足を踏み入れるのは二五年ぶりのことである。『諸国民の風俗と精神についての試論』（一七五六年）、『寛容論』（一七六三年）、『哲学辞典』（一七六四年）などの旺盛な著作活動のかたわら、ジャン・カラスの名誉回復で救世主のような存在にまで神格化された「フェルネーの長老」と実際に面識のある者は少なかった。なにしろ、ルイ一六世が生まれたとき、ヴォルテールはすでにパリを去っていたのである。

ヴォルテールはひどく疲れていた。八三歳の高齢でフェルネーからパリまでの長旅を、雪に悩まされ、寒さと闘いながら耐えぬいたのである。何が彼を駆り立てていたのか。『ザイール』や『メロップ』の作者として当今最高の悲劇作家の名声をほしいままにした彼は、生涯最後の芝居、『イレーヌ』と『アガトクル』をパリで上演したいという悲願に燃えていた。栄耀栄華をきわめた巨匠の心の片隅に、若者のような文学的野心と首都への憧れがくすぶっていた。ヴォルテールがフェルネーの大名暮らしに別れを告げ、姪のマリー＝ルイーズ・ドニを伴ってパリに乗り込んできた姿には、すぐれて近代的な文学者の意地といったものすら感じられるのである。

パリ市民はヴォルテールに休息の余地をあたえなかった。哀れな老人は、投宿したヴィレット侯爵邸の一室で、彼を一目見ようと連日のように押しかけてくる群衆のざわめきに悩まされなければならなかった。さらに日に三〇〇人をくだらない訪問客への応待もあった。要するに、ヴォルテールが五月三〇日に世を去るまでの二カ月間は、あの有名な短詩『この世の人』（一七三六年）に謳われた現世主義的社交哲学の、文字通り生命を賭しての実践と解釈できなくもない。パリ中がヴォルテールの周りにひしめきあっていた。それも人間ばかりではない。さまざまな思いを秘めてボーヌ街を訪れる客の一人一人を介して、パリの、フランスの、ヨーロッパの、いや全世界の「状況」そのものが、手を変え品を変えてこの孤独な老文学者を取り巻いたのである。死期の間近いヴォルテールがヴィレット侯爵邸を出ることはあまりなかったが、彼は床についたまま、いながらにして、一七七八年という歴史を生きぬいたのであった。果たしてそれはどのような歴史だったのか……。(1)

凱旋したヴォルテールに背を向ける者がいたこともたしかである。宿敵ルソーが見舞いに現れるはずはない。ヴォルテールの悪罵を浴び続けたカトリック関係の人々しかり。そして、当然のことながら、この思想家について著作を通じてしか知らない若い世代の者たち。二四歳のルイ一六世も、財務長官ネッケルの忠告をいれて謁見《えっけん》の話は聞き流すことにした。ジュネーヴ出身で新教徒のネッケルは、カトリック教徒をいたずらに刺戟するだけの事態はなんとしても避けたかったのであろう。だが、この賢明な政治的配慮も、ネッケル夫人が一二歳になる娘のアンヌ＝ルイーズ＝ジェルメーヌを伴ってボーヌ街の老人を見舞うことは妨げなかった。(2)啓蒙の世紀を通じてカトリック教権にたいするもっとも痛烈な批判者の一人であった哲学者と、いまをときめく財務長官とのこの微妙な関係は、それ自体がすでに一七七八年の状況そのものである。

そもそもルイ一六世の治世とは「一つの反動」(3)であった。絶対王政の仇敵であるパルルマン法院と闘い、特権身分への課税をもくろんだ宰相ショワズルが一七七〇年に失脚すると、代わって登場したモープーは前任者の政策をさらに強化して翌年パルルマン法院を廃止し、財務長官テレーも税制を大幅に改革した。王権と貴族層との抗争を通じて、行政官僚の内部に啓蒙思想の洗礼を受けたいわゆる「改革派」と呼ばれる役人が台頭してきたのである。二〇歳で即位した新王は老練な案内人モールパ伯の忠言をいれて「三頭政治《トリヨムヴィラ》」の三大臣、すなわちモープー、テレー、それに外務担当のデギヨンを更迭し、旧パルルマン法院を復活させてしまった。以後ルイ一六世の治世は、行政官のイニシアチヴによる改革の気運と、大法官貴族の妨害とによって織りなされる、前進と後退、希望と幻滅のドラマを演じることになる。一七七四年に財務総監に就任し、自由主義的な財政・経済の改革をめざしたテュルゴーは二年後に更迭されてしまう。同じ運命は、テュルゴーと銜《くつわ》をならべて各方面の改革に従事した大臣たち、すなわちヴェルジェンヌ（外務）、マルゼルブ（内務）、サン＝ジェルマン伯（国防）たちをも待ち受けていた。

ミシェル・ドニによれば、テュルゴーたち改革派の失脚はルイ一六世の治世に「最初の曲り角」を作りだす。[4]というのも、彼らが手をつけたさまざまな改革のうちで、残ったものは結局何一つなかったからなのである。ジャック・ネッケルはこのような情勢に促されるようにして、一七七六年から約五年間、国家の財政を管理する。新教徒の彼はカトリック教徒の不安を取り除くために教会の特権を尊重し、地方司祭の収入を増してやる。新しい課税にも緊縮経済にも興味を示さないネッケルは、財産家としての信用を唯一の武器にして、利率八パーセントから一〇パーセントの借入という手段に一切を賭け、またたく間に五億リーヴル以上の金で国庫を満たしたのである。国庫金は平常の支出を賄うのみならず、フランス人に無税でアメリカ独立戦争を支援させることにもなった。国民は熱狂してこの新しい財務長官に喝采を送った。彼らはネッケルの借入政策が莫大な負債を作りだしており、国家財政の危機はただ先に延ばされているにすぎない、という事実には気づかなかったのである。

一七七八年、ネッケルは全能だった。その地位と威光とをもってすれば、前任者テュルゴーには許されなかったもろもろの改革の実現も夢ではなかったかもしれない。[5]しかし、このスイス人の富裕な銀行家には、宮廷や財界を敵にまわしてまで世直しを断行する勇気はなかった。彼が試みたのは、テュルゴーの改革案の、ごく控えめな、部分的な実行であった。二月、ネッケルは王に宛てた覚書で行政の地方分散を説き、地方総監の補佐機関としての、三部会代表による地方議会の設立を要求した。王はこれを承認したが、パルルマン法院への遠慮から、提案の実現はベリーと、そして翌年のギュイエンヌの二地方にとどまった[6]。前任者のテュルゴーがこの微温的な手直しに満足したはずはない。三月二八日、健康を回復したヴォルテールは、コンドルセとともに失意のテュルゴーを慰問する。八三歳の老哲学者は、自分の息子ほどにも若い、しかし憔悴しきった経済学者のもとに駆けより、両手を取ってむせび泣いたという[7]。

テュルゴーに面会する二週間ほど前、ヴォルテールは折りしも大陸会議から派遣されたアメリカ使節として滞仏中のベンジャミン・フランクリンの訪問を受ける。七二歳のアメリカ人政治家は孫を連れてきた。ヴォルテールがこの少年に「神と自由《ゴッド・アンド・リバティ》」と言って祝福をあたえた逸話は有名である[8]。しかし、逸話に騙されてはならない。フランクリンは老獪な男だった。彼は老哲学者を見舞いにわざわざフランスまで赴いた訳ではない。

申すまでもなく、アメリカ独立戦争の遠因は英仏植民地の抗争に端を発した七年戦争（一七五六—六三年）である。敗れたフランスはアメリカの植民地を失わなければならなかったが、戦勝国のイギリスも極度の財政難に苦しみ、窮余の一策として植民地に一連の課税をした。これが植民地人の反撥を招き、アメリカ大陸の一三のイギリス植民地は大陸会議を召集して結束し、本国との武力抗争に突入した。大陸会議が独立革命を決意するのは一七七六年春のことである。ジェファソンの起草になる「独立宣言文」は同年七月二日に採択され、二日後には公布された。宣言は全世界に大きな反響を呼んだ。しかしフランスでは、七年戦争敗北の復讐を果たそうと画策する外務大臣ヴェルジェンヌの意向とは逆に、世論はまだイギリスと事を構えるほど好戦的ではなかった。外国の援助、わけてもフランスのそれを当てにしていた大陸会議は、名うての策略家フランクリンを派遣委員に選んでパリに送り込んだ。七六年末のことである。[9] この質朴にして善良なるアメリカ市民は、フランス人の眼に「哲学者たちの説く美徳の生きた見本[10]」と映じた。一〇年前、メルシェが一種のユートピア小説『未開人[11]』で描いた、文明に毒されない無垢で自然な人間が、現実にパリの街に姿を現したのである。外務大臣ヴェルジェンヌはアメリカの独立運動の展開に強い関心をいだき、アメリカ人からの要請がくる以前に王を口説いて一〇〇万リーブルの軍需物資購入費を調達し、[12] 劇作家ボーマルシェをフランクリンに引き合わせて秘密裡に武器弾薬をアメリカに送らせていたが、[13] 派遣委員に向かって直ちに陸海軍の援助を約束するほどお人好しではなかった。ヴェルジェンヌは満を持していた。アメリカ人がイギリスの軍事力にどこまで対抗して頑張りぬけるのか。それを見届けるまでは危いめにあいたくない。これがヴェルジェンヌの本音だった。ヴェルジェンヌとフランクリンとの間で、しばらくは、外交上の高度の駆引きが続いた。

一七七七年に入ると、ヨーロッパから大勢の志願者が海を渡ってアメリカ大陸の戦闘に参加し始めた。そのなかには、二一歳のラ゠ファイエット侯爵の姿も見られた。同年の一〇月一七日、サラトガにおいてバーゴイン率いるイギリス軍が降伏するに及んで、ヴェルジェンヌもようやく腰をあげた。翌一七七八年二月六日、すなわちわがヴォルテールのパリ到着に先立つこと四日、外務大臣はアメリカとの間に二つの条約、和親通商条約と同盟条約を締結したのである。戦争が全面的に終結し、講和条約が結ばれたのは一七八三年二月三日のことであった。それまでの数年間、フランス゠アメリカ軍は根強いイギリス軍の抵抗にたいして苦しい戦いを強いられねばならなかった。[14]

条約締結の翌月、フランスは英国に向けて宣戦を布告する。駐仏の英国大使は帰国直前にヴォルテールを見舞いにくる。それはフランクリンが孫を伴ってボーヌ街を立ち去ってから一時間後のことだった。かつて英国に長期間滞在し、多くを学んだヴォルテールにとって、これはさだめし辛い一日であったに相違ない。英国体験の所産ともいうべき『哲学書簡』（英語版、一七三三年）で彼はクエーカー教徒の平和主義を賛美し、(15)とりわけアメリカにおいてウィリアム・ペンが設立した新天地ペンシルヴァニアに深い感動を表明した。(16)半世紀を経過した現在、彼の第二の故郷である英国が本国と植民地との間の熾烈な闘争に明け暮れ、それぞれの代表がはからずも同じ日に訪れてきて敬意を表する。そしてフランスもいよいよ戦列に参加しようとしている……。(17)

だがしかし、独立戦争について多くを語らないヴォルテールの心境とは裏腹に、「独立宣言」をきっかけとしてヨーロッパの歴史は大きな転換をとげようとしていた。ジャック・ゴドショは一七七〇年から一八五〇年にまたがる八〇年間を「革命期」と規定し、ロシア、東ヨーロッパ、アメリカを含む全西欧世界に連鎖して生起する大小の動乱を枚挙して、その社会的・経済的・政治的な原因を分析している。(18)わけても、世紀末のヨーロッパにおけるアメリカ革命の影響にはすさまじいものがあった。(19)それは単なるデマや誇張ばかりでなく、アメリカに関する無数の書物の、しかも各国語への同時翻訳と出版という現象を生みだした。(20)哲学者たちは、ちょうど新大陸の発見がトマス・モアの『ユートピア』出版と軌を一にしたように、独立革命を自分たちの最初のユートピア実現の機縁にしようと考えた。(21)啓蒙思想はようやく空想旅行譚との和解の場所を見つけだしたのである。(22)

二 『イレーヌ』上演
――ヴォルテール最後の悲劇とラ・アルプ、メルシェ、ボーマルシェ、モーツァルト

一七六二年の夏、「フェルネーの長老」の最大の関心事は現実の悲劇、カラス事件であった。彼は蟄居《ちっきょ》の生活をすこしも乱すことなく、手紙一本でパリの友人や腹心を遠隔操縦していた。一七七八年のヴォルテールにそのような余裕はない。彼は正真正銘の悲劇『イレーヌ』を携え、文学青年のような自負と不安に胸をときめかせながら、二五年ぶりのパリの土を踏む。

『イレーヌ』の制作過程は、難産としか形容のしようがないほど苦渋に満ちていた。ヴォルテールはこの生涯最後の作品の構想を一七七六年末にはほぼまとめていたが、必ずしも出来栄えに満足していた訳ではなかった。(23)パリに発つ直前ですら、コンドルセの正鵠を射た批評に意気沮喪し、(25)精魂傾けた仕事がまだ不完全な代物でしかないことを認めている。(26)この時期のヴォルテールに自分の劇作家としての才能にたいする疑念のようなものが芽生え始めていたことはたしかである。

作者の不安をよそに、『イレーヌ』の原稿は一七七八年一月二日、正月気分のコメディ・フランセーズで朗読され、満場一致で上演が決定した。二月一〇日、ヴォルテールがパリに着くと、劇団は代表を送って敬意を表し、(27)こうして見舞い客でごったがえすヴィレット侯爵邸の一室は、一カ月後の初演を待つ『イレーヌ』の舞台づくりのためのアトリエと化したのである。死を数カ月後に控

えた老作家が『イレーヌ』上演に注いだ情熱はすさまじかった。配役をめぐるもめごとで神経をすりへらす一方[28]、昼夜を問わず秘書のヴァニエールを酷使して詩句の手直しに専念した[29]。三月に入っても、吐血がひどくて絶対安静の状態でありながら、ヴィレット邸の客間に一座を招いて総稽古をさせたり[30]、またポスターや舞台装置のことにうるさいまでに容喙《ようかい》しているのである[31]。

三月一六日、『イレーヌ』はコメディ・フランセーズで初演された。王妃マリー＝アントワネット以下、ヴェルサイユとパリのあらゆる著名人士を呑み込んだ満員の観客のなかに、作者の姿は見られなかった。「誰もこの陰気な悲劇が皆目理解できなかった。皆が退屈し、皆が喝采した[32]」。ボーヌ街では、ナイト・キャップを耳までかむったヴォルテールが、幕ごとの成功を告げに駆けつける使いの者を満更《まんざら》でもなさそうな顔で迎えた。彼が元気を回復してアカデミー・フランセーズに足を運び、ダランベールの賛辞に耳を傾けてから、ついでコメディ・フランセーズで群衆の歓呼を浴びるのは、それから二週間後の三月三〇日のことである[33]。

いうまでもなく『イレーヌ』の成功は、あくまで世俗のそれである。初演の反響は総じて好意的だったが、老作家の情熱にたいするオマージュと作品それ自体への評価とはおのずから別のものであった[34]。それを誰よりも自覚していたのはほかならぬ作者自身だったのではあるまいか。メトラの『秘密通信』によれば、ヴォルテールは五月に入ってから第五幕の結末の大幅な変更を思いたち、そのためコメディ・フランセーズは上演を中断しなければならなかったという[35]。

『イレーヌ』に賭けた情熱の陰には、その頃、ディドロの演劇理論を踏まえてようやく実を結び始めたメルシェやボーマルシェらの「ブルジョア劇」の隆盛にたいして、正統古典悲劇の継承者としての意地を示そうという執念がヴォルテールにあったことを忘れてはならない[36]。『イレーヌ』に付した一種の序文ともいうべき『アカデミー・フランセーズへの手紙[37]』で、ヴォルテールはテクスト中の語法の是非についてアカデミーの指示を仰ぎ、自分の『イレーヌ』は、「アレクサンドロスの優れた家庭教師によってギリシアにあたえられ、我国演劇の父である天才コルネイユによってフランスに取り入れられた諸規則を忠実に守っているという以外に取得などない[38]」と謙遜している。事実、この芝居の物語は、コンスタンティノープルの宮殿を舞台に、きわめてコルネイユ風な状況設定のなかで展開する。暴君ニセフォールとの愛のない結婚生活を強いられている王妃イレーヌ。そのニセフォールを殺害して王位につき、イレーヌとの愛を成就しようとするギリシアの王子アレクシス。アレクシスの罪を咎め、娘に信仰と隠遁を説くイレーヌの父レオンス。そして、神と恋とのジレンマに苦しみ、ついに死をえらぶイレーヌ……。

『アカデミー・フランセーズへの手紙』で韻文こそが悲劇にとって不可欠な要素であることを力説したヴォルテールは[39]、『イレーヌ』を演じる役者たちの台辞まわしにまで細かい注文をつけなければ気がすまなかった。秘書ヴァニエールが清書したテクストの余白に、彼はみずからの手で詳細な指示を書き込み、自分の詩句が役者の肉声を介して深く情緒的に表出されることを要求している[40]。ほんの一例を挙げよう。第四幕第三場、アレクシスの罪を難じてレオンスがこう語る[41]。

「聞きなさい、神が語るのを、大地が叫ぶのを。『汝はその両の手で主君の命を奪ったのだ。その妻を娶ることなど許されぬ』」。

このくだりについてヴォルテールがレオンス役の俳優にあたえた指示は次のようなものである[42]。

「ここでは神みずからに語らせるかのように声を大きくする。ここのくだりはすべて予言者のような威厳と情熱をもって述べること」。

一七七八年のフランス演劇の「状況」とは、一方で老ヴォルテールが古色蒼然たる悲劇の舞台に「恋」とか「義務」とか「罪」などといったさまざまな抽象的情念を韻文のリズムにのせて朗々と歌わせれば、他方、ブルジョア劇の傑作『お酢屋の手押車』（一七七五年）などで否応なしに劇作家としての名声を確立したメルシェが、あるいはまた、独立戦争に一役買ってでるかたわら、名作『フィガロの結婚』をこの年に手がけるボーマルシェが、旧来のジャンルの拘束にとらわれないまったく新しい現実的な芝居のスタイルを探求している、というものであった。二月、『文藝通信』はこの間の事情を説明して次のように述べている[43]。

数年来、劇作家のメルシェ氏はフランス悲劇の間近い没落を我々に予言し続けている。氏が他の誰にもましてそれを信じるに足る個々の理由は周知の通りである。理由ならもっと説得力に富んだものをいくつも挙げることができるだろうし、芝居好きならずとも、この不吉な予言の成就がかつてないほどに心配されていると認めるにやぶさかではあるまい。我国の演劇作法のあの手この手はそのことごとくが使い古されてしまったようだ。二、三〇〇〇もの芝居をいわば同じ鋳型にはめこんでおいて、どうして使い古されないですまされようか。同じ方法、同じ技法に飽きもせずにこだわり続けていて、現在どこに新しい主題や状況や動作や効果を求めるというのだろう。

ヴォルテールの『イレーヌ』が、どこまでも時代遅れの遺物であるという訳ではない。すでに『ザイール』や『マホメット』や『中国の孤児』の舞台は、古典悲劇の枠組みをはみだして東洋や中近東の世界に素材を求めていた。(44)『イレーヌ』においてもコンスタンティノープルという土地柄が生かされ、アジアとヨーロッパとをわかつ古都のたたずまいが登場人物の台辞を通してよく表現されている。だが、それにも増して、『イレーヌ』の世俗的成功の裏には、七〇年代のコメディ・フランセーズが新しい傾向の芝居の上演にたいして慎重であり、(45)メルシェのような劇作家を敬遠して、むしろ因習的なレパートリーに固執していた、という事情を考えるべきだろう。(46)メルシェはフランス座の支持を失って、もっぱら大通りの小劇場に脚本を提供し、さらに地方劇場を根城として活躍する。六月九日、彼は『パリ日報』に書いている。(47)

私はド・ラ・アルプ氏の首都の劇場における大成功にけちをつける気は毛頭ない。願わくば氏が私の地方でのささやかな成功を大目に見られんことを。それは氏のパリでの名声を損うようなものではないのだから。

三年後には『パリ情景』の最初の二巻を世に問うことになるこの現実観察家が皮肉をこめて揶揄しているのは、ヴォルテールの庇護のもとに幾多の悲劇を書いてはきたものの、むしろ『メルキュール』誌の批評家としての才能を評価されているジャン＝フランソワ・ド・ラ・アルプである。フランス演劇にほとんど貢献するものを持たないこの二流の劇作家の、一七七八年における手柄と呼べるものは、師の最後の悲劇の成功に続いて、七月一一日、自作の悲劇『バルメシッド一族』をコメディ・フランセーズで上演したことであろう。『イレーヌ』が、『ザイール』や『メロップ』の作者の「白鳥の歌」にふさわしい気品と格調をかろうじて保持しているとすれば、ラ・アルプの芝居は一八世紀悲劇のなれの果てをまざまざと見せつけるていの、救いようのない駄作であった。物語はバグダッドを舞台に、いわゆる「恩讐の彼方」を主題として進行し、カリフのアーロンに仕える身ながらアーロンを父の仇と狙うアモラッサンを主人公にしている。アーロンに殺されたはずの父バルメシッドが途中で生還し、息子の翻意を促すが、恋がらみの怨念からアモラッサンは主君の息子と闘ってこれを殺してしまい、捕らえられてアーロンの手にかかりそうになる。そこへバルメシッドが現れてアーロンのかつての罪を許し、アーロンも感じるところあってアモラッサンの命を救う、という筋立てである。作者がショヴァーロフ伯への献呈文で弁解にこれつとめていることからもわかるように[48]、終幕の意外な展開はどう見ても不自然で内的必然を欠き、著しく観客の感興をそいでしまうことは否めない。

『バルメシッド一族』について見るべきは、脚本の内容よりも、むしろ上演をはさむ前後数カ月の期間における作者ラ・アルプの言動と——とりわけ恩師ヴォルテールにたいする——、およびラ・アルプをめぐっての世論一般の動向とである。師の『イレーヌ』の草稿がコメディ・フランセーズで朗読されると、ラ・アルプは自作『バルメシッド一族』の上演を犠牲にしてまで、ヴォルテールの悲劇の初演を実現させようとする。フェルネーの長老は恐縮し、師弟の間で譲り合う場面が見られる。[49] ヴォルテールのパリ到着後もこの健気な弟子はボーヌ街に日参するが、[50] やがてお互いの悲劇の評価をめぐって小さな諍《いさか》いがあり、[51] ラ・アルプの『メルキュール』誌上における日頃の毒舌を腹にすえかねている連中のよい笑い物にされる。[52] ヴォルテールが死んだ五月三〇日、ラ・アルプは『バルメシッド一族』の舞台稽古に熱中して大方の顰蹙《ひんしゅく》を買う。[53] 七月、自作がコメディ・フランセーズにかかる直前、他界して二カ月にもならない師の旧作『ズュルミーヌ』を、『メルキュール』誌復刊第一号で早速批判して、ヴォルテールの心酔者たちをいたく憤慨させる、[54] 等々。

なかでも『ズュルミーヌ』を酷評した一件は、恩師への裏切りという意味でヴォルテール派を敵にまわす格好となり、さらにダランベール、マルモンテルなどを擁する『メルキュール』誌そのもののスキャンダルとして、反百科全書派の絶好の餌食にされた。[55] 七月一一日の『バルメシッド』初演はみじめな失敗に終わった。[56] 予想された妨害こそなかったが、観客の反応は冷たく、やがてパロディまで作られる始末だった。[57] そのうえ、『パリ日報』がラ・アルプの忘恩行為を論難する内容の手紙を公開したので、これに応酬もしなければならず、さらに、あわててヴォルテールを称え直したり、[58] 自作の弁護にこれつとめるなど、[59] 一七七八年はこの「高名な批評家」にとってまさに受難の年だったと言える。

ラ・アルプをめぐる種々雑多な状況にこだわったのは、ゴシップとしての興味からではない。『バルメシッド一族』上演の失敗は、『イレーヌ』の世俗的成功と並んで、フランス悲劇の衰微を露呈する象徴的事件である事実をまず指摘できるだろう。次に、この挫折は劇作家ラ・アルプが批評家ラ・アルプへと転身する重要な契機になっている。そこには、『メルキュール』誌上での批評活動と悲劇作者としての創造行為とが徐々に離反し、ついには批評が創作を食うという、ある意味ではラ・アルプ個人の資質や才能の問題を超えた、きわめて近代的な文学の宿命が働いている、と言えるだろう。また、ヴォルテールとの微妙な愛憎関係、師の没後に見られた言動のオポルチュニスト（日和見主義者）ぶりは、批評家という新しいタイプの文学者が否応なく身につけざるをえない社会性――または世俗性――の一端を示しているとも考えられる。これが一七七八年におけるラ・アルプという作家の、精神史におけるささやかな役割と意味である。

同じ頃、ボーマルシェは何をしていたのか。『セヴィリアの理髪師』（一七七五年）以後の彼の活動は文学者としての常識をはるかに超えて多岐にわたるものであった。アメリカ独立戦争をめぐっての暗躍もさることながら、一七七七年にはフランス座の俳優と事を構えたのを機に、脚本家の生活保障を目的とする「劇作家協会」を創立し、劇団側と息の長い闘争を演じることになる。[60] ボーマルシェはこのような形で作家の生活の物質的条件に強い関心をよせ、ラ・アルプとは正反対の方向から文学者の社会性というテーマと果敢に取り組んだ。彼がさまざまな妨害と闘って、一七八三年にヴォルテール全集を刊行するのも、[61] 大哲学者への個人的尊敬ばかりでなく、一八世紀において出版事業を束縛する有形無形の検閲機構にたいする挑戦の意識が強かったからなのである。[62]

ボーマルシェが『セヴィリア』の後日談としての『フィガロの結婚』[63]の草案をコンティ公に見せるのは、一七七六年始めのことである。脚本は時間をかけて構想が練られたあと一気に書きあげられ、八〇年に完成する。ボーマルシェが七八年にヴォルテールを見舞ったとき、彼の頭のなかには『イレーヌ』や『バルメシッド』とはまったく異質な劇的世界のイメージが点滅していたはずである。

ジャン・エラールの卓抜な指摘にまつまでもなく、[64]『フィガロ』の世界は世紀末フランス社会の、いくぶん歪んで不完全とはいえ、見事な縮図を構成している。それは、ローラン・ムニエが主張するところの、[65]身分に固執する国家が、すでに階級社会に移行している現実に対応しきれないでいる矛盾をドラマ化したもの、と言い換えることができるかもしれない。

ボーマルシェが『フィガロ』を心に秘めて『イレーヌ』の作者をねぎらっていた頃、二二歳になるドイツ人の音楽家がマンハイムからパリに到着した。この青年こそ、のちにダ・ポンテの脚本でボーマルシェの戯曲をオペラ化することになるモーツァルトである。彼は母とともに、エピネー夫人とグリムの館に宿泊し、《パリ交響曲》や《イ短調ピアノ・ソナタ》などの作品を書きつぐが、神童の名をほしいままにしたかつての滞在[66]とは裏腹に、久しぶりに訪れたパリの反応は冷たかった。それに加えて、母の突然の死という事件もあり、モーツァルトは九月末、六カ月にもおよぶ不如意な滞在をきりあげて、悄然とザルツブルクへの帰途につく。[67]

パリはこの天才に何もあたえはしなかった。いや、一切を拒んだのはモーツァルトの方である。半年にわたる滞在期間にパリで上演された無数のオペラについて、彼の手紙はただの一度も言及していない。当時の首都を二分していたグルック＝ピッチンニ論争[68]にもまったく無関心であるばかりか、フランス人の音楽家や文学者と接触した形跡すらない。[69]モーツァルトのこの時期の作曲それ自体にも、ことさらにパリの面影がみとめられる訳ではない。

歌劇『フィガロの結婚』のフランス初演は一七九三年三月二〇日のことである。パリ・オペラ座の歌手に渡された歌詞は、イタリア語で書かれたダ・ポンテのテクストではなく、フランス語の台本だった。そして、この台本の作者がほかならぬボーマルシェその人であるという大胆な仮説がジャック・プルーストによって提出されている。(70) ボーマルシェは、ダ・ポンテのイタリア語を仏訳したのではない。むしろ、自分の筆になる原作のフランス語の散文を、モーツァルトの音楽に合わせて韻文に書き換えたのである。不思議な運命のいたずらというしかない。モーツァルトは、ついに相まみえることのなかったフランスの一劇作家のペンを借りて、パリとパリ市民にたいする半年間の負債を帳消しにしたのであった。

三　情報・言語・哲学
――ジャーナリズムの隆盛、ヴォルテールとアカデミーの辞典、「哲学者」たち、コンドルセ

五月一二日付の『秘密通信』で、メトラはフランスにおける文学の「低滞」ぶりを歎き、文学者の創作活動を制約している要因として以下の三つを挙げている。(71) 一、生活上の悪条件（たとえば、出版業者や劇場との契約関係）。二、文学のセクト化（たとえば、哲学者と反百科全書派）。三、当局の出版検閲。

第一の要因については、メルシェのような才能ある作家に門戸を鎖し、巨匠ヴォルテールやアカデミー会員のラ・アルプといった人々の作品の初演には関心を示す、一七七八年におけるフランス

座を考えてみればよい[72]。ボーマルシェが劇作家協会を設立して劇場側との厄介な交渉に明け暮れるのも、かかる事態に臨んでの作家たちの深刻な危機感の現れとみなすことができるだろう。第三の要因である出版検閲の好例としては、レナール師の『両インド史』が挙げられる。初版（一七七〇年）、再版（一七七四年）と好評を博した、このヨーロッパ植民地政策に関する報告と批判の書物は、ディドロの大胆な加筆をえて、一七八〇年に第三版が刊行されるが、翌年五月に禁書処分を受け、著者は国外に逃亡しなければならなくなる[73]。ルイ一六世治下の七〇年代は、パルルマン法院を始めとする当局の言論統制が文学の「おどろくべき不毛[74]」を助長し、出版業者のあいつぐ倒産を招く一方、出版監督官ド・ネヴィルの目をかすめるための策略がさまざまな形で考案され、査閲の権威は徐々にその力を失いつつあった[75]。のちの、ボーマルシェによるヴォルテール全集刊行の企ては、こうした情勢一般のなかで実を結んだきわめて注目すべき試みと言えるだろう。

メトラが挙げる、文学衰退の第二の要因であるセクトの問題を、一七七八年を中心にいくぶん仔細に検討してみよう。二月二八日、同じ『秘密通信』の著者はこう記している[76]。

すでに指摘したことですが、ここしばらく我国の出版業界はあらゆる類いの定期刊行物や評論誌にふりまわされています。誰かが他人の著作について論評すると、今度はその人々が自作が批評されたことについて論評する始末です。

ラ・アルプの『バルメシッド一族』をめぐる『メルキュール』誌と『パリ日報』紙の応酬などが

その良い例であろう。メトラが鋭く指摘しているように、一七七八年は新聞・雑誌を中心としたありとあらゆる報道・情報の機関が著しい発展をとげたという意味で、注目すべき年であった。[77]それには文盲率の低下、時事問題にたいする大衆的関心、簡易図書館の設置、製紙・印刷・運搬諸技術の進歩、出版許可制度の改善など、さまざまな要因が考えられよう。[78]そして、これらの多様な定期刊行物はそれぞれが大なり小なり特定の党派や傾向を代表し、お互いに論陣を張り、揶揄しあって、まさに百花繚乱の活況を呈していた。

一七世紀以来、その題名通り諸学界の動向を伝えてきた月刊誌『ジュルナル・デ・サヴァン』（一六六五―一七九二年）は、七〇年代に入って内容が著しく穏健になり、時事問題への介入を控えて慎重な態度を持していた。[79]月刊誌『メルキュール・ド・フランス』（一六七二―一七九一年）は、五〇年代には百科全書派、そしてとりわけヴォルテールにたいする好意的な記事で知られたが、七八年に財政難のため一時廃刊となり、パンクックが新たに出版許可をとりつけて七月に復刊した。[80]パンクックは編集をラ・アルプに任せたが、ヴォルテールの『ズュルミーヌ』を酷評した一件で集中砲火を浴びたため、ラ・アルプはスュアールに席を譲り、もっぱら文芸時評欄を担当することとなる。

一七七八年、ラ・アルプにもっとも激しい攻撃を浴びせたのが、『パリ日報』紙（一七七七―一八一一年）である。このフランスで最初の日刊紙は、前年の一月一日に創刊されたゴシップを含む雑多な記事が各方面で愛読された。ヴォルテールのパリ滞在と死に多くの頁を割いている点で、当時の社会のほぼ平均的な意見と意識を反映した刊行物とみられている。[81]

文芸専門誌としては、第一にエリー・フレロン亡きあと、息子のスタニスラスの手に移った『文藝年鑑』（一七五四―九〇年）を挙げなければなるまい。ついで、かつてはエリー・フレロンと並んで百科全書派のもっとも手強い敵の一人だったパリソの『ジュルナル・フランセ』（一七七七―七八年）が、ヴォルテールのパリ滞在をはさんで泡のように浮かんでは消えた事実にも目をとめておこう。

しかしながら、これらの新聞・雑誌類のどれにも増して、七八年フランスの世相を生き生きと伝えてくれる資料が三つある。メトラの『秘密通信』（一七七五―九三年）、バショーモンの『秘録』（一七七七―八九年）、そしてグリムの『文藝通信』（一七五三―九三年）である。

メトラはプロシアとゆかりの深い人物で、週刊の『秘密通信』もドイツのノイヴィートで刊行されている。「お人好しのメトラ」と仇名されたこの情報魔は、中庸をえた穏和な文章を身上とし、七八年ではラ・アルプへの攻撃とルソーの死を悼む感傷的な記述がとくに目につく[82]。

バショーモンの『秘録』は、一七三七年から五〇年間にわたる社交生活のエピソードを収録している。バショーモンが一七七一年に死ぬと、ピダンサ・ド・メロベールが後を続け[83]、七九年以後はムーフル・ダンジェルヴィルの手に渡った。メロベールは断固たる進歩思想の信奉者であり、バショーモンの頃から百科全書派に好意的だった『秘録』の紙面が、彼の編集にかかるとますますその傾向を強くしてきた。

グリムの『文藝通信』は、ポーランド王スタニスラスやペテルブルクのエカテリーナ二世など少数の君主や貴族を予約購読者とする、百科全書派の牙城の一つとも言うべき手書きの刊行物で、一七七三年、二〇年間にわたって編集をつかさどってきたグリムが手を引いた後は、秘書のスイス人アンリ・メーステールがネッケル夫人の後盾でこれを継続した。

以上のめぼしい定期刊行物に加えて、無数の小雑誌やパンフレット、さらに地方の出版物を加えると、七八年という年はかつてないほどに「ジャーナリズム」の言語が出版界、思想界を席捲した、と断定してよさそうである。この年の作家ラ・アルプの活動において批評が創作を凌ぐことと、フランス社会において情報言語が文学言語を圧倒することとは同根であると考えられる。

二月から五月にかけて、ヴォルテールがボーヌ街のヴィレット侯爵邸でしたためた手紙を通読すると、死期も間近い八三歳の老人が「言語」にたいしていだく異常なまでの執着に驚かされる。まず、重病の身で三カ月間に、たとえ口述にせよ、一〇〇通を越える手紙を書くという事態そのものがすでに異常であろう。パリに到着すると、『イレーヌ』の台本に加筆修正をほどこすかたわら、パンクックが刊行する手筈の全集のためにこれまでの作品に手を入れている[84]。未完に終わった悲劇『アガトクル』のことも忘れはしない[85]。

さらに興味深いのは、三月八日付でブルターニュのトレギエからヴォルテールのもとに届いた長文の手紙である[86]。差出人はジャック・ル・ブリガンと言い、言語学に通じた弁護士で、主としてケルト語を研究していた人物らしい[87]。ヴォルテールの側からの書簡がないので委細は不明だが、このブルトン人の言語学者は仏訳の旧約聖書『創世紀』の冒頭に記された「混沌《トユポユ》」の語源について、『ついに解明された聖書』（一七七六年）におけるヴォルテール自身の注釈[88]を含む幾多の翻訳家の誤りを指摘しつつ、豊富な知識を駆使して単語に秘められた真の意味を明らかにしている。

ヴォルテールが、この地方在住の偏屈な弁護士の反論をどう受けとめたかは不明である。だが、『イレーヌ』初演が終わり、お祭り騒ぎが一応しずまった四月末のこと、彼はルーヴルに赴いてたまたま開催中のアカデミー・フランセーズの例会に出席し、国語辞典の大幅な改訂を熱心に主張して、居並ぶ会員を驚かせた。五月七日の例会には作業の詳細を計画書にまとめて提出し、火のような熱弁をふるって人々の説得にかかった。デノワルテールの大著『ヴォルテールと一八世紀社会』に収録されている当日の議事録によると、新しい辞書は語源、不規則動詞の変化、モンテーニュらの大作家の個性的な用例を盛り込み、文法と修辞学と詩学の機能を併せ具えた画期的な作品になる予定であった。(89) ヴォルテールはさらに作業の分担まで決め、みずからAの見出語を担当することになっていたという。そして翌八日には、フェルネーに帰した秘書ヴァニエールに、書斎の書物のうちで「フランス語に関するもの一切」、すなわちポール・ロワイヤルの『文法』、レストーの『文法』、ジラールの『同義語』、デュマルセの『トロップ』ほか数冊の言語学関係の書名を挙げ、これらをパリに送るよう指示している。(90) そして三日後の手紙では、(91) さらに英書の一冊として *The Origin of the language* (92) を注文しているのである。

ル・ブリガンの原始言語説と、ヴォルテールのアカデミーにおける辞書改訂の主張、それにこの性急な書籍注文との間には、明らかに一連の関係が認められる。『イレーヌ』の序文「アカデミーへの手紙」でも明らかなように、この時期のヴォルテールが言語の諸規則、散文と韻文との比較など、自分の創作活動に直接かかわりのある本質的問題を深く考えていたことはたしかである。

死期の近いヴォルテールがかくも執拗に言語およびアカデミーへの関心を示し続けた事実は、美学的見地よりすれば、カッシーラーが指摘するように、真に洗練された趣味は人間の社交本能に発するもので、社交生活においてのみ養成される、(93) という古典主義的信念の現れとみなすこともできよう。また、国語をその起源（語源）と発展（用例）の両側面から多角的に捉え、国民に真理を探求し、また表現するための新しい手段を提供しよう、という啓蒙哲学者の使命感もあるに違いない。

一七七八年のパリを席捲する「情報言語」（新聞・雑誌の報道と論評）の氾濫と、ヴォルテールが国語辞典編纂によせる古典主義的な関心との奇妙な対照は、当時の社会状況と〈哲学者《フィロゾーフ》〉との間に生じている微妙なズレの構造を端的に示すものと言える。遠くはモープーの改革、近くはアメリカの独立宣言を契機に、情勢は大きく変化していた。ジャーナリズムの隆盛は、世相一般の「政治化」を意味する。哲学者が在野の雄として、口舌の徒として、政治の埒外で自由に思想を表明するという、五〇年代から六〇年代にかけての、あの良き時代はすでに過去のものとなっていた。理想よりも改革が、理論よりも実践が、要するに「言語」よりも「行動」が、いまや哲学者には求められていた。かかる時代の要請と、ヴォルテールを始めとする老いた哲学者たちの意識との間に大きな食違いが見られるのは当然である。

フランス啓蒙主義の戦略上の一大拠点であった『百科全書』は、一七七五年から七七年にかけて「補巻」を五冊ほど出したが、刊行に携わったのは哲学者ディドロではなく、出版業者のパンクックであった。ディドロはまたその頃、外国で準備されている『百科全書』の諸版[94]にも協力してはいない。一方、昔から百科全書派と誼《よしみ》のあったパンクックは、持ち前の野心と四〇歳を過ぎたばかりという精力に物を言わせて、一七八二年に『系統的百科全書』刊行を企て、ディドロから『百科全書』[95]の項目の使用許可をとりつけたうえ、ドーバントン、マルモンテル、アルノー、スュアール、ネジョンらの協力をえて、この一八世紀最大の主題別百科事典の編集にとりかかる。[96] 規模においてはディドロ‐ダランベールの『百科全書』の数倍という企画であり、予約申込みも多数あったが、[97] 哲学者に教導されない出版に尖鋭な思想が欠落しているのは当然で、世俗的成功をかちえたにとどまった。

ダランベールはアカデミーで隠然たる権力を振るい、ヴォルテールの死後は事実上〈哲学者〉一党の領袖《りょうしゅう》となった。彼の党派はかつての光輝を失ってアカデミー内での「新しい教会」[98] と化し、会員はこの高名な数学者が飽きることなく粗製濫造する無数の追悼・賞讃演説に食傷していた。ダランベールの晩年[99] は、啓蒙哲学が人口に膾炙《かいしゃ》し、いわば風化した結果、本来の思想性に代わって一種の世俗性を手に入れるにいたることの生きた実例である。

啓蒙哲学の普及と風化は、哲学者たちの著作にたいする検閲の緩和によっても窺い知ることができる。一〇年前、マルモンテルの小説『ベリゼール』を禁書にしたソルボンヌも、一七七七年、同じ作家が異端糺問《きゅうもん》の狂信を追及した『インカ族』を上梓した折りには意外なほど鷹揚な態度を示している。[100] ビュフォンが『博物誌』の補巻として公刊した『自然の諸時期』（一七七九年）の処遇についても同じである。[101]

徹底した唯物論で宗教界を震撼させ続けたエルヴェシウスは一七七一年に没していた。無神論者ドルバック男爵は、大著『自然の体系』[102]（一七七〇年）で世間を騒がせたのちは、七六年に『普遍道徳論』を著して奇妙に穏健な倫理思想を開陳した以外、ほとんどペンをとることもなく老いを迎えようとしていた。

ディドロより一歳年若のコンディヤックは、一七七七年、ポーランド政府から論理学の入門書の執筆依頼を受け、七カ月で『論理学』を書き上げる。彼は、思考する精神にとってもっとも自然な方法である「分析」が「言語」の媒介なしには行われえないことを説いて、思考と分析と言語の相関を精緻に論証し、(103)いわゆる「観念学」への道を拓いた。ヴォルテールがアカデミーで辞書編纂の急務を力説していたのと時を同じくして、ここにも、観点こそ違え、「言語」をめぐる啓蒙哲学者の最後の試みが見られるのである。

ヴォルテールは『イレーヌ』上演成功の興奮のまださめやらぬ四月一日、プロシア王フリードリヒ二世に手紙を書き、コメディ・フランセーズにおける観客の熱狂ぶりを報告する。(104)人々は、三〇年前にはコンスタンティヌスやテオドシウスを聖人のごとく崇めていたが、二人が迷信家の暴君にすぎないという『イレーヌ』の詩句(105)に大喝采をおくったことのほかにも、哲学がついにあらゆる身分においてなしとげた進歩の同じような証しを、いくつも目撃した、と。

ヴォルテールは、自作の成功を「哲学」に啓蒙された人民の意識の向上のおかげだと考えている。「三〇年」間に啓蒙哲学が社会にもたらした進歩。ヴォルテールは、一七五〇年七月、ポツダムのプロシア宮廷に迎えられ、失望と幻滅の三年間を過ごしてのち、フリードリヒと別れるあの苦いエピソード(106)から、長い年月が経過しているという事実を思い出しているのだろうか。

一八世紀ヨーロッパにおける「開明君主」と「哲学者」との関係をよく示す一例として、同じプロシア王と数学者ダランベールとの交際がある。二人の関係は、後者が一七四六年にベルリン・アカデミー会員に選ばれて以来三〇年を越えるもので、お互いに書き送った手紙だけでも相当な分量になる。[107] ダランベールが『文学者と貴紳の交際に関する書簡』（一七五三年）で、哲学者の君主にたいするデリケートなかかわりの問題を、「文学者」と「庇護者」との関係の問題としてしか提起しえなかったことは意味深い。[108] この穏健で誠実な書物にどれほどのアレゴリーが秘められていようとも、ダランベールというアカデミー会員に、エカテリーナにたいするディドロの、あるいはまたフリードリヒにたいするヴォルテールの、あの性急にして実践的な政治改革の夢を求めることはできない。それでも、ダランベールは一七六九年頃から、フリードリヒとの文通で執拗に一つのテーマを追求し、この哲学王をすくなくとも思想の次元で問いつめることに成功している。彼は王に向かって、ベルリン・アカデミーが次のような課題の懸賞論文を募集することを提案する。[109]「人民を欺くことは有益か否か」。フリードリヒは課題の独創性を認めながらも、当然のことながら統治者にとって嘘偽りと秘密は必要な方便であると主張し、自分の立場を明確にする。ダランベールはあきらめず、一七七八年九月二二日付書簡でふたたび提案をむしかえす。[110] 根負けした王と、なおも提案に反撥するアカデミーとの間の小さなトラブルが長びいたため、ダランベールの課題が採択されるのは一七八〇年のことである。

プロシア王とベルリン・アカデミーの心胆を寒からしめたこの課題にはたくさんの論文が寄せられたが、コンドルセはあえて応募の形をとらずに独立した論文を執筆し、設問にたいして「人民を欺くことは有益ではない」という否定の解答をあたえた。[111] ダランベールの息子ほどにも若いこの未来のジロンド・ブルジョア共和主義者の筆鋒は鋭く、宗教と政治の両面にわたる権力の構造を暴くばかりか、啓蒙の世紀が社会の諸矛盾を十分には解決しきれなかった限界にまで言及して、老いた「哲学者」たちとの立場の相違を明らかにしている。[112]

一七七八年のヴォルテールの死は、コンドルセにとって時代が「哲学」から「政治」へと転回する過程での、一つの里程標と映ったに相違ない。テュルゴーとの親交から経済学と現実政治の感覚を身につけたコンドルセは、大革命をまたずしてすでにその精力的な著作活動によって、思想上の戦闘を開始していたのである。[113]

コンドルセが一七七六年に公刊した『出版の自由に関する断章』[114]をディドロの『出版の自由について』[115]（一七六三年執筆）と比較すると、六〇年代から七〇年代にかけての言論統制にたいする「哲学者」の立場の微妙な変化に気づかされる。六〇年代始めのディドロは、内外の自由を奪われた一種の閉塞状況にあり、ル・ブルトンら出版業者の注文で執筆した出版監督官サルティーヌ宛ての覚書という制約のなかでしか、自分の意見を開陳することは許されなかった。七六年のコンドルセははるかに恵まれた場所にいる。彼の『断章』は、ある作家が社会に害毒を流したという「罪」の刻印を捺されるためには、一、作家が問題の書物の著者であるばかりか、その書物の刊行についても責任がなければならない、二、「罪」は書物の刊行の必然的結果でなければならず、またその「罪」は意図的なものでなければならない、と主張する。ところで、宗教や道徳や習俗を攻撃する著作の作者は、それらをこそ悪と信じて攻撃しているのであるから、自分の著作が害毒を流すなどという「罪」の意識などいだきうるはずがない。したがって作者に「意図」はなく、彼の著作が法的制裁を受けるいわれもなくなる。[116]

この翳《かげ》りを知らぬ底抜けに単純で力強い論理こそ、七〇年代末のいわゆる「神々の黄昏《たそがれ》」(117)から生まれでた新しい世代の声である。コンドルセに人類の幸福と進歩を願う理想はあっても、「哲学者」たちのあの名状しがたい内心のドラマはない。言語から情報へ、さらに啓蒙へ、そして言論の自由へ。このサイクルのなかで何かが終わり、何かが始まったことだけは確実である。

四　反動派のその後——パリソとフレロン

ヴォルテールが首都に到着して間もない頃、六冊の書物が手紙を添えてボーヌ街のヴィレット侯爵邸に届けられた。贈り主はシャルル・パリソで、手紙の日付は二月一九日(118)。書物は前年、リエージュで刊行されたパリソの最初の著作集全六巻であった。

戯曲『哲学者』(一七六〇年)の成功で一躍、反百科全書部隊の最前線に押し出され、ディドロやその仲間から蛇蝎《だかつ》のごとく忌み嫌われたパリソではあったが、なぜかフェルネーの長老にたいしてはあくまでも師礼をつくし、あえて事を構えるような真似はけっしてしなかった(119)。パリソはまず、ヴォルテールの帰還とパリ市民の歓迎ぶりとを寿いでから、この栄誉は悲劇作家としてのヴォルテールよりも叙事詩『アンリアッド』の作者としてのヴォルテールに帰せられるべきものであると述べ、風邪で喉がつぶれてしまったから、すぐに出向く訳にはいかないが、とりあえず自分の著作集を贈る、と詫びている。そして、あなたは類いまれなる天才には違いないが、物に感じやすいために心の安らぎをえられないことが多かった。天才にも必ず並の人間と同じ弱点はあるものだ、といった意味の思わせぶりな数行を挿入してもいる。ヴォルテールの折り返しの返書は短くそっけないものだが、[120]パリソにはそれでも十分な報酬だったらしく、何度かボーヌ街を見舞い、[121]ヴォルテールの死後には『ヴォルテール頌』を発表までしている。[122]

ヴォルテールの方も三六歳も年下のこの息子のような二流詩人を、けっして粗末に扱ったためしがなかった。一七五〇年代から六〇年代にかけてのあの激しい闘争の時期にあっても、常に百科全書派の若い哲学者たちとは一線を画し、哲学者たちのパリソ非難の声に唱和することは差しひかえた。[123]この寛容さは、前途有望な若い作家への手心とも、パリソの庇護者ショワズル[124]への遠慮ともとれるし、あるいはパリソの諷刺がヴォルテールに直接向けられたことがないとか、パリソのルソーへの揶揄がルソー嫌いのヴォルテールの気に入ったため、という解釈をくだす批評家もいる。[125]また、パリソの方も、偉大な劇作家、詩人としてのヴォルテールには終生変わることのない尊敬と思慕の念をいだき続け、ディドロやルソーにたいするのとはまるで異なった態度を示した。

お互いにかすかなためらいを伴っての、この距離を置いた、奇妙な関係。[126]パリソが一七七八年に書いた『ヴォルテール頌』は、いかに世俗的な動機で汚されているとはいえ、書き手が大詩人にたいしていだく愛憎相半ばする複雑な感情を直接反映して、興味ある作品になっている。パリソは出来栄えによほどの自信があったらしく、なかでも自分のヴォルテール評価の「公正さ」を強調している。[127]おそらくは、パリに着いたばかりのヴォルテールに宛てた手紙も、その公正さを踏まえて書かれたのだろう。『ヴォルテール頌』は二月一九日付の手紙を下敷にしているとさえ思われるふしがある。『アンリアッド』は傑作だが、悲劇作品はラシーヌのそれについに及ばないとか、[128]ヴォルテールの人間的弱点、とりわけ過敏なまでにデリケートな感受性が多くの敵と多くの不幸を作った、[129]という指摘などがそれである。この「公正さ」への配慮は、パリソが一七七三年に『ダンシアッド』第二巻に付し、二年後に独立して刊行した文学者名鑑『我国の文学史に役立てるための覚書』の〈ヴォルテール〉の項においても同じであり、そこでパリソは、手放しの賞讃よりも各分野における個々の作品の精密な吟味をまって初めて正しいヴォルテール像がえられることをすでに力説しているのである。[130]

誰しもが『イレーヌ』の作者を神格化し、無謬の伝説に加担している状況で、パリソの奇妙な冷静さはそれ自体が一つの手柄であった。ところがこの同じ人物が、今度は劇作家として、『イレーヌ』上演のおこぼれにあずかろうと奔走する姿は、『ヴォルテール頌』の沈着で的確な分析と好対照をなし、七八年におけるこの奇妙な人格と言動の意味について考えさせられる。パリソは『イレーヌ』の成功を祝って『ソフォクレスの勝利』という短い寓意劇を作り、[131]三月三〇日のコメディ・フランセーズにおけるヴォルテール栄光の瞬間に巨匠の前で演じさせようとしたのである。この見え透いた企ては俳優の反対にあって実現されず、失意の作者は早速「哲学者」派の嘲弄を浴びている。[132]パリソが『ソフォクレスの勝利』上演に期するところ大であった心境は、四月二七日と二八日にヴォルテールの姪ドニ夫人とダランベール宛てにそれぞれ脚本を送っていることからも推察できる。とりわけ思想上の敵であるダランベールにたいしては、お互いの過去は水に流して偉大な人物を称えようと呼びかけ、[133]ダランベールもそれに答えて、かつて二人を隔てた党派の抗争はますます激しさを増していて心が痛む、と述べている。[134]

ラ・アルプのそれとはまた趣きを異にするこのパリソのオポルチュニスムには、ヴォルテール騒ぎに沸騰する首都の空気に感染して名声への野望のようなものがふたたび頭をもたげたこともさることながら、前年からベルナール・クレマンと共同で編集していた『ジュルナル・フランセ』が予約購読者の激減で経営不振に陥っていた事情を考慮すべきだろう。[135] この雑誌の廃刊と『ソフォクレスの勝利』執筆とは二カ月と離れていない。この時期のパリソの言動に焦りの気配が感じられるのははたしかである。もともと党派性に欠け、ただショワズルやポンパドゥール夫人の後盾を強味に大口を叩いていつの間にか「哲学者」の敵になっていただけの男に、頼みの綱であるヴォルテール亡きあと、自己の思想と信念を貫いて生きぬくだけの節操はなかった。パリソには反百科全書派というレッテルが重荷になっていたのである。『メルキュール』誌のラ・アルプからふたたび同じレッテルを貼られたパリソは、猛然と反論して「反哲学者軍団の総帥」という肩書を返上し、ヴォルテールを始めたくさんの「哲学者」を『覚書』で正当に評価したと述べている。[136]『ジュルナル・フランセ』に特徴的な、編集方針がいっこうに不明瞭で宗教と哲学との間を常に揺れ動いてやまない無定見が、この反論のなかにも見事に露呈していると言える。

『文藝年鑑』の刊行者エリー・フレロンが、パリソと並んで百科全書派にとっての最強の敵であった事実は周知の通りである。しかしこの二人が「哲学者」の一党を向こうにまわして思想上の蜜月を楽しんだ期間はそれほど長いものではない。一七五七年、ディドロの生活が公私にわたって受難の季節を迎えようとしている矢先、その戯曲『私生児』をゴルドーニの剽窃だと論評したのはフレロンだが、[137]同じ頃パリソも、『大哲学者に関する小書簡』を刊行し、その第二信で『私生児』を批判している。[138]また六〇年五月のパリソの戯曲『哲学者』上演に際しては、フレロンの批評は控えめだが、[139]どうやら校正刷りの段階でパリソの台本に手を入れているらしいことが明らかになっている。[140]この緊密な協力関係が破れるのは、六二年六月にパリソの芝居『思い違い』初演が大失敗に終わり、フレロンの『文藝年鑑』も冷淡な批評でこれを片付けた一件に端を発している。[141]パリソは仕返しに諷刺詩『ダンシアッド』を書いてフレロンの宿敵ヴォルテールを称え、ディドロを始めとする哲学者の一党をこきおろすついでに、返す刀でフレロンにも一撃を加えたのであった。[142]反哲学者グループの仲間割れはフレロンをいたく失望させたが、もともとこの炯眼《けいがん》の批評家が軽薄な才子にすぎないパリソの力量を過大評価していたはずはなかった。フレロンはただ己れの信じてやまぬ古典的教養の世界の調和を乱す不逞の輩との闘争において、頼りになる味方が少しでもほしかったのである。

六〇年代後半から七〇年代にかけて、フレロンとヴォルテール一派との一進一退の抗争が続く。ショワズルの失脚後は三頭政治の一角であるデギヨン公の庇護のもとに、パリ大司教の秘書グロズィエ師を右腕とし、さらに義弟のトマ・ロワイユーや息子のルイ＝スタニスラスなどで固めた『文藝年鑑』のスタッフは、敵方の眼にも頼もしい軍団を構成していたようである。

『文藝年鑑』を単なる反哲学派の戦闘的な論調のみで評価しては公正さを欠くことになろう。フレロンは第一級の文芸批評家であり、節度と良識をモットーに、文学者における趣味の退廃や不道徳、剽窃などを厳しく摘発した。また外国文学を意欲的にとりあげ、とりわけリチャードソン、フイールディングなどの小説家を始めとする多くの翻訳を紹介して、世紀中葉の文学的コスモポリティスムの拠点になった[143]。

エリー・フレロンが一七七六年に死去すると、『文藝年鑑』の編集は息子のルイ＝スタニスラスの手に委ねられるが、死者に鞭打つごときヴォルテールの、ラ・アルプの、パリソの攻撃にたいする応酬と[144]、後継者をめぐる内輪もめ[145]、それに財政難とで、雑誌の存続は困難をきわめた。息子フレロンの五年にわたる君臨期間で、一七七八年は一つの転機をなしている。その年の終わり頃、ルイ＝スタニスラスは窮余の一策としてスタッフをいま一度編成し直し、グロズィエ師に代わって父の時代の仲間の一人であるトマ・ロワイユーを呼び戻す。以後ロワイユーは徐々に勢力を拡張してルイ＝スタニスラスの存在を脅かすようになり、『文藝年鑑』の論調にロワイユーの個性が強く浸透してくるようになる[146]。

一七七八年の同誌の傾向を検討してみよう。メトラの『秘密通信』同様[147]、ここでもまた当節の文学の不振にたいする歎きの声が聴かれる[148]。

文学は現在、不毛という災厄に見舞われている。わざわざ分析するだけの値打のある著作が一冊でも出れば良い方だ。無気力で生彩を欠いたつまらぬ小説や、生まれる前から死んでいるくだらないパンフレット類、おびただしい数の内容見本などが日陰で花咲くのが目につくだけで、ましな書物など一冊もない。

当然のことながら、危急存亡の状況で批評に求められる役割とは、歯に衣着せぬ大胆な物言いであろう[149]。年間を通じてもっとも激しく執拗な批判の矢を浴びているのは、アカデミー・フランセーズで賞讃演説にうつつを抜かしているダランベールもさることながら、やはり、父フレロンの時代からの宿敵ラ・アルプ[150]とパリソ[151]である。反「哲学者」の党派精神も依然として健在である。父フレロンが偏愛していたビュフォンの『博物誌』補遺への手放しの礼讃を例外として[152]、百科全書派にたいする攻撃は相変わらず激しい。ドルバックやディドロと親しいラグランジュ神父の訳業『セネカ著作集』の誤訳の指摘[153]、前年に刊行された『百科全書』補巻中の若干の項目への反論[154]など。ヴォルテールへの言及が少ないのは、エリー・フレロンにその死後もなお悪罵を浴びせて恥じることのなかったこの不信心者の最期を、冷笑と沈黙で見守ろうという肚《はら》なのであろう[155]。

『文藝年鑑』の一七七八年における政治的立場を測定することは難しい。書評誌という性質上、編集者の党派性はもっぱら作家の著作の紹介と批評の方法を介してのみ間接的に窺い知ることができるにすぎないからである。スュアールとモルレの翻訳になるロバートソンの『アメリカ史』を二度にわたって紹介しながら[156]、風雲急を告げる独立戦争の情勢に一言も触れようとしない態度がわずかに特徴的と言えるかもしれない。ゲーテの『若きウェルテルの悩み』の新しさを認めるにやぶさかでない批評眼も[157]、こと政治の問題に関しては、先代の編集者の衣鉢をついだ現状維持の保守思想をもっぱら信奉していたものと思われる。

五　花と夢想――エルムノンヴィルのルソー

二五年ぶりのパリは、八三歳のヴォルテールにとって、啓蒙思想の二つの本質ともいうべき「社交性」の観念と「言語」の問題とは、死にいたるまでとことん追求すべき、いわば最後の戦場であった。その頃、ジャン＝ジャック・ルソーも同じパリにいた。一六年前、『エミール』発禁の一件で国外に逃亡し、長い放浪生活を強いられてきた彼がふたたびパリの土を踏むのは一七七〇年六月のことであった。以来八年、プラトリエール街に居を構えて、ルソーは『告白』を完成し、『ルソー、ジャン＝ジャックを裁く――対話』を書き、そのかたわら作曲と植物採集に熱中するが、「陰謀」の強迫観念に悩まされ、かたときも心の平安がえられる状態ではなかった。孤独なジュネーヴ人の晩年が始まっていた。ルソーは早くからその思想においても実生活においても「社交性」を否定し、また制度や規範としての「言語」を批判し続けてきたから、ルソーの死はヴォルテールのそれとはあらゆる面で対立する、きわめて象徴的な意味を帯びるはずであった。

ルソー最晩年の二年間の生活を略述してみよう。[158] 一七七六年、『対話』の手稿をノートルダム寺院の大祭壇に捧げようとして失敗（二月一四日）、「回覧状」を街頭で配布（四月）、さらに同じ文書を知友に送付（五月）、『対話』の補遺として『前掲書の後日談』を執筆、ついで『孤独な散歩者の夢想』を書き始める（秋）。郊外を散歩の折り、デンマーク犬に倒されて失神、負傷（一〇月二四日）、ルソー死亡説が流布される。一七七七年、オペラ『村の占者』の再演と成功（一月）、テレーズと自分の窮乏を訴える「覚書」（二月）、ペルゴレージのオペラ譜の筆写を最後に写譜の仕事に終止符をうつ（八月）。『夢想』はこの年の夏、「第七の散歩」まで進んでいる。デュプラ伯、クレルモン近くの住居の提供をルソーに申し出る（一二月）。ルソーはこれを謝するが、直ちに出立する意志はない。

一七七八年、ヴォルテールのパリ帰還にルソーが動じた気配はない。ルソーはヴォルテールの宿泊するボーヌ街のヴィレット侯爵邸に一度も足を運ぶことなく、『夢想』を書き継ぎ（第八、第九および未完の第一〇の散歩）、ベルナルダン・ド・サン＝ピエールを伴っての近郊の散策に明け暮れる。五月二日、ジュネーヴの旧友ムルトゥーに『告白』『対話』の写稿ほかを委託。同月二〇日、ジラルダン侯爵の招きで医者のル・ベッグとともにエルムノンヴィルに移り、六日後にはテレーズを迎える。以後、七月二日午前一一時の死までの一カ月半、ルソーの生活は、ヴォルテールの臨終をめぐる首都の喧騒をはるか彼方に聞き流しながら、ジラルダンの息子と散策し、植物を愛で、六六歳の誕生日を祝ってもらい、自作の歌を伴奏するという、この上ない静謐と平安のなかで持続することになる。ルソーの死を、単なる個人の伝記の終止符とみなすばかりでなく、一七七八年の精神史的状況のなかで正当に位置づけようとするためには、なによりもまず五月から七月にかけてのルソーのエルムノンヴィル滞在の意味を、彼個人の生活と思想の文脈のなかに探り、ついでそれを他の人間の晩年、さしあたってはヴォルテールのそれと比較し、最後に、従来の文学史・思想史の既製の枠組みからあたう限り自由な場――歴史的実存の場――において抽象化するという一連の作業が必要である。私が小論で試みるのは、そのきわめて困難な作業のエスキスにすぎない。

ジャン＝ジャック・ルソーの最晩年の諸問題をその著作や内面生活から探る前に、七八年半ばのパリでこの偉大なる奇人の動静をめぐって人々の口の端にのぼったいくつかの情報と伝聞を確認しておこう。噂の一つ一つを詳細に分析し、その流通と伝播の経路をつきとめてゆけば、この時期のパリ社会における人間関係と言語コミュニケーションの実態について興味深い調査結果がえられることであろうが、さしあたってここではメトラ、バショーモン、メーステールという三人の「ジャーナリスト」の記事をとりあげてみる。

まずメトラの『秘密通信』。二月一六日、ヴォルテールのパリ到着と名優ル・カンの死を報じた数頁に続いて、ルソーに関する記述がある。[159]『回想録』[160]の原稿が紛失し、作者は盗まれたといって半狂乱になっている、というのである。五月一二日、紛失したはずの原稿は現在印刷中であり、誰もがその刊行を首を長くして待ち望んでいる。[161]七月七日、ルソーの死、そして『回想録』の原稿を盗み出したのはルソー夫人である、という暴露[162]記事。七月一六日、ルソーとヴォルテールとの比較、ルソー派のメトラは後者の死を惜しみながら、その性格の悪さを指摘する。[163]八月一八日、メトラのエルムノンヴィル詣でとルソー夫人との会見、テレーズはやはり潔白だった。[164]

ついでバショーモンの『秘録』[165]、ルソーの『回想録』は実在するらしい。そのあまりにも大胆な内容のため、警察が動き出し、作者はパリにいられなくなった[166]（六月二六日）。『回想録』はまだ原稿のままであり、国外に持ち出されてはいない。ルソーは依然ジラルダンのところにいる[167]（七月三日）。ルソーの死[168]（七月七日）。ディドロが『回想録』の出版をひどく恐れている[169]（七月二〇日）。ルソー自殺説の否定とパリでの貧窮ぶり(170)(七月二一日)、『回想録』の序文掲載(171)(七月二九日)、『回想録』の原稿は確実にパリにある。テレーズは夫の存命中にこれを一〇〇ルイで外国人の出版業者に売ったが、出版業者は第一巻を出しただけで思いとどまり、作者が死ぬまで刊行は差しひかえた、云々(172)(八月一日)。

『文藝通信』のメーステールは、グリムやディドロと違って、同国人という誼《よしみ》もあり、ルソーにたいしてはことのほか好意的である。四月号にはルソーの『アルセストに関する考察』を載せ、六月号で『告白』の序文を紹介もしている(173)。七月号で、彼はルソーの医者ル・ベッグの証言を引き合いに出して(174)、一般に流布し始めたルソー自殺説を否定し、ルソー晩年の妄想と衰弱ぶりを深い同情を込めて想起するのである(175)。

以上三名の「ジャーナリスト」の記録を通覧してなによりも驚かされるのは、それぞれの記述の著しい食違いであり、それによって生じるルソー像の拡散と稀薄化の現象である。ルソーは自殺したのか、テレーズは本当に『告白』の草稿を盗み出したのか――誰よりも書き手自身が答えを見つけることができぬままに、良い加減な伝聞をもとにした記事を作成しているのである。

ルソーの晩年について伝記作者風の記述をすこしでも試みようとする者は、次節でとりあげるヴォルテールの死の状況とは別な意味で、信頼するに足る資料の不足をかこつのみならず、エルムノンヴィルにおける一つの死が世俗の騒乱から完全に孤絶しており、その乖離自体の構造にこそ歴史的な意味を求めなければならないという、奇妙な逆説を信じるほかはない。小論ではもっぱらルソーの著作のテクストに則してその意味づけを考えてゆきたい。

かつてルソーは大著『エミール』第四篇に挿入された「サヴォワの助任司祭の信仰告白」で魂の不死についてこう述べたことがある。(176)

もし魂が非物質的なものならば、それは肉体が亡びた後にも生き残ることができる。そして魂が肉体から生き残るならば、神の正しさが証明される。……わたしは、実際のところ、人間がかつてもっていたすべての感覚的なものが死滅してしまった暁に、人間はいったいどこにいるのかと、自問して当惑することだろう。だが、この疑問は、二つの実体を認めてしまえば、もはやわたしにとって難問ではない。わたしの肉体生活の期間中は、感官を通じてでなければなに一つ認められないので、感官にゆだねられないものはわたしに捉えられないということは、きわめて簡明なことである。肉体と魂の結合が破れるとき、肉体は解消するけれども、魂は保存されうることがわたしには理解できる。なぜ一方の破滅が他方の破滅をひき起すことになりうるのだろうか。それどころか、非常にあい異なった性質を帯びていた両者が結合したために、ひどく不安定な状態にあったのだ。そしてこの状態が止んだとき、二つともその自然の状態に戻るのだ。すなわち、能動的で生命ある実体は、受動的で生命のない実体を動かすのに用いていた全力をとり戻す。ああ、わたしは自分の悪徳のゆえにこれを痛切に感じるのだが、人間は一生を通じて半分しか生きないのだし、魂の生活は肉体の死とともにようやく始まるのだ。

ルソーの立論は、魂を肉体から分離し、「死」を肉体の消滅と同時に魂の新生として捉える点で、ドルバック、エルヴェシウスら唯物論者の一元論と完全に対立する宗教的な論理を展開している。一八世紀の精神史的状況の見取図のなかで、ルソーの魂の不死論をどう位置づけるかという課題については、すでに中川久定のすぐれた論考がある。(177) 小論は、ルソーが六〇年代始めに『エミール』において一般論として提起した「死」の問題を、一七七八年にどのような形でみずからの実存の問題として血肉化しえたか、という一点に焦点を絞って考えてみたい。

霊肉分離の契機となるべき「死」を目前にした晩年のルソーは、死後に約束された新しい「魂の生活」を先取りするかのようなさまざまな「擬態《ミメティスム》」を日常生活の文脈のなかに徐々に導入し、魂の純化、言い換えれば自己意識の無化をめざして暮らしのリズムを整えてゆく。死後の生活を模倣するかのごときそのような擬態は、中川久定が「至福の意識」と呼ぶ、ある特権的な恍惚の状態(178)と不可分の関係にあり、たとえばメニルモンタンでの失神とそれに続く陶酔の感情のように外的偶然に触発されて作動する擬態の場合もあるが、多くはルソー本人の積極的な意志の促しによって演じられている。(179) たとえば「植物採集」は、晩年の、わけてもエルムノンヴィル滞在期間における、ルソーの演じたもっとも特徴的な擬態、すなわち死後の生活の模倣であると言えよう。久しい以前から植物はルソーに心の安静をあたえ続けていた。六二年という受難の年は、またヌーシャテルにおける植物との出会いの年でもあった。スタロバンスキーは、植物採集がルソーにとって「みずからの救済となる活動」であると規定し、「一種の即興的な治療法」と解釈している。(180) この治療法としての擬態の特徴はなによりもまず「無用」ということにつきている。花を摘み、分類し、標本を作る作業に実用性がないほど、ルソーの手に入れる喜びは大きいのだ。前年の夏に書いた「第七の散歩」で、ルソーは植物採集を薬草の効能からのみ考える医学的実用主義を排してこう述べている。[181]

すべてをわたしたちの物質的な利害に結びつけ、いたるところに利益や薬を捜しもとめ、いつも健康でありさえすれば、自然をいっさい無関心にながめようとする、そういう考え方は、決してわたしの考え方ではなかった。この点については自分はほかの人たちとはまったく逆だという気がする。自分の必要という考えにつながることはすべてわたしの思想を暗くし、そこなうし、完全に肉体的な利害を忘れてしまわなければ、わたしは精神的な楽しみに真の魅力をみいだしたことはない。だから、かりにわたしが医学を信じるとしても、また、たとえ薬がおいしいものであるとしても、わたしは、そんなことを考えていては、あのまじりけのない、利害をはなれた観照があたえてくれる愉悦を決してみいだすことはないだろう。またわたしの魂は、肉体に縛られているると感じられるかぎり、自然の光景に感激をおぼえ、そこに低回することはできないだろう。

サヴォワの助任司祭の霊肉分離の教理が、ここではつれづれの散策の楽しみをめぐる日常生活の論理に転化している。ルソーは来世（魂の不滅）の観点から現在（植物への精神的愛着）を照射することで、世俗を世俗のまま超俗の方向に救い出そうとしているのである。
「利害をはなれた観照があたえてくれる愉悦」とは、自然との直接の交感から生じるものであるから、あらゆる社会的利害、関係、さらには知性の活動などを排除した純粋の夢想を前提とする。

そしてそのような夢想が成立するための条件とは、無用な仕種《しぐさ》、単調で機械的な運動である。「第五の散歩」におけるピエンヌ湖畔によせてはかえす波の等速運動への没入、ルソーが晩年まで続けた写譜の仕事、一月に思いたったものの果たせずじまいになったツバメの飼育[182]などは、おしなべて人間活動の領域でもっとも不活発にして平板な「仕種」であり、ほとんど無為・無行動にも近い営みと言える。「行為は世界に通ずる戸口をもたない。行為は出口を塞がれ、それ自体のなかで果ててゆく[183]」。植物採集という擬態も、〈死〉の絶対の無用性を内包して自己完結する無為の営みにほかならないのである。

晩年のルソーが植物について著した作品としては、「第七の散歩」のほかに、一七七一年から七三年にかけてドレセール夫人に宛てた八通の『植物学に関する書簡[184]』、八一年に公刊された『植物学用語辞典のための断章[185]』、それに『植物学断章[186]』などがある。

『書簡』は年若の人妻に直接二人称で語りかける形の「植物学入門」であり、ルソーがマドレーヌ＝カトリーヌ・ドレセールにいだく愛情の優しい発露が散見されるのと、植物の識別、採集、標本作りを実際に説明してみせる教師としてのルソーの一面がうかがわれること以外に、さして特記すべき事柄はない。小論がとりあげたいのは、むしろ、『植物学用語辞典のための断章』の序文である。ルソーはそこで主としてリンネの『自然の体系』を念頭に置きながら植物学における分類表の必要を力説する。分類法の研究をおろそかにして植物の研究に従事するのは、さながら単語を学ばずにある言語を習得しようとするようなものだ、というのである[187]。植物分類法と言語体系との類比に注目しよう。最晩年のヴォルテールがパリで夢見たのは、アカデミーの辞典の画期的な増補・

改訂版であった。社会に背を向け、文学を捨てて、自然に遊ぶルソーの意識にも、事物を命名し分類するある種の言語への強い志向が働いていたのである。そればかりではない。ルソーは種、属、目、綱といったリンネの分類に飽きたらず、さらに植物を詳細に記述するための新しい言語を案出し、従来のラテン語に代わる、より簡便な標示記号の使用を提案した[188]。それは数十年前、青年ルソーがパリに登場した際に携えていた、あの数字化された記譜法の独創とはるかに響きあうものである。

ヴォルテールの『辞書』は、語源や用例を過去に求めることによって現在の国語により豊かな生気を吹きこむという、実践的な目的をもって構想されている。ルソーが植物を採集し、命名、分類、標本化などの作業にいそしむ真の目的はなんだろうか。いま一度「第七の散歩」を繙いてみよう[189]。

わたしのすべての植物学旅行、わたしの心にふれる事物のあった場所のさまざまな印象、その場所からつくりだされた観念、それに混じっているちょっとした出来事、そのすべては、それらの土地で採集した植物を目のまえにして新たによみがえる印象をわたしに残した。

老いたルソーにとって、現在とは空隙《くうげき》と虚無に満たされた不如意な空間である。空隙を埋める補いとして、彼は標本帳のなかで枯れ果てた植物に過去の体験の復元を求めるのである。「蒐集された花は、みずからの原形を反復するにとどまらず、感情が最初の鮮度を失うことなく忘却から引き出され、反復されるための符牒となる[190]」。こうして、ルソーは植物の諸特徴を記号化するのみならず、標本それ自体を符牒にして過去の実存を現前せしめ、不毛な現在の補塡となすことに成功する。『イレーヌ』を推敲し、国語の改良に打ち込むヴォルテールにとって、言語とは本質的に未来を志向するなにかである。それは、革命ではなく改革を唱える楽天的啓蒙主義のイデオロギーと不可分の関係にある。ヴォルテールはやがて「死」の恐怖を味わい、これと闘うことで、楽天主義を超えた一個の実存としての生を全うするだろう。

ルソーの場合はどうか。過去に向かってのみ開かれる標本帳の符牒はルソー個人にとってしか意味を持たない。言語はその社会的性格を始めから剝奪されている。したがって、晩年のルソーの「言語」は、その非社会性からして、すでに不正な社会への告発であり、「死」を内包して、あらゆる情報言語や文学言語と訣別するのである。

六　死の恐怖——死に臨んだヴォルテールとその有神論

ルソーがエルムノンヴィルで六六歳の生涯を閉じた翌日の七月三日、モーツァルトの母が旅先のパリで永眠する。二二歳の青年は悲しみにくれ、その夜、ザルツブルクの二人の人物に宛て別々に手紙をしたためる。二人とは父親レオポルトと友人のブリンガー神父である。友人には母の死を歎き、心情を吐露するモーツァルトだが[191]、父に真実を告げる勇気はさすがにない。そこで母を重態ということにしてレオポルトに間近い不幸を覚悟させ、あとは悲しみをまぎらすかのように、《パリ交響曲》初演の様子、ドイツ人の人の善さ、オペラの作曲の難航していることなどを、次々にとりとめもなく書きちらしている。そして、どういう風の吹きまわしか、突然こんな言葉を吐きだす[192]。

多分もうご承知でしょうが、お知らせすることがあります。あの無神論者でならず者のヴォルテールが、犬みたいに、けだものみたいに、くたばりました——天罰覿面《てんばつてきめん》です！

かつて自分がオペラ《バスチアンとバスチエンヌ》の下敷に使った『村の占者』の作曲家が、前日郊外で息を引き取ったばかりであるとはつゆ知らぬモーツァルトは、無意識のうちに母の死を一カ月少し前にパリを騒がせたヴォルテールの死と比較し、後者の最期に神の懲罰を見ているのである。モーツァルトの態度は——のちの《ドン・ジョヴァンニ》の結末を予告するかのように——「リベルタン」という存在にたいする当時のもっとも平均的なカトリック教徒の心情をよく代弁している。果たして、ヴォルテールは本当に「犬のように、けだもののように」死んだのであろうか。

パリに着いたヴォルテールには、始めから死の影がつきまとっていた。まずヴォルテール自身の極度の疲労。ついで、八一歳にして完全に視力を失ったデュ・デファン夫人との再会[193]。そしてなによりも、『イレーヌ』上演で当てにしていた名優ル・カンの突然の死[194]。

ヴォルテールは忌まわしくも不吉な予感を振り払うかのように、旧知の友人に次々に到着を知らせ、進んで面会を求める。エピネー夫人、テュルゴー、ド・リール、クレロン……。それから、到着したその足で会いに行こうとした旧友のダルジャンタル伯を忘れてはならない。やがて噂を聞きつけたパリ中の物好きが伝説の人物を一目見ようとボーヌ街に押しかけ、ヴォルテールは応接に暇のない幾日かを過ごしたのち、一七日、ついに病に倒れる。不吉な予感が現実のものとなり始めたのである。死はヴォルテール本人にとってばかりか、周囲の人々にとってもおぞましい事件だった。一七七八年、フランスは依然としてカトリック教権に律せられた国であり、葬儀・埋葬に関する一切の権限は聖職者の手に握られていた。ヴォルテールが改心してキリスト教に帰依しない限り、彼の遺体は野良犬のそれと一緒に死体遺棄場で朽ち果てる運命にあった。それはヴォルテールのもっとも恐れる事態であるのみならず、彼の取り巻きにとっても迷惑な話であった。

二月一七日の病臥から五月三〇日の死までの二カ月半、ヴォルテールの健康は一進一退のリズムを反復するなかで次第に衰弱の度を増してゆく。エルムノンヴィルの自然に囲まれて静かに他界したルソーと異なり、ヴォルテールの死とは徹頭徹尾社会的な死であった。敵も味方も、この孤独な病人の末期にそれぞれに象徴的な意味づけと粉飾をこらそうと躍起になっていた。敵とは、ヴォルテールが生涯にわたって悪罵を浴びせ続けた「教会」であり、その「教会」が「死」を切札に突きつけてくる改悛の要求であった。味方とは、ヴォルテールが死を恐れるあまりその著作と思想のすべてを裏切るような軽挙妄動に出はしまいか、とひたすら心配する「哲学者」のグループであった。それに加えて、連日の接客で虚栄心をくすぐられ、虚飾に目が眩んだ挙げ句、絶対安静の必要な病人を休ませようとしないヴィレット侯爵や姪のドニ夫人がいた[195]。さらに医師のテオドール・トロンシャンを忘れてはならない。前年末に死んだハラーの後釜として科学アカデミーの外国会員に推挙されたばかりの、この名医のほまれ高いスイス人医師に、ヴォルテールは到着の二日後には丁重な挨拶を書き送り、来訪を乞うている。[196] 狂信的なカルヴァン教徒であるトロンシャンは、イエスに神性を認めようとしない不謹慎な哲学者を思想上の敵とみなしていた。トロンシャンはともかくボーヌ街に赴いて憔悴しきった老友を安心させ、[197] ヴォルテールが一七日に倒れた折りも来診の労を惜しまず、二〇日には『パリ日報』紙にヴォルテールの絶対安静を主張する警告文を発表するなど、一応は友情に篤い医師の心意気を示したものの、後になって彼がジュネーヴの身内に書き送る手紙は辛辣きわまりない冷淡な言辞に満ち、彼が医師としてよりはむしろキリスト者として、信仰薄き哲学者の断末魔にどこまでも冷静に立ち会おうとしている肚《はら》が読みとれる。[198]「教会」がヴォルテールの正面の敵であるなら、テオドール・トロンシャンは医師の仮面をつけて背後から忍び寄るいま一つの「教会」であり、この腹背の敵に挾まれた格好で「世俗」――ドニ夫人ほか――と「哲学」――ヴォルテール派――とが病人を保護（または保護するふりを）している状況……。一七七八年二月半ばのパリにおけるボーヌ街ヴィレット侯爵邸の状況とは、このように図式化できるのではないだろうか。

二月二〇日、元イエズス会士のゴーチエ師がヴォルテールに書状をよこし、「あなたの不死の魂の救済」のために尽力を惜しまないと述べ、遠慮がちに面会を求める。[199] ヴォルテールは折り返し謝状を送り、[200] 翌日、ゴーチエの訪問を受ける。二五日、最初の吐血。容態が悪化し、ヴォルテールはゴーチエに来訪を乞うが、[201] ゴーチエ師が姿を現すのは三月二日である。この遅延には訳がある。ヴィレット侯爵邸の属する教区の司祭テルサックが、ヴォルテールの改宗という栄誉をゴーチエに先取りされそうな気配に驚き、突如横槍を入れたためである。二月二八日と三月一日の両日、二人の聖職者は協力して撤回文の草案を練る。この撤回文に署名することによって、ヴォルテールは公に前非を悔い、死後の救済を保障されるという寸法である。

問題の三月二日、ゴーチエはボーヌ街を訪れ、ヴォルテールに撤回文を示して署名を求める。病人はあらかじめ考えていた別の文章をしたため、これに署名する。[202]

私は自分が生を享けたカトリック宗教のなかで死ぬ。そして神の慈悲に、私の誤ちをことごとくお許しくださるよう願い、また、もし私が教会の顰蹙を買うような真似をしていたのなら、神と教会とにその許しを乞うことを望む。

この曖昧な表現はヴォルテール一流のペンによる詐術《さじゅつ》であった。ヴォルテールは撤回文としては反故《ほご》にひとしい内容空疎な文章でこの「お人好し[203]」の聖職者を安心させ、いわば無償でパリの土に埋められる権利を手に入れようとしたのである。ゴーチエはまんまと欺かれ、ヴォルテールの告解を聴いてから罪障消滅の宣告をあたえてしまう。ゴーチエがさらに聖体拝領を勧めると、老人は吐血を理由にこれを謝絶した。ゴーチエの敗北である。ゴーチエは、ヴォルテールが二月二八日に秘書のヴァニエールに手渡した一枚の紙片の存在を知らなかった。その紙片にこそ、ヴォルテールの真の信仰告白が記されていたのである。[204]

私は、神を崇め、友人を愛し、敵を憎まず、迷信を厭いながら死ぬ。

三月三日以後、ゴーチエはヴィレット侯爵邸から完全に締め出され、ヴォルテールはゴーチエの上司テルサック司祭と接触し始める。三月三〇日の栄光の日が過ぎて四月に入ると、生活は落ち着きを取り戻し、ヴォルテールの身体も小康状態を迎える。

五月始め、アカデミーにおける辞書編纂の仕事が祟《たた》ってふたたび健康を損ねてから、いよいよ本格的な死をめざしての道行きが始まる。腎臓の激痛と極度の尿閉塞症状。取り巻きの者は医者を呼ぶ代わりに多量の阿片を混ぜた調合薬を薦め、これを内服したため病状がひどく悪化する。五月一八日、テルサック司祭来訪。老獪な哲学者の奸策を見抜いた彼は、正真正銘の撤回文と署名なくしては一切の妥協を拒む覚悟である。だが、衰弱した病人にテルサックと取引きする力はなかった。代わって交渉にあたったのはヴォルテールの甥のミニョ師である。

これ以後三〇日までの約一〇日間、「死」は呻吟する病人の個体を離れ、ミニョ師と政府当局、および教会との間で内密に進められる交渉と工作を通じて著しく社会的な意味合いを帯びてくる。二三日付の書簡でパリ警察代理官ルノワールが上司アムロに述べているように[205]、不測の事態を避けるため当事者同士の話し合いで非常手段が講じられることに決まった。すなわち、ヴォルテールが死去した場合、遺骸を馬車に乗せて、さながら生きた人間を運ぶようにフェルネーまで届ける、という計画である。当局はこの奇抜な企てに乗り気だったが、ミニョ師は伯父の遺体をフランスの土に埋葬すべく、密かに手立てを講じていた。

五月三〇日。病人は危篤状態に陥る。折りも折り、ゴーチエからヴォルテールの安否を気づかう書状が舞い込む[206]。ミニョ師は直ちにゴーチエの許に赴き、伯父が告解を望んでいるから至急きてくれと懇願する。夕刻六時、ゴーチエは司祭テルサックを伴って現れるが、瀕死の老人は錯乱状態にあり、対話は不可能である。むなしくサロンに戻った二人を待ち構えていたように、詰めかけた大勢の「ヴォルテール派」が取り囲む。これこそがミニョ師の奸策であった。彼は「敵」の直中ですっかり萎縮した聖職者にたいし、半ば強制的に二通の書類を作成させる。一通はヴォルテールの遺体の「運搬許可証」であり、もう一通は三月二日の例の撤回文の写しが本物であるという証明書である。ヴォルテールが息を引き取るのは一一時頃である。翌日、ミニョ師の計画に加担している身内の一人ドルノワが警察代理官に手紙を書き、あらかじめの打ち合わせ通り遺体をパリからいよいよ運び出すことを告げる[207]。ただしこの手紙のどこにもフェルネーという地名は見当たらない。夕刻、一台の馬車がトロワの方角をめざしてパリを出発する。ミニョ師はトロワ管区にあるセリエールの修道院に所属する僧だったのである。ミニョ師は到着するなり、院長に二通の書類を提示し、伯父の遺体を大至急埋葬してくれるよう要求する。「撤回文」の写しに付けたテルサックの証明書は「撤回文」の内容そのものの正式の承認とみなされ、また遺体の「運搬許可証」はパリ以外のフランスの土地での埋葬許可と解釈される。僧院長はまんまと欺かれ、葬儀の手筈を調える。かくして、六月二日、死せるヴォルテールは甥ミニョ師の肉体を借りて、かねてよりの悲願通り自分の遺骸を正規の手続をへて無事埋葬させることに首尾よく成功したのであった。

ところで、二月から五月にかけてのパリ滞在中、ヴォルテールが迫りくる死をどれほど恐れていたかは、彼が医師テオドール・トロンシャンに宛てて書いたたくさんの手紙によく現れている。二月と三月は、つのる不安を必死に抑えながらあくまで冷静に病状を自己診断し、相手の適切な処置に期待をつなぐ、という形のものである。四月に入るとさすがにその抑制も効かなくなり、弱音が聞こえ始める。(208)

テアタン街の老いた病人はトロンシャン氏の両腕に飛び込みます。彼は耐えがたい痛みにさいなまれております。熱がすこしもないのに、脈と血が騒いで苦痛を増すのです。二週間まったく眠っていません。ひどい状態です。何事も彼の苦しみを和げてはくれません。トロンシャン氏だけが頼みなのです。彼は、氏が憐れんでくれることを望んでいます。

カトリック教会をあれほど見事に欺き通したヴォルテールにも、このジュネーヴ人の医者が自分の悶死する時を冷やかに待ち望む背面の敵である事実には気づかなかった。トロンシャンがヴォルテールの臨終に立ち会ったという伝説は嘘である。(209) 彼が老人を診察し、その断末魔の苦悶に悪魔や地獄を見たのは、五月七日から一一日にかけて病人がコーヒーと阿片の飲みすぎで尿閉塞の激痛にさいなまれていた時だった。(210) このカルヴァン教徒がジュネーヴにいる従兄のフランソワ・トロンシャンに宛てた一〇日付の便りがその証拠で、そこで彼は、ヴォルテールもいよいよ最期が近く、巷ではこの男が社会にたいしてなした悪業の見積りを始めている、といった調子の事柄を書き連ねている。(211) 頼りにしていた医師ですら、医学の知識よりは信仰の偏見をもって近づいてくるという事態にこそ、ヴォルテールが自分の死を単なる自然死として全うすることのできない悲劇があった。瀕死の病人の一挙手一投足が、世俗的に、社会的に、宗教的に、政治的に意味づけられ、曲解され、歪曲されて、さまざまな後世の伝説を生み出したのである。[212]

死の直前のヴォルテールは、精神的にも衰弱の極にあった。[213]

　私は死にかけている、親愛なるヴァニエール君、逃れようはなさそうだ。君を帰したり、フェルネーを出たり、パリに家を買ったりして、まったく自業自得だよ。

五月三〇日、ヴォルテールは孤独のうちに永眠する。死はおしなべて孤独なものである。その意味では、ヴォルテールの末期をとりたてて粉飾、誇張することは許されない。また、家族と警察当局の申し合わせにより、ヴォルテールの死去に関して箝口令《かんこうれい》が施かれたため、[214]臨終をめぐっての確実な資料が不足していることも考慮に入れるべきだろう。とにかくヴォルテールは、取り巻きがもっとも危惧していた事態を回避し、「教会」と最後まで闘いながら、[215]ヴァニエールにあたえた信仰告白書の文面を裏切ることなく、あくまでも有神論者《テイスト》としてその長寿を全うしたのである。

ここでいま一度、二月二八日にヴォルテールがしたためた「本物」の信仰告白を思い起こそう。

　私は、神を崇め、友人を愛し、敵を憎まず、迷信を厭いながら死ぬ。

ここに表明された信条は、すでに一〇年以上も前に彼が『有神論者の信仰告白』(一七六六年)で展開した主張の要約である。[216]ヴォルテールの神とは、あらゆる宗派や狂信のエゴイズムによって分断され、変形される以前の、唯一にして絶対の自然神である。[217]

我々は天地開闢以来、徳に報い罪を罰する唯一永遠の神を崇めている。この点まではあらゆる人間の考えは同じであり、皆、我々に和してこの信仰告白を復唱している。／あらゆる人間があらゆる時代、あらゆる場所において一致を見る中心こそがそれゆえ真実なのであって、この中心からの逸脱はそれゆえ虚偽なのである。

ところで、神が「徳に報い罪を罰する」存在である以上、悪がはびこる現世の彼方に、不死の魂が応報を受けるべきいま一つの世界を想定しなければ辻褄が合わなくなる。しかし、ポモーの指摘にまつまでもなく、[218]魂の不死と死とをめぐるヴォルテールの態度は不徹底であり、人民に因果を含める方便として「来世」観念の社会的有効性を認めはするものの、哲学者として魂の不滅を信じることには強い疑念を抱いているのである。[219]

現在、魂の不死と死との間で人々の意見はかなり割れている。だが、魂が物質的であることは誰しも認めており、もしそうであるのなら、魂は滅びるものであると信じるべきだ。

この信念に基づいて、ヴォルテールはあくまで現世という世俗の場に神の存在意義を求め、まず『神と人間』（一七六九年）でキリスト教と無神論とをともに批判しうる両刃の剣としての「強く正しい神」の思想を確立し、[220]ついで『どちらかを択ばねばならぬ、または行動の原理』（一七七二年）において、ジェリー・L・カーティスの言葉を借りるならば、「摂理への受動的信仰から行動的ユマニスムが展開しうるような社会機構の礎石」[221]を作りあげる。彼はすでに『すべては神のうちに』（一七六九年）で述べている。[222]

美徳とはなにか。私の同胞の誰かに善をなすという私の意志がなせる行為である。この意志は神のものであるから、それは神の思召《おぼしめし》に従っている訳である。

ヴォルテールの有神論は「美徳」という社会倫理と結びつき、来世への超越を拒む俗界の道徳律として完成する。一七七八年の四月から五月にかけて、病床のヴォルテールを支えたのはこの有神論であった。一個の実存として「死」に直面した時の恐怖を、ヴォルテールはその徹底した現世信仰によって切り抜けたのである。ヴォルテールの立場は、その意味では、死を生の必然的帰結として生物学的に捉え、死への恐怖を無用と断ずるビュフォンの常識的立場とも、[223]また無神論の観点から来世を否定し、人間に現世の幸福を説いて死の脅威からの解放を試みるドルバックの功利主義的立場とも、[224]それぞれ微妙に異なるものと言える。そのような晩年の姿を、ボーヴォワールは次のように評価している。[225]

年取った作家の唯一の可能性《チャンス》は、出発において彼のいだいた投企《くわだて》がじつに堅固に根をおろしたものであったため彼が最後まで独創性を保ちつづける場合であり、それらの投企《くわだて》がじつに広大なものであったため彼の死にいたるまでそれらが開かれた状態にある場合である。彼が世界とのあいだに生きた関係を保ちつづけるかぎり、彼はつねにそこに促しや呼びかけを見いだすであろう。ヴォルテール、ユーゴーはそうした幸福な人々の例である。

七　生きる人、生きのびる人――サド、ラクロ、レティフと晩年のディドロ

「死」は個人の実存を脅かすのみならず、「権力」に宿って個人の社会的存在を抑圧することもある。「法」が抑圧の抽象的表現であるとすれば、「監獄」はその具象化された実在である。パリ旅行の直前、ヴォルテールは『ガゼット・ド・ベルヌ』が企画した刑法に関する懸賞論文募集を支援する目的で『司法と人倫の値打』（一七七七年）を公刊し、「監獄と囚人の拘置について」と題した一章で人道的見地から刑事施設における拘禁の悪条件を、実例を挙げて攻撃した(226)。七〇年代フランスにおける監獄の実情は、大臣マルゼルブの努力で拷問などが緩和され、かなりの改善を施されてはきたものの(227)、被拘禁者の処遇はきわめて悪く、七五年から九〇年にかけてシャトレの監獄では食糧泥棒だけでも一八名が判決前に死亡しているという(228)。しかし、ベッカリーアの『犯罪と

刑罰についての論考』（一七六四年）以来、法を宗教から解放する改革の気運が高まって懲罰装置全体が世俗化してきたことだけは事実であった。ピエール・デイヨンの調査では、七〇年代にリール裁判所がとりあげた事例のうち、六九・一パーセントが窃盗・詐欺に関する犯罪で、これは半世紀前にくらべて倍以上の増加である。そして殺人・暴行は激減して一四・六パーセント、猥褻その他風俗にかかわる罪と内乱・騒擾など秩序を乱す犯罪がそれぞれ八パーセント強と減少し、宗教にたいして犯した罪は三〇年来ゼロとなっている(229)。神を冒瀆する言動に代わって、生活苦に促されての犯罪件数が増えてきたのである。ちなみに、ヴォルテールとルソーが他界した七八年夏は酷暑であり、ブドウの生産過剰がブドウ酒価格の下落を招いて多くの農民が打撃を受けている(230)。

ところで、この年、かつてはディドロを拘禁したこともあるパリ・ヴァンセンヌの監獄に、一人の貴族が収容されていた。毒殺未遂と男色の廉《かど》で六年前の「マルセイユ事件」の罪を問われ、前年二月にパリで逮捕されたサド侯爵である。サドのヴァンセンヌ拘留は一年四カ月続いた。その間、フランスは独立戦争に介入し、フェルネーからヴォルテールを迎え、そのヴォルテールともう一人、ルソーという二人の巨人の死に立ち会ったが、獄中のサドはもっぱら判決破棄のための上告のことしか眼中になかった。六月、彼は南仏エックスの法廷に出頭を許され、死刑判決の破棄をかちえるが、前年二月の封印状がいまだに有効なため釈放にはいたらず、ふたたびパリの獄屋へ送り返される破目になる(232)。七月一六日、サドはヴァランスのホテルから脱走し、三八日間の自由をえたのち、八月二六日、ラ・コストで逮捕され、九月始めヴァンセンヌの監獄に再収容される。以後、八四年にバスティーユに移されるまでの五年半の歳月を、彼はこれで八度目の牢獄生活で費やすことになるのである。

一七七八年の精神史的状況に姿を現したサドは、まだ作品らしい作品を書いている訳ではない。彼の登場によって、ミシェル・フーコーのいわゆる「非理性」がその本来の場である「監獄」との出会いを通じて、西欧の想像力のもっとも大きな転換を生み出したことに意味があるのである。フーコーは書いている。(233)

サディスムの出現は、一世紀以上も前から監禁され沈黙させられてきた非理性が、もはや世界の姿としてではなく、もはやイマージュとしてではなく、論弁として、欲望として、ふたたび現れる時点に位置づけられる。一人の人間の名前をつけられている個人的現象としてのサディスムが、監禁から、監禁のなかで生まれでたのは、そして、サドの全作品が、いわば非理性の自然な場所を形づくっている《砦》や《独房》や《地下室》や《修道院》や《近よりがたい島》などのイマージュによって支配されているのは、偶然ではない。

『司法と人倫の値打』を著して監獄の改善を説くヴォルテールの意識と、獄中での幽閉体験を踏まえて自己の宇宙を拓くサドの意識との間には、まさに千里の径庭があると言ってよい。ヴォルテールは死の直前の恐怖と錯乱を通じて「非理性」の領域を一瞬垣間見たはずであるが、有神論者としての強固な信念が最後まで彼の精神を支え続けたことは、前節ですでに見た通りである。幽閉状況は『危険な関係』の作者ラクロをも見舞っていた。七年戦争の終結以来一五年、戦場に馳せた夢は消え、彼は駐屯部隊付士官として無聊に苦しみながらフランス各地を移動して歩いていた。「退屈」という牢獄に監禁された、この昇進の遅い軍人の唯一の慰めは文学であった。七八年七月一九日、コメディ・イタリエンヌで、リコボーニ夫人の小説をラクロが翻案し、サン=ジョルジュが音楽をつけたオペラ・コミック『エルネスティーヌ』が上演され、不評に終わった。[234] 同じ頃、彼はまた『死への書簡詩』を書き、貴賤を問わずすべての人間を平等に拉致しさる死を称えるが、[235] この醒めきった砲兵の眼こそ五年後に公刊される『危険な関係』の作者の眼であることは疑いない。

サド侯爵から「ポン=ヌフと青表紙本の作家」[236] と酷評されたレティフ・ド・ラ・ブルトンヌは、一七七八年、『わが父の生涯』を刊行する。[237] 実在の父エドム・レティフをモデルにしたこの小説は、故郷の村サシー（イオンヌ地方）の農民生活が舞台であり、二年前の『堕落した百姓』とは対照的に、農村風俗や家庭生活の写実を通して人間の善性が手放しに謳われている。この、悪の極限から至高の善への唐突な転換は、[238] 自分にはもはや許されない家父長の権威と倫理の光とを父エドムにあたえることによって、腐敗した現在を逆照射しようとする、作家レティフの現実批判の方法を示していると思われる。この小説は、ディドロが『一家の父』（一七五八年）で確立し、『ある父と子どもたちとの会話』（一七七三年）で発展させた倫理規範としての「父」のイメージの系列に連なるものである。[239] ただし、レティフの「父」は一七七八年という状況にもはや生きえない人間であり、思い出のなかで愛惜されるだけの死んだ存在でしかない。[240] レティフが『わが父の生涯』を出版した年に、その父より二歳若いだけのヴォルテールが没している事実は、偶然を超えたなにかである。ここでも「死」は、個々の存在のドラマの彼方で、一つの時代的意味を否応なく担わされている。

そして、いよいよディドロが登場する。レティフの父親より二一歳若いこのラングル生まれの哲学者も、一七七八年には六五の齢《よわい》に達していた。ヴァンドゥル夫人となった娘のアンジェリックは結婚生活六年目を迎え、ようやくディドロの周囲にも『ある父親と子どもたちとの会話』にみられるような、和やかで静謐な雰囲気が漂い始めていた。要するに彼は父ディディエに負けない「一家の父」になったのである。

数年来のディドロの文学者としての活動も人目にはつかぬが充実していた。『百科全書』補巻の刊行や外国での出版にもはや携わることもなく、パリの世相にもほとんど関心を示さない彼は、半ば隠居の形で執筆に専心し、また自作の手直しを心がけていた。七七年始めにはレナール師の『両インド史』第三版のための大幅な加筆がある。また、メーステールの『文藝通信』への精力的な寄稿も特筆に値するものである。(241)

一七七八年のディドロを特徴づけるものは、なにをおいてもまずその「沈黙」であろう。その解釈をめぐっての諸説はともかくとして、『文藝通信』に二月から九カ月もの間、彼の名前が見られないのは印象的である。(242) 寄稿が再開するのは秋からで、なかでも長篇『運命論者ジャックとその主人』の連載が一一月に始まり、八〇年六月まで続く。

「沈黙」期のディドロが手がけた大きな仕事は、ラ・グランジュ訳『セネカ著作集』の最終巻としてドルバックとネジョンから執筆を勧められた『セネカ論』初版であった。ジャン・ヴァルロの推測(243)によればこの著作の完成は六月六日以前、ちょうどヴォルテールとルソーの死に挟まれた時期にあたり、ここで初めて、『セネカ論』初版の検討を通して、ディドロが二人の盟友の死をどう受けとめたかが明らかになる。[244]

ディドロがパリ滞在中のヴォルテールを訪れたかどうか、現在のところ学者の意見はまちまちで、速断を許さない。[245]たしかなことは、五月三〇日のヴォルテールの死に彼が強い衝撃を受け、執筆中の『セネカ論』初版の随所にその感慨を書きとめている、ということである。『セネカ論』におけるヴォルテールへの言及は、そのほとんどが手放しの賛美であり、とりわけ徳の実践者としての功績を称揚している。彼は主張する。[246]

私がヴォルテールを羨むとすれば、それはカラス一家の弁護であって、悲劇『マホメット』ではない。

凡庸な善人と崇高な悪人、有徳と天才、行為と文学という問題は、かつては『ラモーの甥』の作者を悩まし続けたアポリアである。[247]しかし老いのとば口に立つディドロは、断固として前者の実践倫理の側に賭ける。中川久定はこう述べている。[248]

専制君主――ネロ、エカテリーナ二世、フリードリヒ二世――の傍で、彼らを善に向かわせようと努力したセネカ、ディドロ、ヴォルテールの使命は、いずれも現実的には挫折している。しかし、失敗を恐れることなく現実の改革に進みでたという事実のなかにこそ、ディドロは

「美しい魂」のあかしを見ようとするのである。こうしてディドロは、ヴォルテールの生涯の意味を確認することを通して、自分自身の生涯の意味をも確認しようとする。そしてまさにそのために、ディドロは『セネカ論』初版のなかにヴォルテールへの賛美を付加したのである。

ところで、六月三日にルソーがエルムノンヴィルで没すると、彼が最後の切札のようにして用意していた『告白』がディドロを始めとする哲学者一派を不安に陥れる。[249] 潔白な人々の顔に泥を塗るようなこの恐るべき暴露文書が公刊された日に備えて、手をうっておかなければならない。ディドロはまだ読んでもいない『告白』への反論を、『セネカ論』初版のなかに脚注の形で挿入する。[250] なにぶんにも予断と臆測に基づく反論であるため、ルソーを直接名指すことは避け、あくまで抽象的な表現にとどめて慎重を期してはいるが、『告白』の作者が自己の悪業を赤裸々に語ることで読者の信用を獲得し、ついでに他人にたいする「不正で残酷な非難」までも信じさせるという巧妙な手口を、ディドロは激しく攻撃している。

『セネカ論』全体の壮大な構想のなかで、ヴォルテールとルソーにたいする言及はごく小さな付加部分にすぎない。本文そのものの主旨は、中川久定の論考が明らかにしているように、[251] あくまでもローマ皇帝ネロ治世下の哲学者セネカにたいする非難を論駁し、セネカとの対話を通じてその名誉回復を試みることにあった。この、現在の立場よりする過去の救出という倫理的モチーフは、『セネカ論』の注釈という厄介な仕事を引き受けたネジョンにディドロがあたえた忠告にも生きている。[252]

古典の一節が説明可能であるとき、それをわずかな言葉で説明する唯一の方法とは、友よ、本質的な表現のみをとりあげて、邪魔になるものは一切これを排除し、作者を解釈するというよりは、我々が読み進むにつれて作者が我々に喚起する諸観念を作者自身に解釈してもらうことなのです。本当の意味がわかれば、テクストはつねに注釈の翻訳として役に立ちうることは申すまでもありません。

精妙なことが述べられている。ラテン文の語順や節や文にこだわらず、テクストをどこまでも「翻訳」とみなして注釈の真実に肉迫するという方法。ディドロの古典解釈学は、同じ一七七八年にヴォルテールがアカデミー辞典改訂を契機として「国語」によせた実践的関心とも、またルソーが植物採集を重ねるうちに身につけた、標本を符牒にして過去をよみがえらせるというあの記憶の魔術とも、それぞれ微妙に異なっている。ヴォルテールは過去の遺産の批判的継承を踏まえた現在の国語の発展を希願し、彼の有神論の持つ現世主義の立場を貫く。ルソーにおける過去は自分史のなかの過去である。符牒と化した標本は、流動する現在の一回限り性を無化して、記憶のなかに現れる自己自身をいま一度反復するためのおまじないである。この過去に向かって閉じられた円環構造を未来の方向に投写すると、そこに魂の不滅と神の救済というルソーにとっての「来世」のイメージが浮かびあがる。

ディドロはこの二人のちょうど中間に位置している。彼の視線はルソーのそれのように生活史の過去に己れの姿を探し求めるようなことはしない。ディドロは「他者」との出会いを欲して、セネカと対話し、古典の注解を試みる。しかしながら、過去の存在との出会いによって獲得された「真実」（テクストがその翻訳になるような注釈）は、直ちに現在の実践的行為の指針になるわけではない。晩年のディドロはここでヴォルテールの現実主義と訣別する。彼はルソー的「来世」の観念に「他者」の観念を接合してこれを世俗化し、「後世」という超越的観点によって現実を無化しようと試みる。過去の「真実」を正しく認識するディドロと同様に、来《きた》るべき時代の人々も現在のディドロの「真実」を正しく認識するであろう。こうして、無神論者ディドロに魂の「不死」の信仰が芽生える。むろん、そこには忍びよる「死」にたいするディドロなりの心の準備があることは言うまでもない。一一月二五日、彼は妹のドニーズに書いている。(253)

老いを感じ始めたよ。歯という歯はぐらぐらだ。じきに子どもみたいにお粥を食べなければならなくなる。じきに口もきけなくなるだろう。他の連中には好都合だろうが、私にはちょっと困りものだ。じきに耳が遠くなり、目もかすんでくるだろう。大きなお荷物のご出発だ。この大旅行の支度が整えられつつあるのを見ても、それほど気にはならない。悪人どもにはせいぜい気をもむがいいと忠告しておこう。私のような善意の愚かものについては、愚かものだったと言われ、それでおしまいだ。

ディドロにとっての「後世」がこれほど控えめな観念であったはずはない。六〇年代のファルコネとの論争書簡を通じて、彼は「不死の感情」と「後世への配慮」が「現在」をうるおすもっとも豊かなエネルギー源であるとくりかえし述べている。[254] 一七七八年に彼がセネカとの対話で確認した事柄を、彼の後世もまた、いつの日か彼の著作との対話を契機に確認してくれるはずであった。魂の不死という信仰のエネルギーは、ディドロをさらに六年ほど「生きのび」させる。その間、老いた哲学者は次々と盟友・知人を喪うだろう。七九年八月にル・ブルトン。八〇年二月にジョクール、八月にコンディヤック、八一年三月にテュルゴー、一一月にトロンシャン、八三年四月にエピネー夫人、一〇月にダランベール、そして八四年二月二二日には愛人のソフィー・ヴォラン。ディドロ自身も、ソフィーの死後、半年は生きられない。

生きる人と生きのびる人。そしてこの人々に見送られて「大旅行」へと歩みだす人。これが一七七八年フランスの、いや、あらゆる歴史の刻一刻の、正真正銘の「状況」である。

結びに代えて

ジャン・スタロバンスキーの『一七八九年——理性の標章』[255]が刊行されて以来、私は啓蒙時代の流れを年単位の切断面で考察するという未知の方法に魅せられ続けてきた。人間の歴史を輪切りにした場合、思想家や文学者の人と作品を個別にとりあげて論じる従来の手法はあまり役に立ちそうにない。また、思想史や文学史の通念に従って、多様な個性を流派や傾向に色分けし、時間の流れに沿って分類する作業にも物足りなさがつきまとう。時間軸の切断面は必ずしも軸そのものの方向のみで説明されないからである。作家論や作品論の静止した枠組みにとらわれず、かつまた歴史や社会の潮流に安易に棹さすこともなく、願わくば hic et nunc（いま・ここ）の生きた実存のなかに個々の意識の深みを探りあてること。ヴォルテールとルソーの没後二〇〇年を迎えるにあたって私にあたえられた「一七七八年」というテーマは、資料と力量のいずれについても不足をかこつほかない難題であった。資料に関しては、Jean-Paul Belin, *Le Mouvement philosophique de 1748 à 1789 : Etude sur la diffusion des idées des Philosophes à Paris, d'après les documents concernant l'histoire de la librairie*, Burt Franklin, 1913. を故小場瀬卓三先生の蔵書から、また Fréron, *L'Année littéraire* を筑波大学から、それぞれ借覧させていただいた。小場瀬夫人および筑波大の島利雄氏のご厚意に心からの感謝を捧げたい。以上の二点以外の文献は、若干の孫引きを除くと、私個人の所蔵によるものと、とりわけ慶應義塾大学情報センターの図書館および研究室の蔵本のみを使用した。フリー・メーソンやイリュミニスムの動向に関しての記述がまったくないなど、致命的な欠落がいくつもあるが、いずれ機会を改めたいと思う。

第四章 「頭出し」から映画『メッセージ』、そしてディドロへ

歳をとるに従い、勝手な妄想や短絡を楽しむようになる。場合によっては、ただのわがまま、気ままにすぎないこともしばしばだ。日頃の読書、音楽や美術の鑑賞、いや、ただ単に空を流れる雲をぼんやり眺めたりしても、そういう気まぐれは働いている。どこからかの帰り道を選んだりするときでも、わざわざ人通りのない、遠い回り道を歩いたりして、思わぬ瀟洒《しょうしゃ》な住宅や、塀の上のきれいな花にみとれたりしているのである。世にいうところの「瘋癲老人《ふうてんろうじん》」の域に近づいているのかもしれない。頭のなかで、「イメージ」「連想」「ネットワーク」といった、直接には明示されない要素への目配りがさかんに行われているらしいのである。その流れで「頭出し」という遊びにこだわってみよう。

一　芸術鑑賞における「頭出し」

「頭出し」には、昨今のデジタルメディアが断然便利である。アイポッドで「頭出し」が簡単にできるようになると、音楽の聴き方まで変わってくる。バッハの《平均率》をグレン・グールドあたりが弾いた現代ピアノによる演奏で聴くときなど、第一巻第一曲ハ長調のプレリュードの後に、第二巻第一曲ハ長調のフーガを持ってくる。さすがに調性が違う組み合わせはやらないが、調が同じだと意外な取り合わせの妙があり、発見や驚きがあって楽しめる。

第一巻第一曲ハ長調のプレリュードの後には、当然、第一巻第一曲ハ長調のフーガがこなければ困ると考えるのは、つまらない常識である。なによりも、それが当たり前であるし、ひとたびそれを当たり前と信じたら、それ以外の組合せがありうるなどもってのほかであるし、言語道断と考えてしまう常識だ。まあ、相手がグールドだからこそおかしな操作も通用するので、たとえばエドウィン・フィッシャーなどの温かく、もったりしたバッハだと、どこかそぐわない。だが、頭出しファンの瘋癲老人は、そこで居直るのだ。組合せは無限であり、何をどう結んだとて、誰からもとがめ立てされる筋合いはないじゃないか。

そういえば、グールド自身がどこかで似たようなことを言っていたような気がする。あれは誰かとの対談かインタビューだったか。やはりバッハのパルティータか組曲をめぐっての話だったと思うが、いかにもグールドらしい、茶目っ気というか冗談というか、人を煙に巻くような提案をしていた。バッハのパルティータや組曲などの「組み物」は数曲の舞曲で構成されている。仮に転調を施して、それらのパートをすべて同じ調性に均しておき、組み合わせを換えて、素知らぬ顔で演奏したら、聴衆は気がつくだろうかと、グールドは言うのである。音楽は時間芸術であるからして、一応、あらゆる楽曲は線状に進行する音の流れに即して組み立てられている。曲をよく知っているという人の場合、どのパートの次にはどのパートがくるという身体化された記憶が鑑賞のベースになっているはずだ。その記憶が促す予測や期待をどこまで裏切らずに、首尾よく聴く者を騙しおおせるか、という話なのである。

読書はどうだろうか。もともと、書物が最初期の巻物スタイルを離れ、コーデックスと呼ばれる頁を具えた現在の形状をとったとき、何が新しくなったかというと、でたらめな「頭出し」ができるようになったことではないだろうか。寝そべって本を読むというのは、なにも絵巻物を繰り延べるように、律儀に頁を追って、書かれた順に読み進まなければならないわけではない。後ろから始めてもいいし、真ん中の一章だけ抜き読むとか、ひどいときは帯のコピーだけで済ませることもできる。皆、やっていることだ。

絵画もでたらめでいけそうである。名画鑑賞における「頭出し」とは何か。一点一点を丁寧に見て、いろいろ考えたり、調べたりするのもいいが、たまには同工異曲の作品をごっちゃにしてみると面白い。とりわけ、東洋の花鳥画とか、西洋の聖母子像のような、どれをとっても皆、同じ型にはまり、かわり映えのしないメッセージを発している作品群は、あれこれ比べあわせたり、重ねたりして、手荒に扱うに限る。

その花鳥画が、木村定三コレクションのカタログ『近現代美術』にかなり入っていた。[1]たまたまこの図録を繙いて、感想を述べる機会をあたえられたときのことである。全部で二五〇点弱の絵画と版画作品が紹介されている図録だが、何度も頁を繰り、あっちこっち行きつ戻りつしているうちに、面白い現象に見舞われた。現実の展示会場ではまずありえない。まあ，いってみれば絵画作品についての「頭出し体験」とでも呼べるものである。

カタログ前半部に掲載されている日本画で「花鳥画」と呼ばれるジャンルの作品が幾点かある。明治から現代にかけて制作されたものだ。これらの花鳥画がどこまで中国伝来の「吉祥《きっしょう》」を意識して描かれたものかは知るよしもない。「吉祥」をまぶした絵画の絵解きなどは、この私を含め、おおかたの美術愛好家や鑑賞者のよくするところではあるまい。花鳥画は本来、華やかな造型と、たとえば祝賀といった好ましい意味を伝えるメディアとして珍重されてきたが、吉祥の意を持つとされる文様のあれこれが、花鳥画の画題になっていると言われても、なんのことだかわからない。

幸野楳嶺《こうのばいれい》『南天鵯図』（図8）は、なかでも飛び抜けて写実性の強い作品で、南天の実や水盤に落ちる水、周辺の植物の描写などが唖然とするほど細やかで充実している。絵自体にさほど余裕や遊びが感じられないので、画面中央に佇む鵯《ひよどり》の姿から、なにやら目出度いメッセージを受け取るのは無理である。むしろ、ぽつねんとした鳥の「孤影」に妙に冴え冴えとした心持ちで感情移入してしまい、とても「メッセージ」の解読などに赴く気になれない。

「孤影」という印象は、花鳥画に不慣れで、要するに無粋な私が勝手にでっちあげている、近代主義的な、ほとんど「誤解」「誤読」の類いであろう。林司馬が『雪』に登場させている（図9）、寒さでふっくらと膨張した雀や、土田麦僊《ばくせん》が『春昼』で描くところの（図10）、逆に春光を浴びて暖かそうな山鳩なども同様である。

あるいは西村五雲『新月』（図11）の、花鳥画ではおそらく不吉でタブーであるはずの木菟《ずく》も、どことなくユーモラスで微笑ましいし、平福百穂《ひゃくすい》『藤花小禽』（図12）では、つがいの小鳥が葦の穂先に止まっていて、これまたまことに風情がある。

そんな具合に図録のなかをあちこちナヴィゲイトしている私を、不思議な体験が襲った。これら伝統的な花鳥画の構成や意匠が、図録後半にまとめられた一連の現代作品によく似ているという発見である。一番わかりやすいのは、南桂子のカラーエッチング『網とかもめ』（図13）だろう。全体を青でまとめた画面は、海中と海面と空とが渾然一体となり、そこにピラミッド状の網四枚と、鷗二羽、魚三匹、帆船一隻と太陽がひっそりと所在なげに浮遊している。それぞれ網の頂上に止ま

図8　幸野楳嶺『南天鵯図』絹本・着色，1892年頃，愛知県美術館

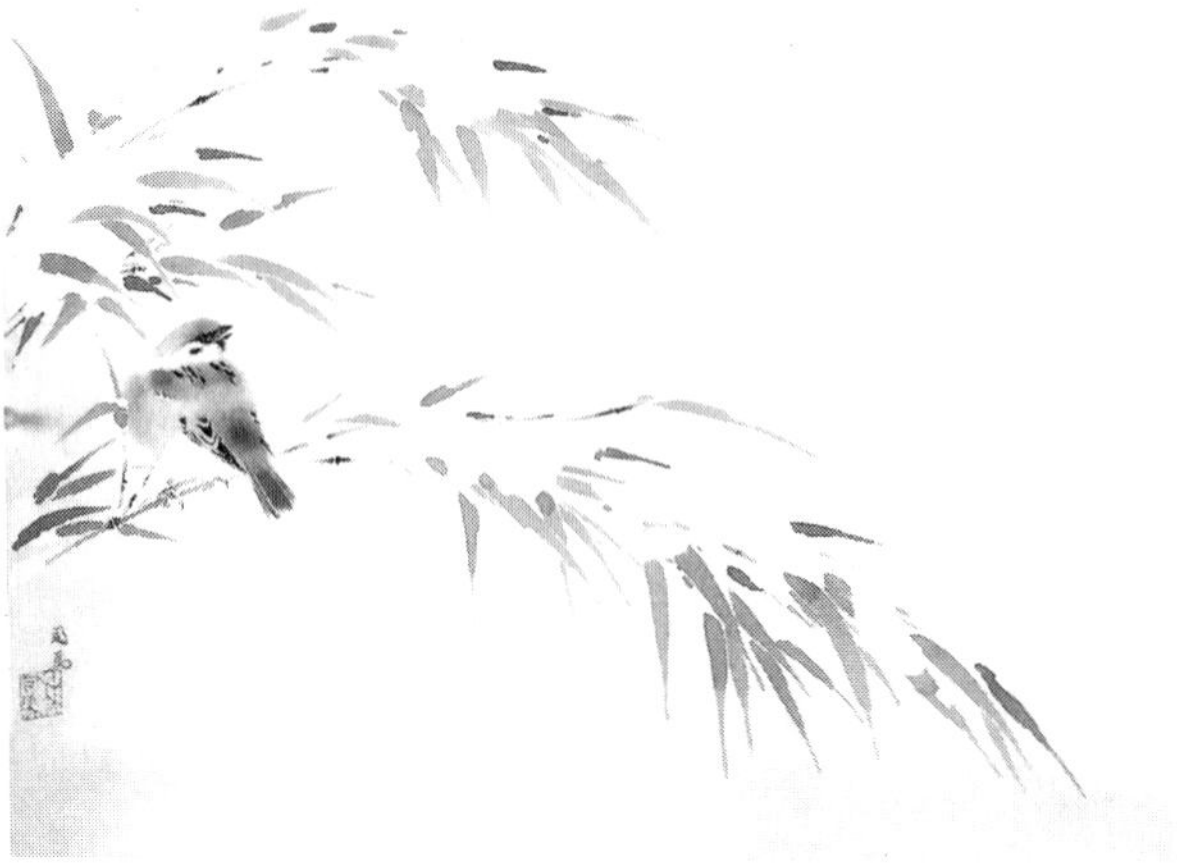

図９　林司馬『雪』紙本・着色，
1939年頃，愛知県美術館

図10　土田麦僊『春昼』絹本・着色，
1926-30年頃，愛知県美術館

図11　西村五雲『新月』絹本・着色，1937年頃，愛知県美術館

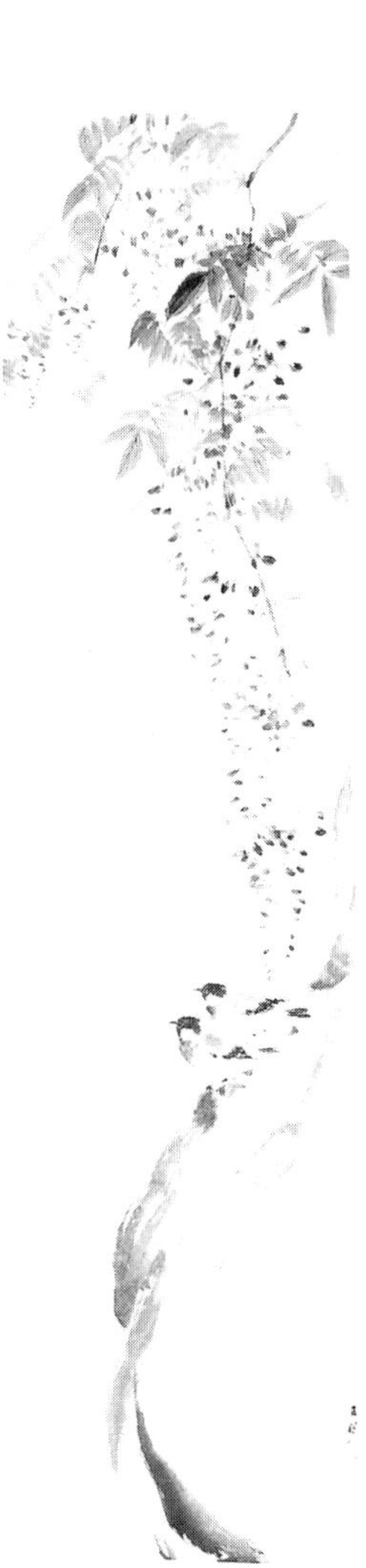

図12　平福百穂『藤花小禽』紙本・墨画淡彩，1924年，愛知県美術館

図13　南桂子『網とかもめ』カラーエッチング・紙，1957年，愛知県美術館

図14　香月泰男『風船売り』油彩・画布，1960年，愛知県美術館

図15　香月泰男『洗濯』紙・水彩・墨・クレヨン，1963年，愛知県美術館

図16　浜口陽三『とうがらしのある静物』カラーメゾチント・紙，1955年，愛知県美術館

った鷗は、まごうかたなき花鳥画の主人公であり、横を向いた可憐な「孤影」が印象的だ。香月泰男《かづきやすお》の油彩二点になると、花鳥画とのアナロジーはずっと稀薄になり、それだけ面白さが増してくる。『風船売り』（図14）では小鳥に相当するのは色とりどりの風船だが、『懸垂』や『綱渡』になると、人間自身が横棒を枝に見立てた鳥類を演じさせられる。『洗濯』（図15）にいたっては、洗濯紐につり下がった白い洗濯物が、そのまま三羽の鳥ではないだろうか。

きわめつけは、浜口陽三のカラーメゾチント作品『とうがらしのある静物』（図16）だ。この版画は、たとえ複製でも、文字通り私をうちのめした傑作だが、図録の前半に散在する花鳥画の残像を重ねてみると、深海の底のような青黒い地を背景に立つ青と白の壺、その上方に浮遊する黄色いレモン状の物体、壺の背後を徘徊する九つの赤い唐辛子は、どうみてもできすぎの花鳥画ではないだろうか。一度そう思ったら最後、もうだめである。この係累の必然は絶対なのだ。花鳥画への連想ぬきでこの版画を考えることはできなくなる。逆照射で考えれば、浜口陽三の醸し出す摩訶不思議な浮遊感覚こそが、わが花鳥画の伝統にも確固として具わっていることにはならないか。いや、頭出しは本当に面白い。

二　実人生における「頭出し」——映画『メッセージ』をめぐって

美術作品はともかくとして、実人生で「頭出し体験」とでも呼べるものはあるのだろうか。最近観たSF映画で出色の出来と感心した傑作があったので、紹介したい。アメリカ映画『メッセージ』（二〇一六年）である。監督はカナダのドゥニ・ヴィルヌーヴ。SF映画の古典と言われる名作『ブレードランナー』の続篇を作った人だ。映画『メッセージ』の原題は *Arrival* と言い、その年のアカデミー賞で音響編集賞を獲得し、さらに作品賞、監督賞、脚色賞、撮影賞、美術賞、編集賞、録音賞にノミネートされている。まずは映画館で観て、非常に面白かったのだが、その後衛星放送のWOWOWで放映してくれたのでダヴィングし、英語版、日本語版を何度も観た。さらにめったにないことだが、原作の翻訳(2)まで取り寄せて読んでしまったのである。この中篇小説がまたなかなかの名作で、一九九九年のスタージョン賞と二〇〇〇年のネビュラ賞中長篇小説部門を受賞している。順序として、まず原作から話を起こすとしよう。

テッド・チャンの『あなたの人生の物語』は、全体の約半分がタイトルにもある「あなた」への呼びかけで書かれている。ヒロインの言語学者ルイーズ・バンクス博士が一人娘に向かって呼びかけるのである。読者は最初戸惑うが、次第にわかってくるのは、「わたし」ことルイーズは娘に向かってどうやら未来形で語りかけており、しかも未来に起きるであろうことをすでに過去の出来事のように知り尽くした母親として話しているのである。ルイーズは自分がゲーリーという科学者と結婚して「あなた」を出産し、やがてゲーリーと離婚し、二五歳になる「あなた」を山岳事故で喪うという近未来の宿命をすでに知っている。それゆえ、ルイーズの未来形の語り口はまるで昔話のようにとりとめもなく、「あなた」の幼児期や少女時代や思春期がまるでスナップショットのように順不同で「頭出し」されるのだ。これはいったいどういうことか。娘の二五年間を、写真アルバムをめくるように未来形で「頭出し」するルイーズの意識には、ある意味で過去・現在・未来と線状に継起する時間が存在しないようにさえ見える。あるいはこれは小説家にだけ許された「語り」の戦略なのだろうか。

小説のもう半分は人類とエイリアンとの接触の物語である。ここのくだりは過去形で語られる。作品全体は現在形と過去形と未来形とのめまぐるしい交錯・交替で組み立てられている。あるとき、正体不明の飛行物体が世界中に現れ、その数は一一二機、アメリカ合衆国内だけでも九機になる。世界的な言語学者であるルイーズは、軍の依頼でそのエイリアンの操る言語の分析と解読を担当する。パートナーとして組むことになったのが、ルイーズが後に結婚する物理学者のゲーリーである。エイリアンは人類との交信に、「姿見《ルッキンググラス》」と呼ばれる装置を利用する。ルッキンググラスを介して現れる二体のエイリアンの姿は、「一個の樽が七本の肢に接合されて宙に持ちあげられているように見えた」[3]。ゲーリーはエイリアンたちを「七本脚《ヘプタポッド》」と命名し、さらにそれぞれにフラッパーとラズベリーというあだ名を付けた。この小説が面白いのは、ルイーズがおびただしい時間を費やしてエイリアンとの交信に努力するくだりのほとんどが、かなり専門的な言語学の用語や概念を駆使して記述されていることである。ルイーズたちはまずは口頭の談話レヴェルの交信を試みる。〈ヘプタポッドA〉である。これがうまくいかないとわかると、次に文字言語を探り、これを〈ヘプタポッドB〉と名づける。いずれにしても、ヘプタポッドの来訪の目的は最後まで不明のままなのだが、どうやら悪意や底意はなさそうで、どこまでも平和的に振る舞い、協調姿勢を崩さない。『エイリアン』『宇宙戦争』『マーズ・アタック』『インディペンデンスデイ』などのSF映画でおなじみの、攻撃的で悪魔の化身のような宇宙生物とはまるで違うのだ。

〈ヘプタポッドB〉はエイリアンの「文字」言語であるが、アルファベットのような発話された語を表すものではまったくない。といって漢字のような表意文字《イデオグラム》とも違う。ルイーズは「表義文字《セマグラム》」という用語を提案する。

わたしたちの最大の困惑の種は、ヘプタポッドの〝文字〟だった。なにしろ、まったく文字には見えない。どちらかというと、複雑なグラフィックデザインの寄せ集めに見える。この表語文字の配置には、行や渦巻きといった線形《リニア》の様式はどこにもない。フラッパーもラズベリーも文をそのようにはつづらず、必要となった多数の表語文字をくっつけあわせて巨大な集合物にしてしまうのだ。[4]

ルイーズはエイリアン独自の表義文字システムを学習し、また「光は最短時間で進むことができる軌道をとる」というフェルマーの原理をゲーリーから教わることで、徐々にヘプタポッドBの書法を自家薬籠中のものにする。すると不思議なことが起き始める。

さらに堪能になるにつれ、意味図示文字の構図は、複雑な概念までも一挙に明示する、完全に形成された状態で現れてくるようになった。と言っても、結果的に思考過程が速くなったというわけではない。心は疾駆するのではなく、表義文字群の基層をなす相称性の上に均衡を保って漂っている。表義文字群が言語を超えたなにかに見えてくる。それは曼荼羅《まんだら》に似ていた。気がつくと、瞑想状態にあって、前提と結論が交換可能なやりかたで黙考している。各命題の関連づけに固有の方向性はなく、特定のルートをたどる〝思考の筋道〟もない。推論という営為における全要素は等しなみに力強く、すべてが同じ優位を占めていた。(5)

この引用文でルイーズが語っているのは、ほとんど「超常現象」とでも呼ぶしかない体験である。ヘプタポッドの意味図示文字はすべてを一挙に示すので、私たちが通常、言語で表現し、表現されたものを理解するときの「通時的」な了解の構造、「方向性」とか「筋道」を超えた次元にルイーズを誘うのである。「曼荼羅」という言葉が示すように、これは一種の「世界図絵」発現ではないのか。

ここで改めて確認すべきは、「光は可能なすべての経路のなかで最短時間で行ける経路を通ってくる」という一七世紀フランスの数学者フェルマーの有名な原理である。これが短篇『あなたの人生の物語』における最重要の定式なのだ。この地上で物理法則と呼べるものがほとんど因果律的であるのに対し、フェルマーの原理は合目的的、ほとんど目的論的と言える、とルイーズの同僚である物理学者のゲーリーは考える。上の例でいえば、直進する光は水にあたってこれを通過するとき、速度が落ちるが、そのとき光が選ぶコースはどこまでも「最短」ではなく「最速」の経路であり、水のなかで屈折して進む場合でも、目的地を知ってそうしているのだ。つまり光は自分が進むべき最速経路をあらかじめ知っていて直進していることになる。

テッド・チャンの短篇を貫く根本的二分法は、人類に固有な世界観（因果論）とエイリアンに固有な世界観（目的論）という対立図式である。そして、面白いことに、前者が後者に劣るとかいう、よくありがちな比較論に落ち込まず、両者を対等な、しかし異なった世界観として対比していることである。

人類の、そしてヘプタポッドの祖先がはじめて意識のきらめきを得たとき、両者は同じ物理世界を知覚したが、知覚したものの解析の仕方は異なっていた。最終的に生じてきた世界観の差は、その相違の究極的結果だ。人類は逐次的認識様式を発達させ、一方ヘプタポッドは同時的認識様式を発達させた。われわれは事象をある順序で経験し、因果関係としてそれを知覚する。〝それら〟はあらゆる事象を同時に経験し、その根源にひそむ目的を知覚する。最小化、最大化という目的を。(6)

そもそも私たち人間はあらゆる事象を考えるとき、無意識に時系列的・因果論的解釈へと導かれている。ある瞬間から次の瞬間へ、原因から結果へ、過去から生じる未来へ。私がくりかえし述べてきた人文研究における「通時性」への盲目的信仰なども、そこに起因する習慣病のような症状である。作中、ルイーズがそうした人類に固有な思考法に対して、ヘプタポッドのまったく対照的な方法を対置させるくだりがある。ここが『あなたの人生の物語』で一番肝要な箇所であることは確実である。かなり長くなるが、ルイーズの表白に耳を傾けよう。

はじめてフェルマーの原理を説明してくれたあの日、ゲーリーは物理法則のほとんどは変分原理として記述できると語った。けれども、人類は物理法則を考えるとき、因果的記述としてとりあつかうのを好む。それは、わたしにも理解できた。人類が直感的に見いだす、運動エネルギーや加速度といった物理的属性はすべて、時間の所与の瞬間において物質が有する固有の性質だ。そして、それらは事象の時系列的・因果律的解釈へと導かれる。ある瞬間から生じる、つぎの瞬間、原因と結果は、過去から生じる未来という連鎖反応をつくりだす。

対照的に、ヘプタポッドが直感的に見いだす、〝作用《アクション》〟などの微分に特徴づけられる種々のものごとの物理的属性は、ある一定の期間の経過についてのみ意味を有する。そして、それらは事象の目的論的解釈に導かれる。事象を一定期間の時間という視点から見ることにより、満足されねばならない要件、最小化もしくは最大化という目的があることが認識できる。そして、その目的を満たすには最初と最終の状態を知っていなくてはならない。原因が発生するまえに結果に関する知識が必要となるのだ。

わたしもまた、そのことを理解しはじめていた。[7]

引用文の後半には、私たちの常識や理性を逆なでするような逆説が含まれている。ヘプタポッドたちにとって、「ものごとの物理的属性は、ある一定の期間の経過についてのみ意味を有する。そしてそれらは事象の目的論的解釈へと導かれる」という指摘である。ここで言われる「事象の目的論的解釈」という表現は、ともすれば、この世界のすべては一定の目的によって合目的的に規定されているという自然観・世界観と同一視されかねない。当然、神などが介入する余地があり、必然論・決定論を前提にする。普通、これに対置されるのは、いわゆる唯物論、自然をただの物体の運動として捉える考えであり、偶然性や突発性が重視される。だが面白いのは、ルイーズ＝ゲーリーがある種の限定を設けて、伝統的目的論・決定論や宗教思想と、ヘプタポッドたちの考えとを峻別していることである。ルイーズ＝ゲーリーは「ものごとの物理的属性は、ある一定の期間の経過についてのみ意味を有する」（傍点、引用者）と言っているのだ。この限定は、エイリアンたちの目的論をきわめて特殊なものに作り替える。さきほどの事例でいえば、光は最速経路をたどる「一定の期間の経過」においてのみ、おのれの「目的」を自覚する、ということだ。ルイーズ個人に当てはめれば、「一定の期間の経過」とは、彼女の生涯のなかで、ヘプタポッドと出会い、エイリアン言語を習得し始めてから死ぬまでの、後半生を指していることになる。ルイーズ・バンクスはヘプタポッドの表義文字システムを身に付けることで、未来が見えるようになり、自分のほどない結婚と出産、離婚、さらには娘の死をあらかじめ知ってしまう。そしてそれにもかかわらず、ルイーズはそれらの未来を受け入れ、拒もうとしないのである。

　これはおかしいのではないか、とわれわれの常識が反問する。現在を生きていてすでに未来が見えるなら、果たして「自由」は存在するのだろうか。人間に「自由意志」があると考える人は、未来は予測不能であると断ずるだろう。岐れ道にきて、右に行くか左に行くかを勝手に選べるのだとしたら、未来は知りようがない。ところが、この小説では、われわれの常識である「目的論」と「自由意志論」とを対立・矛盾と捉える発想がいとも簡単に無化されてしまうのだ。

自由意志の存在は、われわれには未来は知りえないことを意味する。そして、われわれはその直接的経験があるからということで、自由意志は存在するだろうと確信している。意志作用は意識の本質的要素なのだと。

いや、そうなのだろうか？　もし、未来を知るという経験がひとを変えるのだとしたら？　それは切迫感を、自分はこうなると知ったとおりの行動をすべきだという義務感を呼び覚ますのだとしたら。(8)

自由意志はあるが、それは物事の結果に影響しえないということなのだ。ルイーズは物語の終わりでゲーリーと結ばれない生き方を選ぶこともできたはずである。いずれ離婚することがわかっている相手と、「予定通り」結婚するのは愚かではないのか。しかしルイーズはあえてその愚かな選択をした。小説は、彼女がゲーリーを夫とするばかりか、二〇代で事故死することがわかっている娘をあえて産むために、ゲーリーと愛を交わそうとするところで終わっている。何がヒロインをそうさせているのか、納得のいく説明は一切なされない。ルイーズの最終選択が、ある種の「切迫感」のゆえか、それとも「義務感」でそうしているのか、私たちは何もわからない状態で作品を読み終えるのである。ヘプタポッドとの物語も意外な形で結末を迎える。ヘプタポッドたちが突然出立して姿を消してしまうのである。来訪の目的も告げず、人類との情報交換の首尾についてのコメントも残さず、エイリアンたちは地球軌道を離れていってしまう。

さて、ヴィルヌーヴ監督のＳＦ映画『メッセージ』は、テッド・チャンの原作世界を踏まえつつも、そこにいわゆる「映画的」なデザインや色づけを施して、一流の娯楽作品に仕立てている。ルイーズと娘ハンナとのやりとりは、原作と同じようにまったく時間の経過を度外視して、あちこちで「頭出し」され、挿入される。観る者は最初、何のことやらわからない。とりわけ冒頭の数分は、何の説明もなく、娘の誕生から死にいたる経過が、ここだけは時間の経過に即して映し出されるのだが、誰しもこれはヒロインにとって「過去」に属するエピソードであろうと考えてしまう。ところが、ルイーズの娘は時系列でいえば、この映画が終わった直後に生まれる順番なのである。

映画で注目すべきはエイリアンの宇宙船である。巨大な柿の種のような形をした飛行物体が、縦長の格好で、モンタナ州のとある平原の地上数十メートルの空間に停止している。人間はエイリアンと交信するために、宇宙服を着て、飛行物体の下部が開くのを待ち、そこから入って上昇し、ヘプタポッド二体が透明な仕切り板越しに姿を見せる場所まで移動する。どうやらそこは宇宙服なしでも過ごせる環境になっている。エイリアンは重力まで自由に操作できるらしい。ヘプタポッド二体は小説のようにフラッパーとラズベリーではなく、アボット、コステロと名づけられる。原作小説ではさほど詳細に描写されているとは言えないヘプタポッドだが、視覚芸術である映画ではそうはいかない。プログラムの解説によると、クジラ、クモ、ゾウ、タコからインスピレーションをえたという、ほとんど小型のビルディングほどはあろうかという巨大な姿のデザインは秀逸である。人類とエイリアンが音声言語でやりとりする始めの方の場面では、アボット、コステロが発する不気味な声が底知れぬ恐怖心を生み、迫力がある。アカデミー賞で音響編集賞をもらったのは、おそらくこの声の創出であろう。だが、さらに面白いのは、ルイーズが音声言語を見限り、「文字」を使用し始めたときである。ルイーズは白い紙に大きな字体で、HUMAN などのアルファベット文字を記して相手に見せるのだが、ヘプタポッドの方はそれに対して、七本ある脚の一本をこちらに向け、脚先から仕切り板めがけて何やら薄墨のようなものを噴射する。薄墨は遮蔽板にぶつかると飛散しないで、円形の模様を描き、どうやらそれがエイリアンたちの文字らしいとわかる。どことなく中国や日本の書道を連想させるデザインである。数限りない試行錯誤の果てに、ルイーズは徐々にヘプタポッドの文字を解読できるようになる。そして、エイリアンたちには地球上で流通している直進型の時間概念がなく、過去、現在、未来はまったく同じ面の上に捉えられているらしいとわかってくる。いつしか、ルイーズ自身も未来を透視できるようになり、自分のこれからの人生行路が霧が晴れるように見えてくる。言語学者の、サピア＝ウォーフによる「言語は話者の世界観の形成に関与する」という仮説が援用される。また、ヘプタポッドが人類に伝えたいと考えているメッセージが、「地球にきた目的は、人間に武器を提供するため」であるということを理解するが、「武器」とは何かをめぐって地球上の各国軍部は混乱し、状況は一気に険悪化する。

原作にないエピソードで、映画における一つのクライマックスを形作っているのが、後半にルイーズが見せる超人的な振舞いである。いつまでも言語を介した交信に明け暮れる成り行きにしびれを切らした中国が、突然エイリアンに対して核攻撃を仕掛けようとするのだ。シャン上将の決断である。中国に続いて、ロシアとスーダンも宣戦布告する。これを阻止しないと、世界は壊滅的な宇宙戦争に突入するおそれがある。ここでルイーズがたった一人、ヘプタポッドの一体と会話する場面がある。相手は地球上でただ一人自分たちの言語を解する人間ルイーズに、「あなたがたは三〇〇〇年後にわれわれの助けが必要になる」と告げる。そのとき、すでにヘプタポッド言語をかなり身につけているルイーズは、驚くべきことに、自分が近い将来執筆刊行するエイリアンの言語に関する分厚い教科書を、手にとって繙くイメージまで思い浮かべることができるようになっている。すなわち、ルイーズは未来の自分を教師にして、エイリアン語の学習に磨きをかけるのだ。そして、エイリアンがあたえてくれようとしている「武器」が実は「言語」であると知るにいたるのである。

この方向でルイーズはシャン上将を説得して、宇宙戦争をなんとしても回避しようとする。ルイーズがそのとき、幻視のなかで「頭出し」するのは、近未来に開催されている国連主催とおぼしきパーティー会場で、来賓のシャン上将から突然話しかけられる場面である。シャンは、「私はあなたにお礼を言いたくて、ただそれだけのためにきた」と言う。どうやらルイーズのおかげで、一年半前、人類が戦争の危機を回避できた後のことらしいとわかる。上将は、なぜエイリアンへの核攻撃中止の命令を突然出したのか。何もわからないルイーズに、シャン上将の方が教える。それはルイーズがアメリカ軍のテントから突然、上将に携帯電話をかけてきたからである。ルイーズはどうして上将の電話番号を知っていたのか、上将は微笑みながら自分の携帯を見せる。「あなたは私の番号を知りたいのでしょう? ここにありますよ」。ここで上将が話しかけている「あなた」とは、明らかに近未来のパーティー会場にいるルイーズではない。「いま」、香港の上将に連絡しなければと焦っている一年半前のルイーズなのだ。ここを読み違えると話のつじつまが合わなくなる。しかもその電話で、ルイーズは上将シャンの亡き妻がいまわの際に呟いた言葉を知っていて、それを上将に伝えたというのだ。携帯電話の一件は映画の「現在」で起きるハプニングだ。核戦争を食い止めようと必死のヒロインが、アメリカ軍の上官の携帯を盗んで、いきなり中国に国際電話をかける。上将が出てくるが、相手の信用をかちうるためには、何かそれなりの証拠を示さなければならない。秒刻みの緊迫のさなかに、ルイーズは突然、自分が知るはずもない、シャン上将の亡妻の言葉をささやくのだ。その言葉は、いましがたの「幻視」のなかで、一年半後のパーティー会場に現れたシャン将軍が教えてくれた言葉なのである。

ここで起きているのも、通時性の常識を超えた「頭出し」のマジックである。エイリアンに近い時間認識を身につけたヒロインは、一年半先の未来から学んだ知識を活かして、「いま」を救う。そのとき、ルイーズの意識のなかでは、国連パーティー会場の情景と、「いま・ここ」で自分が中国人の上将に携帯電話をかけている状況とが、ほとんど「同時」に並んで見えているはずなのだ。過去も現在も未来もない。すべてはなるようになるべく定められており、ルイーズはその定めに従ってほとんど無自覚に行動しているだけなのである。「原因が発生する前に結果を知っていなくてはならない」とは、まさにこのことを指している。テッド・チャンの原作小説が描いていない、しかし重要な場面を、ヴィルヌーヴ監督は見事にスクリーンに定着しえている。この携帯電話の場面は映画『メッセージ』でもっとも難解な箇所なのだが、その難解さは「世界図絵」を解読しようとするときの難解さ、それから手前勝手な思いつきで言わせてもらえば、わがドニ・ディドロのテクストを解読しようとするときの難解さとやや似ていなくもない。

三 頭出しするディドロ

1 ディドロの「過去」「現在」「未来」

ディドロ愛好者の立場から映画『メッセージ』を観ると、いろいろな連想を膨らませることができる。「現在」と「未来」を同時に捉える想像力ということで言えば、ディドロが友人の彫刻家ファルコネとの論争書翰で展開した「現世」と「後世」をめぐる議論が思い出される。エティエンヌ・モーリス・ファルコネ（一七一六―九一年）とディドロには長い間にわたる交際があり、とりわけディドロが当時ルーヴル宮で奇数年に開催されていた美術展を批評した『サロン』を執筆するに際しては、ファルコネは実作者としての立場から協力を惜しまなかった。二人が交わした論争書翰全一八通は一七六五年一二月から六七年二月付にまで及ぶ。その第一通目で、ディドロは友人の彫刻家が後世から愛されることに無頓着で、いま生きている社会でそれなりの評価を受けることが重要だと主張するのに不満そうである。そして、有名な「遠方のコンサート」という比喩について述べる。

近くで吹き鳴らされる合奏にもそれなりの価値はあるはずです。しかし、友よ、意外なことに、ひとをうっとりとさせるのは近くの合奏ではなく、遠くの合奏なのです。われわれのまわりには、ひとびとがわれわれを賞讃してくれている空間があり、われわれの一生という時間のうちには、賞讃を耳にすることもあるでしょう。また立派なことをなされたと直接賛辞をわれわれに寄せてくれるひとも多々あるでしょう。しかしそれだけでは私たちの欲深い魂を満たすことはできないのです。おそらくわれわれは、この現実の世界のなかでひとびとにひざまずかれただけでは、自分の労苦が十分に報われたとは思えないのです。目の前でひれ伏しているひとびとに加えて、われわれは未だ生まれていないひとびとがひれ伏している様子まで想像するのです(9)。

この「遠方から聞こえる調べ」というテーマは、しばらくの間、二人の友人の間でキーワードとなる。その調べは切れ切れのものであるが、「想像力は私の耳の鋭敏な感覚の助けを借りて、巧みにその音をつなぎ合わせ、一続きの歌を作りあげ」るのだ。現世における賞讃だけでは、「私たちの欲深い魂を満たすことはできない」。だが、ここで重要なのは、ディドロが後世尊重を主張しつつも、それなりに現世主義者であるということだ。なぜなら、この時点でのディドロにとって「後世」とは、「現世の我々」が未来から期待する「賞讃」という観点からのみ考えられていたからである。唯物論者ディドロは自分がいなくなった後世そのものよりも、どこまでも現在の自分のことを考え、賞讃を先取りして、いまから味わおうとしているのだ。その意味においてのみ、ディドロにあって「現在」と「未来」とは等価であると言えるだろう。「未来」から聞こえてくるのが、「合奏」ではなく、「声」になることもある。

私たち同時代人の賛辞は決して純粋であることがありません。純粋なのは、現に私に語りかけ、あなたの声と同じようにはっきりと聞こえてくるのちの世のひとびとの声だけです。[10]

ディドロは一七六五年の時点で、『百科全書』を別にすれば「遠方のコンサート」を保障してくれるような作品をまったく刊行していなかった。『自然の解釈に関する思索』（一七五四年）までは、主として哲学著作を刊行し、また五〇年代後半には演劇関係で戯曲『私生児』（一七五七年）、『一家の父』（一七五八年）とそれぞれに付随した理論書を発表するが、その後の約二〇年間、若干の例外を別にして、読者の前から姿を消すのである。ディドロの耳には「のちの世のひとびと」からの賛辞の声だけが切れ切れに聞こえ、それを当てにして生きているのだった。[11] 生きているうちから絶大な人気をすでに享受しているヴォルテールやルソーといったライヴァルを目の当たりにして、ディドロがどのような気持ちを抱えていたかは想像に難くない。

少し後で、ディドロは自分ではなく、他の芸術家まで引き合いに出して、同じことを強調している。「ボエニエがノートル＝ダムに、ルーベンスがアントウェルペンの礼拝堂に行くのは、自分たちについての噂を聞くためでしょうか。とんでもない。では二人は何によって糧を得ているのか。自分たちの知らぬ間に賛辞を捧げられているという確信を糧にしているのです。現在と未来という考えは、二人の心では一つになっていました。この二つの時間の間に、お互いどんな違いがあるというのでしょう[12]」。

この「現在」と「未来」とが一つになるという現象は、ディドロとファルコネの論争書翰を理解する最大の鍵である。従来、ディドロ研究者はディドロにおける後世信仰を、あまりにも伝記的事実に還元して捉えすぎるあまり、ディドロがキリスト教徒にとっての「来世」と同じように、「現世」で報われない自分を、死後の「後世」によって救抜させるという「物語」で説明してきた。ちなみに本書第三章末尾近くで私自身が論じているディドロの「後世」思想にも、一九七〇年代特有の「物語」への嗜好が強く感じられる。だが、骨の髄から唯物論者であるディドロが、観念の上だけの話にせよ、そうも易々と「現在」を捨てて「未来」に夢想を走らせるとしていいものであろうか[13]。本人自身が、自分の「後世」は俗に言われるような「死者にとっての後世」ではないと言っているのである。

友よ、気をつけてください。私が後世のことを気にするのは、死んだ者から見たのちの世のひとびとという意味ではないのです。そうではなく、のちの世のひとびとから賛辞をえるであろうということが、正当な根拠にもとづいて推測されており、同時代のひとびととの一致した意見によって保証されている場合、それは生きている人間にとって現実の喜びになるということなのです。すぐそばにはいないが、あなたのことを声も届かぬところで話題にしている同時代人から、賛辞が与えられていることをあなたご自身が知っておられるときと同じくらいに現実の喜びになるということなのです[14]。

ただ、この後世の「声」は誰の耳にでも届くようなものではない。ディドロのように魂に自己拡大の「エネルギー」が具わっている選ばれた人間にだけ許される特権なのである。

> あなたが仰るところでは、現在とは過去の必然的な結果であり、未来は現在の必然的な結果です。この現在というのは、人間が針先の上で身を持していられないのとおなじぐらい分割できず、流動的な一点なのです。人間の本性とは、自分の生存のこの「支点《フルクルム》」の上でたえず揺れていることなのです。人間はこの小さな支えの一点の上でバランスをとり、じぶんの魂のエネルギーに比例した距離で、後ろに戻ったり、前に進んだりしているのです。揺れの範囲はその人の短い生涯にも、狭い活動範囲にも収まるものではありません。[15]

「じぶんの魂のエネルギーに比例した距離で、後ろに戻ったり、前に進んだりしている」というのは、要するに「頭出し」する能力のことである。「過去」と「未来」とを同時に呼び出すことのできる才能なのだ。映画『メッセージ』で主人公ルイーズを見舞う超時間的な予知や透視の体験と並んで、ディドロが強調してやまない「後世」体験も、私が本書巻頭の「序論に代えて」で再三再四強調した「世界図絵」体験以外の何物でもない。「世界図絵」には通時性によって仕切られた線状の時間の流れがない。すべてを一挙に、くまなく示してくれるという意味で、世界図絵の発現は、われわれ日常の逐次的認識様式を一気に無化するかのような、意外性・唐突性をもって成就される。

ただし、この突発的な「事件」は、闇雲に、謂れもなく、特定の個人、多くの場合は例外的な天才や芸術家や思想家を見舞うものかというと、必ずしもそうとは言い切れない。ディドロが右の引用で述べている、「じぶんの魂のエネルギーに比例した距離」というのは、おそらく短篇『あなたの人生の物語』で言われるエイリアンの「目的論」が機能する「ある一定の期間の経過」に相当するものだろう。それはディドロの言葉を借りれば、「揺れ」を伴い、一進一退をくりかえし、個人差が大きい。

要するに「世界図絵」もまた、それなりに当事者の人生やキャリアを凝縮して一瞬に展望される、限定付きの目的論を随伴するのである。子どもが自転車に乗れるようになる瞬間、子どもはある種の世界図絵に遭遇する。「未知との遭遇」である。しかし二輪車の運転能力は、天啓のごとく、晴天の霹靂のように、いきなり空から降ってきたわけではない。それが子どもにとって「未知」と感じられるのは、子どものそれまでの数限りない努力と失敗、試行錯誤と転倒の蓄積がめざしてきた「目的」が、それまでの「通時的経過」を一切無視するような「最短速度」で達成されるからにほかならない。運転成就の瞬間、子どもはフェルマーの光と同様に、試行錯誤の開始と目的達成の時間とをほとんど「同時」に体験しているのである。世界図絵もまた、「目的論的解釈に導かれる」図柄であるということになる。ディドロが『自然の解釈に関する思索』で語る「天才」「結合」「予感」「予知」などもこのカテゴリーに組み入れられるのかもしれない。

2 放蕩する精神

現在と未来が同時に存在するような思考法は、ディドロの場合、どんな現れ方をするのだろうか。ディドロというと、いつも頭のなかを想念で一杯にしている姿がすぐに思い浮かぶ。それも想念は生まれた瞬間から命名され、始めから定義された名辞として整然とまとめられているわけではなく、いわば渦巻き状、星雲状の混沌状態でひしめき合っている。その寿司詰め状態が過飽和になると、やむにやまれぬ外部への「表出」が起きる。だから、ディドロはほかの哲学者のように「計画」を立てることができない。特定のプランに拠らず、いわば手放しで精神を放蕩させるのだ。いうまでもなく、よく知られた『ラモーの甥』のプロローグで記述されている心の状態がそれである。

照ろうが降ろうが、夕方五時頃パレ＝ロワイヤルに散歩に行くのが習慣なのだ。ダルジャンソンのベンチで、いつも一人で夢想しているのがこの私。政治、恋愛、趣味、哲学について自分と話を交わすのである。精神を勝手な放蕩にふけらせておくのだ。なんでもいい、心に浮かぶ最初の思念を、まともであろうと、ばかげていようと、精神に追いかけさせておく、ちょうどフォワの並木道で見受けるように、若い遊び人たちが、浮いた様子で笑い顔、生き生きした目、反り返った鼻の娼婦のあとをつけて、こっちを離れてはあっちに移り、みんなを構って、結局どれにも執着しないようなもの。私の思索とは私の娼婦なのだ(16)。

「心に浮かぶ最初の思念を……精神に追いかけさせておく」。整序された手順や形式の束縛がないので、このプロセスは一見出鱈目もいいところと思えなくもない。この種の精神の放蕩は、ディドロの著作のいたるところで顔を出す。いわば「無方法の方法」である。ディドロの紋切り型と呼んでもいいような、しょっちゅうお目にかかる言い回しだ。なにかに「ついて」書くのではない。なにかが頭のなかに生まれて、まずは思念、ついには言語となって外化されるにいたるプロセスそのものを、ディドロは好んで書くのである。いわば自己言及型の表現とでも言えばいいのだろうか。実例はいくらでも挙げられる。たとえば『サロン』のような美術展批評を書く場合、ディドロは紙を拡げてそこに思いつくままを書き並べるといった方法についてグリムに宛てて書いている。

ほら、今年のサロンに展示された絵を見て僕の頭に浮かんだ考えがこれだ。僕はそれらの考えを選別するでもなく、説明するでもなく、紙の上に書きつけるのだ。[17]

『自然の解釈に関する思索』はこんな風に始まる。「自然について書こうと思う。思索が筆の走るままに次々と生まれ、対象が私の反省の前に現れる順序の通りに書きつけていくつもりだ。というのも、思索はそうされることで私の精神の動きと歩みとをよりよく表現するだろうからである」[18]。即興性の強い『リチャードソン頌』の末尾でも、ほぼ同じようなことを言っている。「ぼくは心がざわめくなかで霊感に導かれるままに、脈絡もなく、意図も秩序もなく、書き留めたのだが……」[19]。

では、ディドロはその創作の過程で、右も左もわからない、まったく手ぶらの放浪者のような、出たとこ勝負の書き手なのだろうか。必ずしもそうは思えない。流動する精神をそのまま写し取る、行き当たりばったりの方法論は、着想と結論とが一体化しているような、「世界図絵」の素描家の方法論でもある。書いているディドロの「現在」のなかに、すでに「未来」は存在している。『聾啞者書翰』のなかで、ディドロは心に生じる感覚現象を言語で記述しようとするときの苛立たしさを説明している。感覚は一瞬ですべてを把握しているのに、言語は継起して展開するから時間がかかる。そして言語表現を介して元の感覚に逆行しようとする聞き手や読み手は、感覚自体が継起的に生起していると錯覚してしまうのだ。

私たちの魂は動くタブローであり、そのタブローにもとづいてせっせと描いているのだ。タブローを忠実に表現するにはたいそう時間がかかるが、タブローはまるごとすべて同時に存在する。精神は表現のように一歩一歩進むわけではない。画家の目が一挙に見て取るものを、絵筆は時間をかけて描写する。諸言語の形成には分解が必要だったが、あるオブジェを見ること、それを美しいと判断し、心地よい感覚を覚えて、所有したいと欲することは、一瞬のうちに生じる魂の状態なのであり、ギリシア語やラテン語ならたった一語で表現できるのだ。この語が口にされれば、すべては言われ、了解される。ああ、君、我々の知性は記号によってひどく修正され、どれほど生き生きした台辞回しと言えども、まだまだ実際に起きていることの冷たいコピーでしかないのだよ。

磯辺の岩は朱に染まり、茨は血の滴をしたたらせて、

血まみれの髪の毛が、からみついて見えている。

これこそは現在望みうるもっとも真に迫った描写の一つだが、それにしてなお、私が思い描くものからはまだ遠いのだよ。[20]

3 世界創造のヴィジョン

主題がなんであれ、ディドロがあちこちで書きつけている執筆要領や創作方法をめぐる断片的な記述などからしても、総じてディドロがものを書く態度を自省的に語っている時、それはある種「世界の創造」につながる基本の仕種を模しているように思えてならない。ディドロの場合、過去・現在・未来を一挙に統覚する世界図絵型の展望意識が強いので、論理の流れに身を任せて言葉をつなぎ、並べていくような、通時性に支配された筆の運びにはならない。たまたま紡ぎ出す言葉が線状に展開するしかない言語の本質上、執筆に時間がかかるだけで、本人の意識ははるかに先を行っている。だから、ディドロの筆の進みは滅茶苦茶に速く、また当然ながら書き損じやミスも多いはずである。たった一日で『リチャードソン頌』を書きあげたなどというエピソードがそれである。『百科全書』編集長を数十年も務め、膨大な数の項目や埋め草記事などを速筆で書きあげた現場経験も大いに関与してはいるだろうが、やはりなんと言っても個人の資質がそうさせているとしか思

えない。

こうした世界創造のヴィジョンに取り憑かれた芸術家というと、一九世紀ではリヒャルト・ワーグナーが思い浮かぶ。とりわけ楽劇《ラインの黄金》冒頭が面白い。これは巨大な三部作《ニーベルングの指環》のための「序夜」であるから、その序奏は《ラインの黄金》全四場のための序曲であるのみならず、《指環》全体を予告する幕開けの音楽なのである。低音弦が変ホの音を鳴らし続けるなかで、ファゴットが変ロ音で入り、空虚な五度の音程を響かせる。これではまだ和音にならない。ついでホルン八本の順繰りの吹奏による変ホ長調の主和音が、真ん中の音を入れて転回した形で鳴る。これは主和音を構成する三つの音を順番に吹いているだけで、メロディーというよりは、動機《モティーフ》のようなものである。ここの経過はしつこくて長い。序奏はなんと一三六小節も続くのである。

ワーグナーは「メロディー型」の作曲家であるシューベルトやモーツァルトよりも、「モティーフ型」の作曲家ベートーヴェンを尊敬していた。音楽好きの子どもなら、シューベルトの《セレナード》やモーツァルトの《交響曲第四〇番》の出だしをハミングするだろうが、ベートーヴェンの《運命》冒頭を口ずさむことはあるまい。というのも、ベートーヴェンは旋律の美しさで惹きつけるよりも、モティーフを積み上げたり、変形したりして曲を展開する名人であり、ワーグナーが《ニーベルングの指環》シリーズで試みている指導動機の戯れも、まさにベートーヴェン的な構想に基づいているのである。

さて、一三六小節にわたる序奏は、〈世界の始原〉の描写から第一場の〈ライン河〉の情景へと直結している。ここでワーグナーが設定した原理は、〈純粋な響き〉を失うことのないように変ホ長調の主和音を〈長く持続する〉ことにあり、また、そのなかで分散和音が〈たえず動きを増しながら〉変容を遂げることにあった。おそらく、これはベートーヴェンからヒントを得たものであろう。チューリヒ時代の彼は、ベートーヴェンが仕上がった旋律を提示するのではなく、旋律の生成過程を表現していることに気づき、旋律の多くが単純な三和音に還元されることを知っていたからである。(21)

4　ディドロの人間論と宇宙論

ディドロもまた、ある意味でベートーヴェン的な作家であると言える。あふれるような宗教的感動で心を満たしているルソーが、晩年の自伝的著作で多用するような、音楽的なメロディーで聴かせるタイプの物書きではない。ディドロ式の書法、たとえば対話形式は、モティーフ同士の対決や交叉や衝突の面白さが身上であるし、たびたびの脱線や呼びかけも、けっして美しいと呼べるような表現ではなく、後から記憶して朗唱したくなるような性質の文章ではない。現代日本の文化でいえば、ルソーが演歌型であるのにたいし、ディドロはどうみてもお笑い二人組の「ボケ」と「ツッコミ」を一人で演じている芸人と言えそうである。

モティーフ型の作家であるディドロにとって、思考を進める方法は、時系列に則した論理の継続、進行であるよりは、世界図絵型の展望意識に促されての「結合」「飛躍」「組み替え」といった意想外の展開を見せることが多い。典型的な事例は三部作『ダランベールの夢』などに見られる「弦の振動」「蜂の房」「蜘蛛の巣」「ポリプ」といった比喩である。私が「メタファー思考」と読んでいる方法である。たとえば「弦の振動」というのは、『ダランベールの夢』の第一対話で、ディドロがダランベールに向かって人体器官の繊維を振動する弦に比較する話である。この文脈では「弦」が「器官」にたいしてメタファーの役割を演じているのだが、鋭敏な弦は弾かれたあと振動を続けるのみならず、ほかの弦にもその振動を伝え、共鳴現象を起こすのである。ディドロはメタファーにすぎない「弦」の特質を述べてから、それを生きた生命、繊維の間にもあてはめ、さらにクラヴサンという弦楽器と哲学者という楽器とを比較して同一視するという、途方もない連想を語りだすのだ。

ひとたびこのディドロ的方法に魅せられると、困った事態が現出する。既成のカテゴリー枠に準拠したままで話や論を直線的に進めることができなくなるからだ。「民主政の国家を成り立たせる上で本質的なものは、諸意志の協調である」というディドロの一行がある。[22] 明らかにこの文言は「政治的断章」というタイトルからも想像できるように、ディドロの「政治思想」に組み込まれるべきテクストであろう。ほとんどの思想史家はそうするはずだ。だが、科学史の文脈でこの文言を「読み替える」と、「国家」とは身体であり、「諸意志」は身体を構成する「分子」であるという解釈が可能になる。そうした読み替えは、研究者の気紛れや思いつきではなく、ディドロ自身がそう欲しているのだ。

事例はディドロのテクストからいくらでも拾うことができるが、要はことディドロに関して、しかじかのジャンルや分野にそのテクストを閉じ込め、ジャンル固有の隠語や用語だけで論じることが許されないということなのである。ディドロを読むという営みは、常に超域を覚悟し、どんな意想外の領野にも越境していく勇気が欠かせない。近・現代の高等教育、とりわけ人文系の学問においては、小さな分野や領域ごとに研究集団が形成されて、使用語彙や参考文献までほとんど決められてしまうので、ディドロを学ぶ若手が、ある日、この哲学者の途方もない放浪癖に気がついたとき、途方に暮れるのは目に見えている。若手はその瞬間から、指導教授を裏切り、多くの参考文献に背を向け、大陸浪人と変じて未踏の荒野に一人で徘徊を始めなければならなくなるからだ。

そうした若手に、越境の達人として手を差し伸べてくれるありがたい隠者がいる。ジャン・スタロバンスキー（一九二〇―二〇一九年）である。[23] つい先日（三月四日）、物故したこの碩学は現代世界におけるディドロの最大の理解者であり、同伴者である。「作用」と「反作用」という対概念でヨーロッパ思想史を総括した名著『作用と反作用』で、スタロバンスキーは決定的な数行を書き記している。

ディドロの作品において、「反作用」の語は、宇宙全体であれ、動物の身体であれ、社会であれ、はたまたヨーロッパ大陸の諸国家であれ、様々な体系、塊、組織を表現している。一つの体系の間に充分な相互性、諸々の内的対立や争いや衝突が生まれるやいなや、その体系の中には作用と反作用が存在し得る。作用と反作用の働きは、大きな規模で、あるいは物質の最も微少な部分において、あらゆるレベルで想像できる。[24]

この引用部分は『作用と反作用』のなかで、ディドロにあてられた第二章「ディドロと化学者」の最初の節「物理学者であり化学者である私」の始めの方に書かれている。当時猛威を振るっていたニュートン力学にたいするディドロの距離を置いた立ち位置に触れた後、スタロバンスキーは節の終わりでディドロが音響学に愛着を示したことに注目する。そして、「振動弦とそれらの数学的表現は抽象的な事物ではなく、場合によっては、生物を構成すると考えられている繊維のモデルとして役立つことがあるからだ」と見抜くのだ。[25]おそらく一冊の浩瀚なディドロ研究書にも匹敵しようかというこの章で注目すべきは、スタロバンスキーが節を追うごとに、ディドロの著作を縦横に引用しつつ、絶えずジャンルや分野や領域を変え、ディドロの著作のどんな細部にも作用と反作用のメカニズムを発見していく手際である。次節「運動の起源」では化学こそがディドロにとって決定的に重要な学問であると述べ、『物質と運動に関する哲学原理』（一七七〇年）に依拠しつつ、「その本性に固有の性質を持った分子は、それ自体で能動的な力である。分子は自分に働きかける他の分子に影響を及ぼす[26]」という表現に注目する。そして化学の実験室で生み出される「発酵」現象にこそ、ディドロの宇宙論と生命論の根源があるという。[27]次節の「夢の言葉」では、傑作『ダランベールの夢』が縦横に論じられ、第二部の表題作「ダランベールの夢」で「作者の操り人形となったダランベール」によって、隣接関係にある生体分子同士が融解によって連続関係を持つにいたる過程が、登場人物のレヴェルの連続性（ディドロ→ダランベール→ジュリー→ボルドゥ）から、夢で語られる生命誕生のレヴェルまで、くまなく語られるのである[28]。続いて「一粒の酵母」と題する節では『ラモーの甥』に出てくる「一粒の発酵する酵母」が、『百科全書』の項目「発酵」や「腐敗」を呼び出し、人間個体を生と死の狭間に追いつめる[29]。次節の「狂気と発酵」では、『百科全書』の項目「神智学者」を引き合いに出し、ディドロの典拠（ブルッカー、ヘルモント）から出発して、狂気と霊感に関するヨーロッパ思想史を一瞬のうちに現出させる。「賢者は狂った分子の化合物でしかない」のである[30]。「諸存在の連鎖から単独の個人へ」と題する節では、いよいよディドロ晩年の大作『生理学要綱』が俎板に載る。この壮大な未完の人間学の書で、ディドロは「不活発な分子から、生命を持つ分子、植動物、微小動物、動物、人間に至るまで、存在を分類しなければならない。諸存在の連鎖は形態の多様さによって分断されはしない」と切り出すが、スタロバンスキーはそうした動物的生の一般的原理が数々の質的な差異化（要するに個体の個性や特徴）を達成することは妨げないと柔軟な解釈を示す。こうして「天才」や「狂人」が説明されるのである[31]。次の節「『小さな物体』。規則に逆らう重力？」では、モンペリエ学派の医学者ヴネルとのかかわりで、ディドロに微粒子への嗜好があるとされ、惑星などの重い物体を支配する引力のほかに、微粒子同士が接近し結合する力として、別な引力を想定する様子が紹介される。ディドロのニュートン理論への意外な接近である。後年、ビュフォンもまた「化学的親和力」という言葉で同じ立場を主張するのだ[32]。この章でディドロが論じられるのはここまでで、残る二節ではベリマン、ベルトレ、エルステッド、オストヴァルトといった化学者たちの「作用」「反応」「反作用」といった概念の歴史が辿られる。

ここで節ごとにあえて詳しく説明したのは、スタロバンスキーがいかに精妙な手つきで、ディドロにおける多次元的分子論とでも呼べる方法論を炙り出しているかをお伝えしたかったからである。[33]政治思想好きの日本人思想史家は、スタロバンスキーがここで「集団意志」とか「主権」とかいった啓蒙期の政治概念に言及しないと不満をいだくであろうが、心配には及ばない。ちょっとした概念操作一つで、この自然科学寄りの言説は簡単に「政治化」するのである。こうした変幻自在なジャンル間の移動は、ある意味で『百科全書』編集者ディドロにとって日常茶飯事であった。項目「百科全書」で、ディドロはある項目を準備するためにどれほど多様なアプローチが必要かを語っている。

これほど沢山の側面から考察されるべき対象は、いくつもの学問に属する必要があるし、また語をたった一つの意味で解しても、いくつもの異なった項目が導き出されるのである。鉱物を例にとろう。最初に取り組むのは、普通は文法学者か博物学者である。ついで、それは物理学者へ、物理学者から化学者へ、化学者から薬学者へ、薬学者から医学者へ、料理人、画家、染物師へと移されるのだ。[34]

そうした自在に諸学問や諸領域の間を移動できる「概念操作」のツールとして、ディドロが愛用していたのが「アナロジー」である。おなじ項目「百科全書」の少し先で「参照」という技法を説明する段で、ディドロは第三番目の参照法を「天才」にのみなしえる業《わざ》として紹介する。

三番目の種類の参照法は、全面的に頼ることも、拒むこともできない。諸科学の中に若干の関係を、自然の物質の中に類似の性質を、技芸の中に似たような操作を関係づけ、新しい思弁的真理とか、既知の技術の完成とか、新しい技術の発明とか、古い失われた技術の復元とかに導いてくれるような参照のことである。こうした参照法は天才人の仕業だ。それらを察知できる者は幸せだ。私が『自然の解釈に関する思索』のいくつかで定義した、あの結合の精神、あの本能を、その人は持ちあわせている。(35)

本書の「序論に代えて」でも引用したディドロの傑作『自然の解釈に関する思索』が、ここでも話題になっている。ディドロにとって、よほど自信のある思想なのであろう。ディドロにおけるこの「アナロジー」への執着は、若い研究者の熱い注目を浴び、一冊の単著まで刊行されているほどである。(36)

5　ディドロのモラルとは？

次に連想の行き着く先は、モラルの問題であろう。後世の賞讃を先取り聴取する予知の能力にせよ、あるいは展覧会批評の執筆にせよ、人は「世界図絵」の発現のなかで、自分を憎み、害する他者、自分に敵対する者に赦しをあたえることがありうるのだろうか。

ここでもう一度、映画『メッセージ』を思い出してみよう。浅はかなアメリカ軍兵士たちの策謀で爆弾テロを仕掛けられたエイリアン二体のうち、片方が死ぬらしいことが仄めかされる。主人公ルイーズは生き残ったもう一体にひたすら謝るが、相手のヘプタポッドはまったく動じる様子もなく、淡々と「あなた方人類は三〇〇〇年後に我々の助けを必要とするだろう」と予言者のような言葉を呟くと、黙って地球を立ち去るのだ。ただいま現在と三〇〇〇年後の未来とが同時に見えてしまうエイリアンの時間感覚のなかで、「いま・ここ」の加害や被害はどれほどの意味を持つのだろうか。果たして「赦し」というものは、世界図絵の展望のなかでいかに位置づけられるのだろうか。

ディドロについて「赦し」の問題を考えてみると、すぐにディドロの「弁護」癖が思い浮かぶ。膨大な作品群のなかで、誰かのための「弁護」「弁明」(アポロジー)を内容とする著作はすくなくない。『ド・プラド神父の弁明続篇　第三部』『リチャードソン頌』『セネカ論』『グリム氏に宛てたレナル神父弁護の手紙』などである。また書翰を通覧すると、相手に向かって誰かを一所懸命庇《かば》ったり、擁護しようとしている文章がかなり目につく。それも、ディドロが日頃はあまり好いているとは言えないような人物を庇おうとするのである。一番いい例はヴォルテールであろう。パリを捨ててフェルネーに蟄居《ちっきょ》してしまったヴォルテールは、何度かディドロに手紙を書き、会おうとするのだが、ディドロの方はあまり気が進まない。危機に瀕した『百科全書』を外国で出版してはどうかといった話などを持ち出して、ヴォルテールは何度も接近を試みるのだが、ディドロは動じない。要するに嫌いなのである。二人がようやく会ったのは、一七七八年、ヴォルテールがパリに出てきてそのまま客死する直前のことであったと言われている。そのヴォルテールを批判する友人ネジョンに宛てて、一七七二年春頃に、ディドロは書いている。

その男は生まれつきどんな美点にも嫉妬するというのですね。われわれの敬意に値する人々を引き裂いてこきおろす病癖がしょっちゅうであると。いいでしょう。でもそれがどうだというのです。その男に阿呆といわれたからといって、本当に阿呆なのでしょうか。――そんなことはない。――ではどうなるのでしょう。――公衆の叫びが上がって、こきおろされ、引き裂かれた美点を擁護し、理不尽なあら探し屋に残るのは嫉妬深い焼き餅屋という肩書きだけです。その男は恩知らずだというのですね。男の恩人〔一七七〇年に失脚した宰相ショワズルのこと〕に背を向け、いそいそと時の権力者にへつらいに出かけると。――いいでしょう。でもそれがどうだというのです。それで権力者とおべっか使いへの軽蔑が減じるでしょうか。――そんなことはない。――ではどうなるのでしょう。――たぶん、失脚した男〔ショワズル〕については寵愛の相手を間違えたなと言われ、もう一人については恩知らずだと言われるでしょうね。その男はとあるヴィジール〔オスマン帝国の宰相のこと。ここではクーデターを起こしたフランスの宰相モープーを指す〕を擁護したというのですね。あれこれ策動をめぐらせていろいろな人間を潰したものの、国は救えなかったあのヴィジールですね。――いいでしょう。でもそれがどうだというのです。だからといって民衆がさらに圧政に苦しみ、ヴィジールがアミュラの迫撃砲の口に縛られて「撃て」と言われる〔スルタンの残酷な処刑法〕に値しないとでもいうのですかね。

いや、そんなことはない。――じゃあ、みなはヴィジールをどう言うのでしょうか。――奴《やっこ》さんは相変わらず寵愛を受けているとため息混じりに言い、待つでしょう。――じゃあ、ヴィジールを弁護する者についてはどうでしょう。――卑怯者か狂人だと言われるでしょう。ですが、その焼き餅焼きは八〇歳にもなり、一生の間、専制君主や狂信者やそのほかこの世で悪事をはたらく大悪党にたいして鞭を掲げていたんですよ。ですがその恩知らずはいつも人類の味方であり、時には窮境にある不幸な人間を救い、迫害された無実の人の恨みを晴らしたのですよ。その狂人はロックとニュートンの哲学を祖国に紹介し、舞台でもっとも崇められた偏見を攻撃し、思想の自由を説き、寛容の精神を鼓吹し、消えようとしているよき趣味を支え、いくつもの立派な行為をなし、多くのすぐれた作品を制作したのです。その名前はあらゆる国々で栄誉を受け、あらゆる時代にも記憶されるでしょう。……いつか、この男は偉大になり、誹謗者たちは卑小になるでしょうよ。(37)

ネジョンに宛ててヴォルテール弁護の手紙を書いているディドロの口調には、どこか普段と違う響きが感じ取れる。ディドロが他の箇所でヴォルテールを褒めるときは、どこか奥歯にものが挟まったような言い方になる。そもそも「ヴォルテール」と言わず、「ド・ヴォルテール」と敬称付きで名指すのが常だし、ヴォルテール本人に宛てた手紙でも、かなり慇懃無礼な物言いや態度が鼻につく。だが、このネジョン書翰では、ディドロはやや高い場所から、ヴォルテールと、ネジョンが代表するところのヴォルテール批判者たちとを俯瞰して、公正に比べあわせ、後世の裁定を仰いでいるのだ。ここではヴォルテールの美点ばかりが強調されるわけではなく、場合によっては鼻持ちならないほど見苦しい老大家の欠点や弱点を容赦なくあげつらい、見事にバランスをとった結果、ヴォルテールに旗を揚げるのである。この態度はディドロが時々見せる独特の構えであり、物腰であって、おそらくディドロ思想の中核にある、なにかいわく言いがたいもの、通俗的な党派性や道徳律の縛りのなかでは説明できない「ディドロらしさの倫理」を構成しているように思われる。この態度を安易なヒューマニズムと混同すべきではない。この「ディドロらしさ」は、いかなる思想史家や文学史家の論文末尾に吹奏されるラッパによってもこれまで解明されてこなかった、ディドロの中心的モラルであり、姿勢であるような気がしてならない。

6　古代記憶術

連想をさらに進めよう。ディドロが「大きな一枚の紙」を拡げて、そこに記入していく方法を語るとき、私が否応なく思い浮かべるのが「古代記憶術」である。古代記憶術がヨーロッパ思想史で果たした役割については、二人の思想史家の著作が明らかにしてくれている。イェイツ(38)とロッシ(39)は、記憶術というそれまであまり研究されてこなかった分野に新しい展望を切り拓くのに貢献した。古代・中世の人間は、おそるべきデータの洪水を前にして、なお生活世界を構築するために、世界の分類表、すなわち世界図絵を作成することで、ものを覚えようとしたのである。ディドロが拡げる

「大きな一枚の紙」は、まさしくフランシス・ベーコンたち記憶術の先人が愛用した石板のようなものであろう。記憶術とは、劇場や宇宙表象などから引き出した「場所」や「イメージ」に対象を貼り付けることで、巨大な記憶量を達成することを目的とする技術である。

近代ヨーロッパの歴史で、過去の知識や記憶の集大成といえば、なにをおいてもディドロとダランベールの『百科全書』に止めを刺そう。だが、啓蒙時代の百科全書派は果たして古代記憶術を知っていたのだろうか。残念ながら、イェイツもロッシも、それぞれの著書ではそのことに言及してくれていない。だが、深甚な影響をあたえられたベーコンを介して、ディドロが古代記憶術から世界の把握と理解に関する決定的に重要なヒントをえていることについては、すでに別なところに書いたのでくりかえさない[40]。ただ、ここではディドロがすでに『自然の解釈に関する思索』で述べている「予知」の働きが、『百科全書』の「人間知識の体系詳述」を説明するテクストのなかで、ベーコンから想をえて書きつけられていることは強調したい。

憶える技術には二つの分枝がある。記憶それ自体の学と、記憶の補助に関する学である。私たちはまず記憶をどこまでも受動的な能力と考えたが、ここでは理性によって完成されうる能動的な働きとみなし、自然の記憶と人工の記憶とに分ける。自然の記憶は諸器官が引きおこすものである。人工の記憶は予知と象徴で成り立つ。予知なくしては、何ものも個別の形で精神に現れてこないし、象徴によって想像が記憶を助けるのである[41]。

この「詳述」は、ディドロが大事典刊行に先駆けて執筆した「趣意書」とほぼ同文であるが、「趣意書」を丁寧に読んでいくと、記憶術の利用法について、ディドロが英国哲学者からどれほど影響を受けているかが明らかになる。

7 『わたしの仕事法』が伝えるもの

ここまできて、私の連想はごく自然に、ディドロ晩年のテクスト、『わたしの仕事法』に行き着くことになる。ディドロがロシアに半年間滞在し、女帝エカテリーナに手渡した手稿（世に『エカテリーナ二世のための覚え書き』として知られる作品）の第五三番目の断章である。全体の備忘録は六六の断章を含み、タイトル頁まであって、そこに『哲学、歴史等の論集』という表題が付けられていた。[42]「一七七三年、一〇月一五日より一二月三日まで」という日付まで記されている。どう見てもディドロはこれを著作として考えていたようだが、コピーを作成せずに、自筆稿をエカテリーナに渡してしまったため、モーリス・トゥルヌーが「発見」するまで、所在を知られることのない幻のテクストであった。

女帝エカテリーナはかなり前からディドロの仕事に関心を持ち、『百科全書』刊行がパリで息の根を止められたときには、ヴォルテールを介してロシアのリガでの出版を申し出たほどであった（一七六二年八月二〇日付、シュヴァーロフ伯からの手紙）。また、一人娘の結婚持参金作りに頭を悩ませていたディドロの個人蔵書を、法外な条件と価格で購入したばかりか、原稿まで買い取りたいという申し出をしている。一七六六年末から、ディドロは女帝のために哲学事典を執筆する提案をし、フランスという国でここ三〇〇年から四〇〇年の間に培われたあらゆる仕事や知識を、「生まれつつある国家に移送する手段」としたいと念じている。この企画にたいして女帝側は無反応であったが、ディドロはロシアに到着すると、またそれを蒸し返したし、さらには『百科全書』の全面改訂版刊行を提言しもする。ディドロは同時に自分の著作全集刊行までをも決意するが、これも途中で断念する。ロシアにおける『百科全書』の改訂版刊行について、ディドロはかなり本気であった。『エカテリーナ二世のための覚え書き』の第六二番目に分類されている断章「『百科全書』について」を読めば、ディドロの意気込みは一目瞭然である。[43] おそらくディドロはエカテリーナとの会談の間にも、このロシア版大辞典の編集について思いを馳せていたであろう。『覚え書き』に付された目次を一覧すれば、それが完全に新しい辞典項目を念頭に置いたものであることは明瞭である。[44]

『わたしの仕事法』はディドロが女帝から執筆方法を問われて、仕事の秘訣を正直に明かしている珍しい資料であるが、現在なお、あまり人の眼に触れる機会がないテクストなので、話題にならない。[45] 日本でこのテクストを翻訳した上で存分に活用し、すぐれた考察を導き出しているのが佐々木健一である。[46] ここでは佐々木の翻訳を借りて、ディドロにおける「世界図絵」「頭出し」「メタファー思考」といったことについて、若干考えをめぐらせるとしよう。一見とりとめもないテクストであるが、はっきりしているのは、このとりとめのなさこそがディドロの真骨頂であり、その融通無碍なたたずまいを無視して、無理矢理分析したり、論点整理を試みたりしない方がいいということだ。私の直観では、ここにはディドロのほとんどすべてがある。フランスから遠く離れたロシアでこれを書いている事情も関係しよう。また、語りかける相手がロシアの女帝だという、例外的対人関係も無視すべきではあるまい。この奇妙なテクストについて何事かを述べるためには、どのような形の扱いをほどこしたらいいものか迷うところである。とりあえず、行を追いながらの逐字的な進め方が一番自然であるような気がするので、段落ごとに、佐々木訳に添う形でコメントを加えることにする。

第一段落　「陛下は、わたしの仕事の仕方がいかなるものであるか、とお尋ねになりました」。

ここでまず問われるべきは、ディドロに問いを差し向けた女帝エカテリーナにとって、またディドロ自身にとって、「仕事」とは何を指しているのかという問題である。この一見素朴な問いは、実は並大抵のことではない重要な契機を含んでいる。女帝の質問とディドロの答えとにおいて、果たして「仕事」は同じものを意味しているのかどうか。

この時代、物書きが何かを執筆するという「仕事」は、ほとんどがどこからかきた依頼や注文に応じるもので、気の向くままに筆を走らせていることがそのまま収入につながるような文筆生活などはなきに等しかった。したがって、私がすぐに思い浮かべるのは、もちろん『百科全書』編集長としてのディドロにとっての仕事であり、具体的にはしかじかの項目を直接自分で執筆するか、あるいは他人が送ってきた原稿が気に入らない場合、「編集者介入」という形で書き足す、あるいは書き直すといった仕事である。『百科全書』に関する限り、ディドロの「仕事」は共同出版社から俸給をもらいながらの作業であるから、物書きの自由で気儘な執筆態度を思い浮かべるのは時代錯誤になる。次の段落を読めば、どうやらここでディドロが前提にしているのは、『百科全書』の項目執筆作業のことらしいことは容易に想像できる。それも、ロシアでの新しい『百科全書』出版企画を念頭に置いての話であろうことは間違いない。

第二段落　「わたしは先ず、その仕事が、他人よりもわたしの方が上手くできるものかどうかを吟味し、その上でそれを致します」。

「その仕事が、他人よりもわたしの方が上手くできるものかどうか」という吟味は、場合によってはディドロ一人ではなく、初期においては共同編集者のダランベール、ダランベール脱退後はジョクールらと協議して決めることだってありえたはずだ。その上でディドロが執筆を引き受けるのである。ここの解釈はそれ以外の読みを想定できない。たとえば、『ダランベールの夢』や『修道女』といった個人的著作を執筆するに際して、ディドロがいちいち「他人よりもわたしの方が上手くできるものかどうか」などと自問する場面はありえないからである。『百科全書』の項目執筆のような、書き手にとって縛り（字数や締め切りなど）や制約（参照すべき資料や求められる公平性など）が多い「仕事」は、ほかの執筆活動以上に、しょっちゅう「他人」と比べられるので（とりわけ編集長のディドロにはその意識が強かったはずだ）、おのれの能力を試したり、場合によっては優越感や劣等感に蝕まれる場面も少なくなかったであろう。

第三段落「わたしよりも他人がやる方が上手くゆく、と少しでも思われますときには、どれほどの利益が得られるものでありましょうとも、その仕事をその人に回します。何故なら、大事なのは、わたしがそれを行うことではなく、それが上手くなされることだからです」。

『百科全書』は共同著作である以上、個々人の巧拙を競うような著作活動などよりは、辞典全体が高い知的レヴェルで制作されるという大義を優先すべきなのである。それを「大事」と言う以上、ここでのディドロは近代的な個人主義を超えた、かなり普遍的視座を獲得していると言っていいだろう。あるいは編集長としての良心やモラルと言うべきかもしれない。

第四段落「それを引き受けることに致しましたなら、家にいるときは昼も夜も、またひとと交わっているときも、町を歩いているときも、また散歩をしておりますときも、考えます。仕事がわたしの後をつけてくるのです」。

つまり寝ても覚めてもディドロは仕事のことを考える。この「取り憑かれ」のエピソードは、ディドロの生涯全体を眺め渡すと、けっしてすくなくない。とりわけ一七四五年以降、『百科全書』編集長という重責を担ってからは、覚醒時といわず、夢のなかといわず、仕事に付きまとわれ続けた生活だったに違いない。

ディドロの日常を思い浮かべてみても、パリの外に出たがらない出不精のフィロゾフがどういう具合に時間を過ごしていたかは、ほかの思想家や文学者と比べて、それほど複雑なものではない。「家にいるときは昼も夜も」は、当時王立図書館が館外貸し出しをしていたので、自宅を仕事場にしていた時間はかなり多かったはずだ。それとディドロはここでは書き記していないが、いまのカルチエ・ラタンにある出版業者ル・ブルトンの館に仕事部屋をもらって、編集業務に専念することも多かった。「またひとと交わっているときも」はドルバック男爵のサロンかエピネー夫人の自邸に顔を出して談話を楽しむ時間であろうし、「町を歩いているとき」はそうした外出の折りの町歩きである。「散歩をしておりますとき」とは、果たしていつ頃までかは特定しがたいが、愛人ソフィーの自邸が近いパレ＝ロワイヤル公園へのほぼ毎日の日課である散歩を指していよう。

第五段落　「わたしは自分の仕事机のうえに大きな一枚の紙を広げておき、そこに、考えの符丁となる単語を、順序なく、慌ただしく、思いつくままに書きつけます」。

すでに述べたディドロ特有の「無方法の方法」が開示されている。気になるのは、ディドロが紙に書きつける「考えの符丁となる単語」（un mot de réclame de mes pensées）である。編集者ディドロのキャリアからおのずと選ばれたような表現で、おそらくは印刷用語であろう。『百科全書』を繙くと、項目「RECLAME」（第一三巻）は複数あって、ジョクールによる項目では、聖務日課で歌われる応唱に含まれた「反復部分」を指すとされる。対話形式で展開する合唱のやりとりで、相手の出番を促す「手がかり」のようなものであろう。オペラで歌手に「出」の歌詞を教えるプロンプターの声などもこれに近いのかもしれない。狩猟で鷹を呼び戻す合図も“RECLAME”と言うらしいし（匿名項目）、芝居で長ぜりふの終わりに相手に渡す「きっかけの言葉」にも使われるという。だが、一番それらしいのは、やはり別の匿名項目だが、印刷用語としてこういう説明をしている。「印刷の折りないし用紙の最終頁の下部に印刷される最後の単語で、次の折りの最初の単語を告げる。フランスでは用紙ないし折りごとにしか *réclame* をいれないが、外国人は毎頁にいれる習慣である」[47]。なにか具体例があるといいのだが、ディドロにしかわからない印かコードのようなものなのだろう。ただ、「単語」（un mot）と書いている以上は、アルファベットのような記号ではありえず、意味を持った数音節の言葉であるに違いない。「私の考え」（mes pensées）があり、それはディドロの心のなかで出番を待っている。「符丁となる単語」（un mot de réclame）はその出番を教えるきっかけなのである。もう一つ、これもすでに触れたことではあるが、「大きな一枚の紙を広げておき」という仕事法はまさしく「古代記憶術」のものである。面積の広い紙の上でなければ「符丁」を随意に並べることはできないからだ。小さな紙に線状に文字を連ねる式の「通時性」に身を委ねた方法ではなし得ない、「世界図絵」方式の要諦が語られている。

第六段落　「頭が空っぽになりましたら、休息をとります。構想がまた芽を出してくるための、時間を与えてやります。ときには、これを『二番刈り』（recoupe）と呼んだり致しますが、これは野良仕事から借りた隠喩です」。

この段落に書き留められる「二番刈り」(recoupe) も面白い言葉である。「野良仕事から借りた」とディドロは断っているが、この哲学者が畑に出た実体験はほとんどないはずで、これまた『百科全書』編集・執筆のキャリアが物を言う言葉選びであるに違いない(48)。第一巻に匿名で寄せた項目「農業」(AGRICULTURE) ではいかにも使っていそうで見当たらない。recoupe を見出し語に含む項目は一つだけで、建築家ブロンデルの「砕石域」(Aire de recoupes) である。「庭園の小道を固めるための、厚さ八―九プスの石の砕片」。まず、石切り場で切り出される大きな石塊があり、次に副産物のように生じる「屑」や「砕片」がある。後者をまとめて別な用途に利用するのである。ディドロ自身が書いた項目で recoupe という語を含むものは三つあるが、厳密には「野良仕事」とは直接関係がない。「横棒」(BATTE)、「メリヤス業」(BONNETERIE)、「カード」(Cartes) である。また、いずれの項目でも recoupe という語は、別な対象を説明する文でエピソード的に用いられているにすぎず、recoupe 自体を理解するのにはほとんど役に立たない。

第七段落「これが終わりますと、大急ぎにとりとめもなく書きつけておいた、考えの符丁言葉を取り上げます。そこに秩序を与え、時には番号をふることもございます」。

随意に並べた「符丁」の整理にかかる段階である。まだ「原稿用紙」に書くのではない。「秩序を与え、時には番号をふる」というのはあくまで最初に書きつけた大判の「紙」の上でそうするのである。ベートーヴェンやワーグナーの作曲になぞらえていえば、モティーフを組み合わせ、展開する順序や配列を決めるのである。

第八段落 「ここまできますと、著作はできたも同然です」。

モティーフを紙の上で眺め渡し、ある「図絵」の見通しをえたところで、ディドロの「執筆作業」はほとんど終わっている。映画『メッセージ』のヒロインのように、ディドロの頭のなかでも過去、現在、未来はすべて横に並び、なにがどうなるかはことごとくお見通しなのだ。これがディドロの執筆直前の段階なのである。まさに「世界図絵」の素描家の方法論である。

第九段落 「わたしはすぐにペンを取ります。書いているうちに、心は更に熱くなってきます」。

ただ、いざペンをとって紙に走らせるという運びになると、それはそれで予期しない事態が待っている。ディドロの場合、「心は更に熱く」なるという現象である。佐々木健一も述べている。「一種熱に憑かれたようなその文体は、次から次へと湧きだしてくる新しい想念、思い、感情を追って、千変万化の様相を呈する」(49)。執筆活動に伴う心の「熱量」について、ディドロ自身もよく口にしている。『百科全書』の項目「的確な」(CORRECT)がうまくその間の事情を言い当てているように思われる。

この言葉は文体の特質の一つを指している。的確さとは文法規則の厳密な遵守にある。きわめて的確な作家はほぼ否応なしに冷たい。熱気というものは、多くの場合、構文の細かな規則を犠牲にしなければ身につけられないもののように、すくなくともわたしには思われる。だからこそ規則を無視しないようにしなければならないのだ。というのも、規則というのは通常はきわめて精妙で堅固な弁証法に基づいているからなのである。だから、規則を厳密に守ったらむしろ台なしになり、趣味をそなえた書き手がここは規則を破るべきだと感じ取る箇所がたった一つだけあるのにたいして、規則を守ったおかげで、書くすべ、考えるすべを心得ている者と、ただ心得たつもりになっている者とが区別されてしまうような箇所は無数にあるのである。ようするに、物書きが文体の的確さ（correction）に違反していい場合は、違反で失うよりも得るものが多いときだけなのである。

正確（exactitude）さというのは事実や事物について言われる。的確（correction）さは言葉について言われる。ある言語で正確に書かれ、忠実に翻訳されたものは、あらゆる言語においても正確である。「的確」なものについてはそうはいかない。書き手がどれほど的確に書いたとしても、母語からほかの言語に逐語訳されたらきわめて不正確になるだろう。正確さは一つにして絶対の真理から生まれるが、的確さは約束事でできた変わりやすい規則から生まれるのだ。(50)

精妙なことが言われている。文章の「熱量」とは、書き手がどこまでも「的確」さを遵守し、ぎりぎりまで我慢と抑制を重ねた挙げ句に、横紙破りのように「違反」をして解き放たれる、最後の羽ばたき、飛翔なのである。しかも、その「熱気」は筆が進むにつれて、さらに新しい思いつきを生みだすのだ。

第一〇段落 「離れた場所に置かれるような新しい考えを思いついた場合には、別の紙に書いておきます」。

ここまでディドロは「大きな紙」を想定して話を進めているが、文章の「熱」が用紙の枠をはみ出すような着想や飛躍を生じさせた場合はどう処理したものか。そうしたやや遠いテーマ（「離れた場所に置かれるような新しい考え」）については「別の紙」が用意されている。別の紙にディドロが書きつける「思いつき」は、おそらく単語レヴェルのメモのようなものではなく、もう少しまとまりのある段落や断章であろう(51)。それを別な機会にとりあげて、別な作品に発展させる場合もあるはずだ。ディドロが愛用した「断想形式」の原点がここにはある。初期からディドロは断想形式を用いて著作を発表し、必ずしも連続した論理や展開を優先させない独自の文章と思考の美学を実践した。すでに書いたことだが、音楽家ではモーツァルトやシューベルトにあたる、ルソーのような「メロディー型」と対極をなす、ベートーヴェンやワーグナーのような「モティーフ型」の典型であると言える。ディドロがモティーフから構築するタイプの物書きである事情を、ジャック・プルーストはディドロのコント制作にことよせて、「有機体」(organismes) という概念で説明している。

たしかにディドロのコントは、所定のプランによって構築された機械装置ではない。それとは逆に、必然的かつ偶発的な形で成長する有機体なのであって、初源の細胞、またはいくつもの隣接した細胞から出発して、長いこと不活性状態でいてのち、突然増殖し始めるのだ。こうした有機体の誕生と増殖を跡づけるというのは、素晴らしい企てであるに違いない。(52)

ここでプルーストの言う「有機体」や「細胞」が「モティーフ」を指していることは言うまでもない。「必然的かつ偶発的な形」という表現は言い得て妙であり、いわゆる時系列で生成する通時型の方法論とは真っ向から対立するものであることは論をまたない。またこのあたりから、ディドロが「仕事」と考えるものは、必ずしも『百科全書』の項目執筆に限定されなくなるようだ。より縛りのすくない自由な創作や制作をイメージしているらしい。

第一一段落 「滅多に書き直しはしません。陛下が手にしておられる小さな様ざまの紙片は、ただ一気に書かれたものでございます。ですから、そこには、不注意なところや、素早く書いたためのあらゆる種類の小さな間違いが残っております」。

ここでディドロが言っている「一気に書かれたもの」とは、女帝に渡した『エカテリーナ二世との対談』の手稿を指しているのであろうが、間違いが多いというのはディドロにとってはたいしたことではなく、小さな瑕瑾《かきん》や綴りのミスの類いだろう。書いては直し、書いてはまた直す式の執筆法が、ディドロには向いていないのである。

第一二段落　「自ら取り組んでおりますことについて、他人の書いたものは、自分の著作ができてからしか読みません」。

ここから末尾まで、ディドロは「仕事法」の最終部分、すなわち「他人」の著作、あるいは読者公衆、時には「後世の読み手」といった外的存在を意識した記述に移る。第三段落あたりまで、ディドロが「仕事」で理解していたのは間違いなく『百科全書』のための執筆作業であったが、ここではディドロは明らかにそれ以外の執筆活動を視野に入れている。というのも、概して『百科全書』項目執筆は、かなりの分量にのぼる典拠資料（すなわち「他人の書いたもの」）の事前調査があってのちに開始されるのが常で、編集長といえどもその仕事法は例外ではないからだ。制作中は他人の書いたものを読まないというのは、ディドロにとってもう少し個人的な執筆、創作の場合だったはずである。

第一三段落　「読んでみて、自分の間違いに気づいたときには、著作を破棄いたします」。

前後の文脈からしても、「間違い」が果たしてどういう類いのものを指しているかがよくわからない。『百科全書』のための項目執筆であれば、そういう事態はたびたびであったろうし、編集長の権限で自分の原稿をボツにして、他人のものと差し替えるなどという処理は日常茶飯事だったろうが、それ以外のケースでディドロが自作を破棄する事例は見つからない。女帝という例外的読者を意識して、かなり「良い子」ぶっているということも考えられなくはない。

第一四段落　「著作家たちのもののなかに、自分にとって好都合なものを見つけた場合には、それを活用いたします」。

逆に他人の著作を活用・借用する事例はすくなくないから（これはディドロ個人というよりは時代全体の習慣だった）、場合によっては後半部分の記述とバランスをとるために、あえて前半にかなりスタンドプレーまがいの、架空の反対例を挿入したとも言えるだろう。

第一五段落　「かれらが何か新しい考えを与えてくれるときには、それを余白に書き加えます。と申しますのは、書き直すことを厭い、いつも大きな余白をとっておくからです」。

またしても「大きな余白」の話である。ディドロは前段の後半部、すなわち「ほかの著作家を援用する」という仕事の仕方を、いま少し具体的に説明している。ここでいう「余白」とは、第五段落にある、仕事机のうえに拡げておく「大きな一枚の紙」の余白のことである。いったん書いたものを書き直さず、大きな余白を用意してそこに書き加えるという仕事の仕方はかなり特異なものである。線状に左から右へと連なるアルファベットの文字列に細かく介入して間違いなどを直す方法は、いってみれば通時的な、時系列に則したやりかたで、普通はこの方法が採用されることが多い。ディドロの方法は、自分の間違った知識や判断で書かれた文章（単語や語句の単位ではなく、もっと大きなモティーフと呼べるようなもの）を書き直さず、余白に「かれら」の著作から借用した、おそらくはかなりまとまった塊り、「何か新しい考えを与えてくれる」ような箇所を、段落まるごと書き込んで、のちのちのために両方を温存する。

実を言うと、これはディドロやダランベールやジョクールが、『百科全書』の項目編集に際してたびたび援用した方法であり、「編集長介入」（supplément éditorial）と呼ばれている。誰か執筆協力者の書いた項目原稿に編集者が署名入りで増補を加えるのである。ディドロの場合は介入箇所冒頭に「＊」印、ダランベールの場合は末尾に「O」印をそれぞれ示して追加を書き加える。ディドロの介入は頻度においてダランベールを圧倒し、『百科全書』初期だけを見ても、第一巻全七一件、第二巻全五五件、第三巻八件。計一三四回に及んでいる。初期三巻でディドロの介入がもっとも多いのは博物学者のドーバントンに対してで、第一巻一三件、第二巻二〇件、第三巻一件に及ぶ。最大の介入は第三巻「麻」（CHANVRE）にある。この項目はまずドーバントンがたった七行書き、それにジョクールが六一行を加えた上に、ディドロがなんと一四六七行を付け足しているのである。

項目執筆のための参考文献という観点から見ると、ドーバントンはおなじみのトゥルヌフォール『植物学機構』（*Institutiones rei herbariae*）にもっぱら依拠しているのだが、ジョクールは複数の典拠を挙げ、ディドロはもっぱらデュアメルを使って書いている。概して動植物の形態記述だけにとどまりがちなドーバントンに対し、薬効を強調したり、逆に薬効を否定したりしている。また、医療効果以外にも動植物の社会的有用性を訴えることもある。多くのケースで、ディドロは典拠として自分の庭のように知悉しているジェームズの『医学総合事典』を使っているのである。書簡集などを参照しなくても、ここには博物学者ドーバントンにたいする編集長ディドロの批判的スタンスがありありと読み取れるのである。

以上紹介した『百科全書』における「編集長介入」の手法を、『わたしの仕事法』ではディドロは自分自身のテクストにたいして用いている。役割は逆転し、大辞典の博物学項目におけるドーバントンをディドロが演じ、逆に「編集長介入」の主体が「かれら」、すなわちディドロ以外の「著作家」になる格好である。『百科全書』においては面白いことに、たとえばドーバントンの記事は削除されずに残され、その後に編集長による長めの介入が印刷されるという構成になっているが、この『わたしの仕事法』で大きな紙の余白に記される「何か新しい考えを与えてくれる」他人の文章は、いずれかの時のために保存されるのである。こうしたメモとも、モティーフともつかぬ断片類は、『百科全書』編集者の手腕で適宜捌《さば》かれ、利用されたものに違いない。

編集者たちがある巻のために書かれた項目原稿をまとめる際、文章の手直しや補遺などといった細かい作業のほかに、大きな見出し語の下で類縁関係にある項目を比較し、場合によっては近いもの同士を統合したり、貼り合わせたりする必要の生じることがある。個々の執筆者は自分が担当している項目がどういう前後関係に置かれるかなどということには、まず気がつかないし、考えてもみないから、そうした統合作業や整理は編集者の仕事になる。私の勘では、この辞典編集作業の習慣は、ディドロにおけるごく私的な仕事法にも働いていたような気がしてならない。「モティーフ」の作家ディドロの方法論の要諦である。

第一六段落　「これが、友人たち、無縁の人びと、そして敵対している連中の意見をも、徴するときです」。

ディドロの「他者」概念が、「友人」から「他人」、ついには「敵対者」にまで遠心方向で拡大されていく。そのエスカレートの運動は、そのままディドロにおける「高所」や「後世」をめざすときの俯瞰展望の意識の運動である。女帝を相手に、少し気張って無理をしているような様子が感じられなくもないが、少し前で話題にしたヴォルテールのような「嫌な奴」を公正に評価するときのディドロの真骨頂がここにはある。対象を卑小化し、遠くから眺めて楽しむという比喩を、ディドロは好んで多用した。たとえば愛人ソフィーに宛ててこう書いている。

ときおり私はこうしたくさぐさを舞台装置に貼り付け、見せ物に仕立てて楽しむのです。愚劣さ、理不尽、馬鹿さ加減、しなを作る女、きざな色男等々が、そうやってみると面白いのです

よ。(53)

第一七段落 「敵対者たち、そうです陛下、敵対者たち、わたしが見下している連中です。まむしのスープで患者を直す医者のやり方です」。

エスカレートの果てに「高所」から見降ろす「敵対者たち」を毒蛇にたとえ、その毒がかえって自分の著作には強壮剤になるという逆説である。かつてヴォルテールも天敵フレロンを諷刺するのに毒蛇のメタファーを用いた故実を思い出して欲しい。

第一八段落 「見下している連中だからといって、かれらの与えてくれるよい忠告を拒んだことは、一度もありませんし、かれらから得られるよい忠告を無駄にしたこともなければ、そのような恩義を受けてそれを恥と思ったこともありません」。

「ディドロの敵たち」というだけでも多士済々であり、ルソーのような半分は身内的な存在から、イエズス会のベルチエ神父やジャンセニストのショメックス、「アンチ・フィロゾフ」のフレロンやパリソといった論客にいたるまで、枚挙にいとまはない。あるいは多少底意地の悪い言いがかりを弄せば、かつてディドロが『百科全書』の図版を準備している時期に、ライヴァル関係にある科学アカデミー関係者が用意していた技術関係の図版をかなりの数、流用してスキャンダルになったエピソードなども思いあわされる。『百科全書』図版とアカデミーの『技芸の詳述』とどちらが優れているかという問題には、かなり気をつけて取り組まなくてはならない事情があるのだが、ディドロたちが剽窃を訴えられて、あわてて対処した成り行きをみれば、出来の悪いアカデミーの仕事をわざわざ盗もうとする訳がないことは明らかである。

第一九段落　「これでは未だ、著作の出版というわけには参りません。推敲という、最高に面倒で困難な仕事が残っています。消耗させ、疲れさせ、うんざりさせる、きりのない仕事です。特に、悪趣味な表現が四つもあれば、とてもよい著作さえ抹殺してしまうような国、二つの母音の耳障りな衝突を許容しない国、一ページのなかに同じ単語が数回繰り返されるだけで不快と感ずるような国、心地よく、明晰で、分かりやすく、優雅で、高尚、響きのよいことを要求されるような国、女性たちが正しく書き、その判定が決定的であるような国では、そうなのです。教えを含んでいるかどうかにはほとんど頓着せず、何よりも最高に真剣で重要な事柄においても楽しめる(amusé)ことを求める民衆のもとで物書きであるのは、ああ、何という仕事でありましょうか。わたしどもは、デッサンよりも色彩をずっと重んじているのです。このような書き方を心得ていないひとに、救いはありません。このような書き手は、その遺産を自らの飾りとし、役立つことに快さを加味することのできる最初の作家のために仕事をする羽目になります。誰もが剽窃を難じますが、最初に来た者を埃のなかに放置しておいて、最後に来た者を読んでいるのです。孔雀の羽が、ついにはしっかりと、カラスの翼にくっついてしまい、カラスのものとなってしまっているほどです。ヴォルテールが恰好の例です。たしかに、かれには豊かな蓄えがあるのですが」。

どうやら、いったん書いた文章をあまり細かく直したり、手を入れたりしたがらないらしいディドロだが、「推敲」という面倒な作業はいやいやすることになる。とりわけフランスという国では、文章にはことのほか気を遣わなければならない。ここからは、たまたまロシアという異国に滞在しているという例外的状況も手伝って、ディドロは珍しく自分の祖国に関して、思い切った文化論を展開する。なぜかくも「推敲」が必要とされるのか。それはフランス文化の伝統で、上辺を飾り、文章の快い効果を重要視する困った風潮が強いからである。こうした一七世紀宮廷文化の根強い縛りについては、ヨーロッパ文学における「会話」「談話」「口承」の根深い伝統について語らなければならない。マルク・フュマロリは『精神の交際』のなかの「会話」と題された章で(54)、あらゆる会話には「類型表現」(le lieu commun)の反復使用が付き物であると述べている。フュマロリによると、「この類型表現の起源は、プラトンの対話や後期古代の知的饗宴にまで遡る。イタリア・ルネサンスで再活性化し、ついでフランスに移入される。フランスではパリ風のエスプリが、二世紀以上にもわたって、類型表現にヨーロッパ中が認める光輝をあたえたのである」(55)。フュマロリによると、「巧みに喋る技術」が生み出す文芸ジャンルとは、「物語、逸話、肖像、箴言、気の利いた言葉、考察、洗練を自然に飾る、多少とも即興性に富んだ定型詩」などである。[56] フュマロリが美しく描くところのフランス古典「会話文学」の様態をまず確認しよう。

これは大規模な文学上の遊戯なのであって、対話の規則や舞踊の運動（モデルは『アストレ』のなかにある）ばかりか、相応しい装置や場所（loci amoeni）、沢山のアクセサリー（衣服、被り物、宝石類）、所作、表情と視線の戯れ、対話や筋立てを活き活きとさせるのにうってつけの書き物、すなわち短信、手紙、ソネット詩、マドリガル詩、よく音楽の伴奏がつく定型詩である。[57]

ディドロが歎いているのは、この文章の表面を飾り立てる「色彩」が「デッサン」をないがしろにしている現状である。文飾の苦手な物書きは、その「素描」を誰か小器用な色彩の達人の役に立てるしか取り柄がないことになる。後者は前者のデッサンを盗み、前者が提供してくれる「下絵」に装飾を施して仕上げると、剽窃家ではなく、一流の物書きとして評価されるのだ。読者が好んで読むのは、愚直な画家の「素描」ではなく、手練《てだ》れの「色彩画」なのであって、しまいにはこの手練れが素描にも優れ、その上で色彩表現にも一流であると思い込み始めるのだ。素描（＝カラスの羽）と色彩（＝孔雀の羽）とが合体してしまうのである。ヴォルテールが格好の例であるとディドロは言うが、啓蒙の世紀における最大の古典主義者ヴォルテールにたいして、「孔雀に化けたカラス」という評語は、「たしかに、かれには豊かな蓄えがある」という留保付きにせよ、かなり思い切った物言いではある。

第二〇段落 「絶望的なのは、間違いはすべて見つけたと思っていたところ、印刷された著作を見ると、間違いが目に飛び込んでくることです」。

書物を刊行した後から見つかる間違いについて述べている。誰にでも経験のあるありふれた事態なので、ディドロもあまり拘泥する様子がない。むしろ、次からがディドロの本音を覗える記述である。ここで本著作の前半部が終了し、後半部はいよいよディドロの人間と作品を批判する「敵たち」を念頭に置いた文章が続く。

第二一段落 「それから、公衆の意見は分かれます。分裂を引き起こさないような著作は、まがいものです」。

強烈な主張を盛り込んだディドロの著作にたいして、読者は是か非かの意見を持ち、それによって対立する。佐々木健一も言うように、「賛否両論にひとびとを分けるような強い意見をよしとしている」のである。(58)

第二二段落 「この騒ぎのなか、多少の勇気を持ち合わせている作者は、微笑んでいますが、気の弱い作者は身を苛む次第です」。

むろん、ディドロは「多少の勇気を持ち合わせている」のでたじろぎはしない。ヴォルテールやルソーと違って、これまでたいした著作を公刊してこなかった来歴はあるが、それでも『百科全書』関係のテクストと、戯曲と演劇理論書についてはかなりの物議を醸してきた。数々の誹謗や中傷に耐え、また自己検閲の屈辱も味わってきた、いわば修羅場を潜ってきたという自負はあるだろう。ディドロ自身を含む「勇気を持ち合わせている」作者と、「気の弱い」作者とが比較されている二重構造が特徴である。

第二三段落　「それでも、どんなものも厳正に評価されますし、間の抜けたあら捜し屋どもも、まるで非難したことなどなかったかのように軽々しく褒め言葉を並べます」。

前節が作者像の二重化であるなら、今度は批評家の側も二重化する。「厳正に評価する」者と節操のない「あら捜し屋」と。いかにもディドロらしい難所である。文頭の接続詞 cependant が一番重要で、この語は佐々木健一も言うように、「しかしながら」といった逆接の意味ではなく、古い語法で「そのあいだにも」という時の経過を表す表現ととるべきなのだ。佐々木の「それでも」は、したがって、名訳である。晩年のディドロにおける独特の時間哲学がまぶし込まれた一節である。佐々木が「どんなものも厳正に評価されます」と訳しているフランス語原文は tout s'apprécie à la rigueur で、ここの動詞 s'apprécier は、ただの中性的評価ではなく、佐々木も言うとおり、どちらかというと「高く評価される、真価を認められる」という肯定的な意味である。à la rigueur も現代フランス語でよく使われる「最悪の場合でも」ではなく、古い意味で「厳格には、厳密には」と解するべきである。ここはディドロの本音に付き合って読むなら『百科全書』刊行が巻き起こした数々の騒ぎや反響は、当初は愚かな輩の悪口雑言を生み出したが、時が経てば物事の値打ちはおのずと認められるもので、いつの間にか悪口屋までもが手のひらを返したように褒め始めるというのである。ここで思い浮かぶうってつけの事例は、イエズス会が刊行していた『トレヴー辞典』と『百科全書』との論争である。両派は一歩も譲ることなく、面白いことに辞書の項目で互いの主張を反駁し、批判していたが、イエズス会が一七六二年に一連の不祥事件でフランス王国を追放になると、『トレヴー辞典』の舌鋒は突然弱まりを見せるのだ。たとえば一七七一年刊行の最終版では、項目「独身」について見ると、ディドロがカトリック聖職者を批判する目的で執筆し、宗教者の独身に不利な証拠をたくさん集めている『百科全書』の同じ項目「独身」(第二巻、一七五二年)を少しも反論することなく、それどころかディドロが挙げている同じ典拠書目を援用して、ほとんどディドロ側の主張をなぞるような論拠を示しているのである。

第二四段落 「わたしは、自分の行動についての批判も恐れませんし、書いたものについての非難も恐れません」。

自分に敵対する他者を、ディドロは二つのカテゴリーに分ける。「ディドロの行動を批判する他者」と「ディドロの著作を批判する他者」である。

第二五段落　「最高に断固とした悪人が、わたしの行状について、最高に手厳しい文書を公刊することも、わたしは放っておきますし、それで眠れなくなるようなこともありません。その攻撃は、わたしの生きている時間のほんの一点のものにすぎません。そして、この一点は、過去と未来によって裏づけられ、やがてそこを貫く糸全体の色をもつようになります」。

まずは、「ディドロの行動を批判する他者」が問題となる。ここでディドロが「最高に断固とした悪人」という形容で仮想敵にしているのは、間違いなくジャン＝ジャック・ルソーである。ディドロの後半生はたとえ『百科全書』の重責から解放されても、けっして波の立たない平穏なものであったとは言えない。とりわけ絶縁したルソーが書いている『告白』が、ディドロを始めとする『百科全書』派一党にあたえた不安と猜疑は並大抵のものではなかった。「最高に手厳しい文書」というのはそれを指している。

一七五〇年代後半にディドロやグリムを始めとする『百科全書』一派と袂をわかった一件について、ルソー側がどのような言辞を弄しているかは大問題であった。そこでルソーが問題にしているのは、『百科全書』の内容やディドロ個人の著作ではなく、どこまでも百科全書派のルソーにたいする不当な振舞いや誹謗、中傷であったからである。ルソーの『告白』がもたらす脅迫や恐怖に比べれば、いわゆる反『百科全書』派のフレロンとかパリソといったやたらと声だけは喧《かまびす》しい輩の遠吠えなどは、ものの数ではなかったろう。

一七七〇年六月、ルソーはパリに住みつき、いくつかのサロンで『告白』の朗読会を催し始める。ディドロの仲間デピネー夫人は不安が高じて警視総監のサルティーヌに訴え、ルソーの朗読を止めさせるように手を回したほどであった。一七五〇年代に発するルソーと百科全書派との軋轢をここで詳述はできないが、ディドロがこの「敵である兄弟」にたいして抱く愛憎半ばする気持ちは異常なほどであった。

愛人のグリムともども『百科全書』派に与するデピネー夫人は、一七六〇年代から回想録の形を借りた長編小説『ド・モンブリヤン夫人の物語』を書き始めていたが、作中に登場する四名の人物、「ヴォーー」「デバール」「ガルニエ」「ルネ」は、事情通の同時代人が読めばそれぞれ「グリム」「デュクロ」「ディドロ」「ルソー」であることは明白だった。夫人が一七八二年付でしたためた遺書によって、グリムはこの作品の公表に踏み切る。関係者がすべて没している一八一八年に刊行されたとき、出版社はなんの憂いもなく、人物の仮名をすべて実名に戻して印刷した。一八六三年にも再版されているので、この作品は長いこと、すくなくとも一九世紀を通じて、ルソーとディドロという二人の個性的な思想家に関する嘘偽りない実録として扱われたのである。大文芸評論家のサント＝ブーヴを始めとする一九世紀の文学者たちの色眼鏡は、この文書によって出来上がったと言っても過言ではない。その結果、現在の私たちがルソーとディドロを思い浮かべるときですら、仮にデピネー夫人の小説『ド・モンブリヤン夫人の物語』を読んではいなくても、その圧倒的影響下にあると言えるのである。しかし問題はここからである。執筆時、デピネー夫人はディドロときわめて親しい間柄で、ディドロは夫人の創作過程に多くの介入をし、場合によっては完全にディドロが書いた箇所もすくなくなかったのである。二〇世紀に入り、ディドロの演じた役割が徐々に明らかになると、とりわけ「ルネ」（＝ルソー）にかかわる部分で、ディドロは原文に大きな改変を加え、ルネをまことにおぞましく不誠実な人物として描き出していたことが明るみに出た。このディドロにとっては不名誉な挿話は、その評価や判断をめぐっていまだに研究者の間でも結論は出ていない。(59)

さて、そのようなディドロが、一七七三年後半に滞在中のロシアで書いたとおぼしき『わたしの仕事法』で、明らかに天敵ルソーのとりわけ波乱含みの『告白』（「最高に手厳しい文書」）を意識して何を言わんとしているかである。すでにディドロはロシアにくる前に先手を打ち、デピネー夫人の名を借りて、その回想録にルソーに止めを刺すような悪意に満ちた断片を挿入しているのである。また、フランスに帰国後は、晩年の超大作『哲学者セネカの生涯と著作に関する試論』（一七七八年）と、とりわけその第二版『クラウディウスとネロの治世に関する試論』（一七八二年）で、やはり天敵ルソーへの思いを書き連ねざるをえなかったのである。

段落後半の文章（「その攻撃は、わたしの生きている時間のほんの一点のものにすぎません。そして、この一点は、過去と未来によって裏づけられ、やがてそこを貫く糸全体の色をもつようになります」）は、果たして何を意味しているのだろうか。本章で述べてきたディドロ独自の時間論が色濃くここには表出されていることに注目しなければなるまい。自分にたいして加えられた攻撃を生涯の「ほんの一点のもの」としてしか認識しない達観した態度は、言うまでもなくディドロ独自の「後世観」である。さきほどの議論でいえば、ネジョンにたいしてヴォルテールを擁護した「高所」からの眼差しである。「世界図絵」の展望と言い換えてもいいだろう。

第二六段落　「わたしは自分の著作を、この上ない酷評にも委ねます。何故なら、或る三位一体があって、これに対しては地獄の門も手の下しようがないからです。すなわち、善を生み出す真と、この両者から生まれてくる美の三位一体です」。

第二五段落が「わたしの行状」についての他人の評価を論じていたとすれば、この段落では「自分の著作」への世間や他人の「酷評」が問題になる。ここで初めて話題にされる真善美の「三位一体」概念は正直、意表をつくところである。日頃、ディドロ研究で「三位一体」概念を持ち出すのは、ディドロが『百科全書』に書いた項目「美」を論じるときの美学者ぐらいで、ほとんどのディドロ研究者は敬して遠ざけている。ディドロの文学作品や思想作品を文体や形式だけで論じる場合、「真」や「善」はむしろ邪魔になるからだろう。だが、ディドロがとりたてて「美」を正面から云々しているわけでもないこの断章で、あえて「真善美」を持ち出しているのはやはりただ事とも思えない。私見では、ここの「三位一体」は、ちょうど第二五段落における「達観」や「高所」に相応する役割を担っているように思われる。世界図絵の俯瞰姿勢ですべてを眺めようとするディドロの最終回答がここにはある。

第二七段落　「ひとに対し、また作者に対して、一万枚もの紙が公にされてきました。それらはどうなったでありましょうか。人びとはそのことを知りませんし、そのひとも作者も、しかるべき場所におります。ただし、かれらに値するよりも千倍ものものを、陛下がお与え下さっているいまの場合は別ですが」。

最終段落では「ひと」と「作者」とが再登場して結ばれる。「ひと」とは第二五段落の「行為を裁かれる人物」であり、「作者」とは第二六段落の「著作を酷評される物書き」である。この両者をまとめて論評する「一万枚もの紙」（そのなかにはルソーの『告白』も含まれるのだろう）が公にされてきたが、そうした現世の評価は一過性の泡のようなもので、まったく取るに足りない。だから、論評や噂の類いは誰もその行く末を知りようがない。重要なのは次の文章である。「そのひとも作者も、しかるべき場所におります」。「しかるべき場所」とはどこかをディドロは明かさないが、後半生のディドロ思想の主調低音である「後世」の観念がわずかに顔を出していることは間違いない。

「ひと」も「作者」も、裁かれるのは後世によってであって、浮き世の毀誉褒貶などは意に介さずともよい、とディドロは言いたげである。問題は最後の締め括り、「ただし、かれらに値するよりも千倍ものものを、陛下がお与え下さっているいまの場合は別ですが」である。この限定は、ある意味では『わたしの仕事法』のテクスト全体を最終的に規定している絶対の審級を指し示しているようで、いささか気になるところである。この掌篇の唯一の読み手である女帝エカテリーナが、ここで初めて登場し、さながら孫悟空を手のひらに遊ばせて見降ろす釈迦の風情で、テクストの背後に君臨している。『仕事法』の最終段落を飾る最重要の数行が、絶対君主を仰ぎ見る視線で締め括られる事態を、われわれはどう解釈すればよいのであろうか。

注

本書の注では、参考文献の記述に際し、以下の略号を使用する。また出版地がパリの場合はこれを省略する。

DPV　Denis Diderot, *Œuvres complètes*, éditées par Herbert Dieckmann, Jacques Proust, Jean Varloot, & al., Hermann, 1975 et suiv., 34 vol. prévus.

CORR.　Denis Diderot, *Correspondance*, publiée par Georges Roth, puis par Jean Varloot, Les Editions de Minuit, 1955-1970, 16 vol.

ENC.　*Encyclopédie, ou Dictionnaire raisonné des Sciences, des Arts et des métiers...*, 1751-1765, 17 vol.

SVEC　*Studies on Voltaire and the Eighteenth Century*, Oxford, the Voltaire Foundation, 1955-.

RDE　*Recherches sur Diderot et sur l'Encyclopédie*, 1986-.

序論に代えて

（1）これについては、最終章で詳しく述べる。

（2）鷲見洋一「ランボー詩のコンコルダンスをめぐって」『『百科全書』と世界図絵』岩波書店、二〇〇九年、六〇—六三頁。

（3）Jean Sgard, *Dictionnaire des journalistes de langue française (1631-1789)*, 1971. この初版本はたちまち版を重ね、補遺も五巻ほど出て、現在ではVoltaire Foundation でまとめられているほかに、以下のサイトでも閲覧

できる。http://dictionnaire-journaux.gazettes18e.fr/journaux

（4）以下のサイトで閲覧できる。Gazettes européennes du XVIIIe siècle et Dictionnaire des journalistes (équipe de rédaction : P. Ferrand, A.-M. Mercier, D. Reynaud, J. Sgard) : http://dictionnaire-journalistes.gazettes18e.fr/ dictionnaires-presse-classique-mise-en-ligne

（5）Pierre Rétat, Jean Sgard (dir.), *Presse et histoire au XVIIIe siècle : l'année 1734*, Editions du CNRS, 1978.

（6）Jean Varloot, Paule Jansen (dir.), *L'Année 1768 à travers la presse traitée par ordinateur*, Editions du CNRS, 1981.

（7）Robert Mauzi (dir.), *L'Année 1778 à travers la presse traitée par ordinateur*, PUF, 1982.

（8）Pierre Rétat (dir.), *L'attentat de Damiens : discours sur l'évènement au XVIIIe siècle*, Université de Lyon II, Centre d'éudes du XVIIIe siècle, Editions du CNRS, 1979.

（9）中川久定「自我のことばとニルヴァーナのことば」『思想』特集ルソー／ヴォルテール——没後二〇〇年（1）——、一九七八年、四—二三頁。

（10）ミルチャ・エリアーデ『永遠回帰の神話——祖型と反復』堀一郎訳、未來社、一九六三年。

（11）同書、四八—四九頁。

（12）同書、六四—六五頁。

（13）同書、一一八頁。

（14）同書、一四〇頁。

（15）「ヘブライ人はもはや歴史を無視することもまた周期的に撤廃することも出来ないから、いくらかの時間的距離のある未来のときにおいて、すべてが最終的な結末をつげるであろうとの希望をもって歴史を堪え忍ぶのである」（同書、一四七頁）。

（16）同書、一八八―一八九頁。
（17）「世界図絵」については、前掲拙著『『百科全書』と世界図絵』に詳しい。
（18）デカルトの夢については、ジョルジュ・プーレに素晴らしい論文がある。「デカルトの夢」『人間的時間の研究』井上究一郎ほか訳、筑摩書房、一九六九年所収。
（19）「これ〔『メルキュール・ド・フランス』誌の懸賞論文課題〕を読んだ瞬間、私は別の世界を見、別の人間になった」（ルソー『告白』第八巻、小林善彦訳、『ルソー全集』第一巻、白水社、一九七九年、三八一頁）。
（20）Diderot, *Interprétation de la nature*, XV, DPV, IX, 1981, p. 39.
（21）*Ibid.*, XXX, p. 47-48.
（22）阿波研造に弓術を学んだドイツ人の哲学者オイゲン・ヘリゲルの書物などが参考になる。『日本の弓術』柴田治三郎訳、岩波文庫、一九八二年。
（23）Diderot, *Rêve de d'Alembert*, DPV, XVII, 1987, p. 39.
（24）なお、通時性と共時性については、若嶋眞吾『もう一つの「知」――二つのコスモロジー』（竹林館、二〇〇六年）が参考になった。若嶋は私が「メタファー思考」と呼ぶものを「感応律」と名づけ、「因果律」すなわち通時的な志向と対立させている。若嶋の本は古代ギリシアの二元論と古代中国の一元論とを対比させるところから始まり、両者のコスモロジーを比較して、心・身体・環境を論じ、最後に「パターン認識」と題した章で、西欧的思考の根源を律する「因果律・因果性」に、中国的思考の原動力とも言える「感応律」を対置するのである。「メタファー思考」が即「感応律」にまったく等しいという断定は無理であるにせよ、昨今の人文系・社会科学系の学問でほとんど末期症状を呈し始めていると思われる「通時性」への信仰や「進歩史観」への依拠を相対化する意味でも、有効な提言であることに変わりはない。

第一章　一八六二年　パリの福澤諭吉

(1)『西航記』、『福澤諭吉全集』〔以下『福澤』と略記〕第一九巻、慶應義塾編、岩波書店、昭和三七〔一九六二〕年、二二二頁。
(2)谷口巖「福沢諭吉とレオン・ド・ロニー――『植てみよ花のそたたぬ里はなし』考」『福沢諭吉年鑑　二一』福沢諭吉協会、平成六〔一九九四〕年一二月二〇日、二一六頁。
(3)福澤のこの忠告が、ロニーにいかに大きなインパクトをあたえたかについては、同書、二一八―二一九頁。
(4)『福澤』第一巻、昭和四四〔一九六九〕年、六頁。
(5)柳父章『翻訳とはなにか――日本語と翻訳文化』法政大学出版局、一九七六年、二〇頁。
(6)「會議辨」『福澤』第一巻、五七頁。
(7)同、五五頁。
(8)松崎欣一『語り手としての福澤諭吉――ことばを武器として』慶應義塾大学出版会、二〇〇五年。
(9)『福澤』第三巻、昭和三四〔一九五九〕年、一〇二―一〇三頁。
(10)ジョルジュ・バタイユ『沈黙の絵画――マネ論』『ジョルジュ・バタイユ著作集』第一〇巻、二見書房、一九七二年、六九頁。
(11)サラ・カー＝ゴム『マネ』岩波世界の巨匠、高階絵里加訳、岩波書店、一九九四年、五―六頁。
(12)吉田秀和「眼差しと鏡――マネ頌」、井上靖・高階秀爾編集『マネとドガ』カンヴァス世界の名画五、中央公論社、一九七四年、四四頁。
(13)三浦篤『近代芸術家の表象――マネ、ファンタン＝ラトゥールと一八六〇年代のフランス絵画』東京大学出版会、二〇〇六年。

(14) フランソワーズ・カシャン『マネ――近代絵画の誕生』遠藤ゆかり訳、創元社、二〇〇八年。
(15) ピーター・ゲイ『芸術を生みだすもの・歴史における原因について――マネ、グロー ピウス、モンドリアン』川西進・岡田岑雄訳、ミネルヴァ書房、一九八〇年、一〇〇頁。
(16) 『福翁自傳』、『福澤』第七巻、昭和三四〔一九五九〕年、二三八頁。
(17) 同書、二三九頁。
(18) 同書、一〇〇―一〇一頁。
(19) 同書、一〇二頁。
(20) 同。
(21) 宮永孝『幕末遣欧使節団』講談社学術文庫、二〇〇六年、八七頁。
(22) 『福翁自傳』、『福澤』第七巻、一〇五―一〇六頁。
(23) 芳賀徹『大君の使節――幕末日本人の西欧体験』中公新書、一九六八年、一二九頁。
(24) 山口一夫『福澤諭吉の亜欧見聞』文化総合出版、一九九一年。
(25) ヴァルター・ベンヤミン「写真小史」『複製技術時代の芸術』第三巻、佐々木基一編集解説、晶文社、一九九九年、二〇〇三年、一四七頁。
(26) 『世界國盡』、『福澤』第二巻、慶應義塾編、昭和三四〔一九五九〕年、六一五―六一六頁。
(27) 『福沢諭吉選集』第一三巻、富田正文編者代表、岩波書店、一九八一年、一六―一七頁。
(28) 芳賀徹、前掲書、一一七―一一九頁。
(29) 『福沢諭吉選集』第一三巻、一四―一五頁。
(30) 同書、一六―一七頁。
(31) 『福澤』第二巻、二〇七―二〇八頁。

(32) 同書、一四〇―一四一頁。
(33) 同書、一五三―一六七頁。
(34) 同書、四七四―四七五頁。
(35) 同書、二〇七―二〇八頁。
(36) ベネディクト・アンダーソン『想像の共同体――ナショナリズムの起源と流行』白石隆・白石さや訳、リブロポート、一九八七年、四四頁。
(37) 李孝徳「空虚な時間・国民国家《ネイション》の時間――日本の近代化とメディアとしての〈時間〉」、小林康夫・松浦寿輝『メディア――表象のポリティクス』表象のディスクール5、東京大学出版会、二〇〇〇年、二九二―二九八頁。
(38) 同書、二九六頁。
(39)『福澤』第一巻、三〇四頁。
(40)『福沢諭吉選集』第一三巻、一五頁。
(41) 石森秀三「観光ビッグバンと文明の磁力」『學鐙』二〇〇三年三月号、八頁。
(42) 同書、九頁。
(43) 同。
(44)『福澤』第四巻、昭和三四〔一九五九〕年、五四一頁。近藤和彦編『西洋世界の歴史』山川出版社、一九九九年、二五一頁。
(45) Martine Sonnet, Thérèse Charmasson, Anne-Marie Lelorrain, *Chronologie de l'histoire de France*, PUF, 1994 ; Jacques Boudet, *Chronologie de l'histoire de l'Europe*, Nathan, 1991; Georges Renard, *Les Etapes de la société française au XIXe siècle 1812—1837—1862—1887*, Marcel Rivière, 1913.
(46)『西航記』、『福澤』第一九巻、二一〇頁。

(47) 李孝徳『表象空間の近代――明治「日本」のメディア編制』新曜社、一九九六年、五六頁。
(48)『西航記』、『福澤』第一九巻、二〇頁。
(49) ヴァルター・ベンヤミン『パサージュ論』第三巻、今村仁司・三島憲一ほか訳、岩波文庫、二〇〇三年、九四頁。
(50)『福澤』第一巻、三〇七―三〇八頁。
(51)『西航記』、『福澤』第一九巻、二五頁。
(52)『福澤』第四巻、一九六頁。
(53)『福翁自傳』、『福澤』第七巻、一〇八頁。
(54) 同書、九七―九八頁。
(55) 以下の写真史に関する記述は、次の書物を参照している。イアン・ジェフリー『写真の歴史――表現の変遷をたどる』伊藤俊治・石井康史訳、岩波書店、一九八七年。オットー・シュテルツァー『写真と芸術――接触・影響・効果』福井信雄・池田香代子訳、フィルムアート社、一九七四年。クエンティン・バジャック『写真の歴史』遠藤ゆかり訳、創元社、二〇〇三年。ジゼル・フロイント『写真と社会――メディアのポリティーク』佐復秀樹訳、御茶の水書房、一九八六年。Jean-Claude Lemagny et André Rouillé (sous la direction de), *Histoire de la photographie*, Bordas, 1986. ; André Rouillé, *La Photographie en France Textes et Controverses: une Anthologie 1816-1871*, Macula, 1989.
(56) 幕末の日本における写真術の実態については、以下を参照のこと。小沢健志編著『幕末――写真の時代』筑摩書房、一九九四年。
(57) 同書、二九四頁。
(58) 木下直之『写真画論――写真と絵画の結婚』岩波書店、一九九六年、二六―三一頁。

(59) ヴァルター・ベンヤミン「写真小史」『複製技術時代の芸術』前掲書、六四―六五、六八―六九頁。
(60) シュテルツァー『写真と芸術』前掲書。
(61) 後年、ロニーはこれを「写真は創造者の絵画であり、その筆は光である」と仏訳している。芳賀徹『大君の使節』前掲書、九六―九七頁。
(62) フェリックス・ナダール『ナダール――私は写真家である』大野多加志・橋本克己編訳、筑摩書房、一九九〇年、三―一八頁。
(63) 多木浩二『肖像写真――時代のまなざし』岩波新書、二〇〇七年、五一頁。
(64) イアン・ジェフリー『写真の歴史』前掲書、五四―五五頁。
(65) 前田富士男「写真の福澤諭吉――テクノコードと多文化主義」『世紀をつらぬく福澤諭吉――没後一〇〇年記念』慶應義塾、二〇〇一年、八一―八二頁。
(66) ヴァルター・ベンヤミン「写真小史」『複製技術時代の芸術』前掲書、六七―六八頁。
(67) 同書、六四―六五頁。
(68) Joseph Deniker, *Les races et les peuples de la terre*, Masson et Cie, 1926, p. 467-468.
(69) ちなみに、ドゥニケールは少し先で、日本人男子の平均身長を一メートル五九センチとしている――三九頁). *ibid*., p. 468.
(70) 岡田温司『肖像のエニグマ――新たなイメージ論に向けて』岩波書店、二〇〇八年、二四四―二四五頁。
(71) 橋本一径「〈病気〉の誕生、あるいは〈病人〉の消滅?――精神医学と写真」『Site zero/zero site』no.1、二〇〇七年、一三一頁。
(72) André Rouillé, *op. cit*., p. 442. なお、このブローニュ博士による実験についての詳細は以下を参照。Monique Sicard. *La fabrique du regard: images de science et appareils de vision, XVe-XXe siècle*, O. Jacob, 1998.

第二章　一七八九年　ヴェルサイユ行進

（1）　私たちの共同研究のこれまでの成果は以下の通りである。

①《Une scène révolutionnaire: à propos des journées d'octobre》, *Equinoxe*, n° 4, été 1989, p. 77-147. これは同一主題をめぐる三つの論文が並列する形をとっている。その内訳を記すと、Akira Mizubayashi:《Pour une histoire minuscule》, p. 79-101; Yoichi Sumi:《Du bon usage du récit d'événement: production de la peur et de la sécurité》, p. 103-132; Yuji Ueda:《Lieu royal, lieu interdit: le cas des *Nuits révolutionnaires* de Restif》, p. 133-147.

②《《Les journées d'octobre dans le fond Bernstein》, 国際シンポジウム「フランス革命と文学」（一九八九年一〇月一三―一四日、於京都・関西日仏学館）における一〇月一四日の口頭発表。ここでは三つの個人発表の連続という形をとらず、新しい試みとして序から結論までの全九章を三名が適宜分担執筆して朗読した。同学会の記録は以下の通り。Akira MIZUBAYASHI, Yoichi SUMI, Yuji UEDA,《Les Journées d'octobre dans le fonds Bernstein》, in Hisayasu NAKAGAWA (sous la direction de), *La Révolution française et la littérature*, Colloque international du bicentenaire 1989, Presses Universitaires de Kyoto, 1992, p.120-165.

（2）　Jules Michelet, *Histoire de la Révolution française*, Gallimard, Bibliothèque de la Pléiade, t.I, 1952, p. 279-280.

（3）　Albert Mathiez,《Etude critique sur les journées des 5 et 6 octobre 1789》, *Revue historique*, t. LXVII, 1898, p. 241-281; t.LXVIII, 1899, p. 258-294; t.LXIX, 1899, p. 41-66.

（4）　George Rudé:《La Marche sur Versailles (octobre 1789)》, dans *La Foule dans la Révolution française*, traduction par Albert Jordan, Maspéro, 1982, p. 79-98.

（5）　François Furet et Denis Richet: *La Révolution française*, Marabout, 1965, p. 90-98. などがその代表的なもの

であろう。Furet/Richet の書く一〇月事件とは，二世紀後に独自の視角から〈復元〉された一個の物語なのであって，二人の歴史家が依拠している筈の革命期の資料がそれぞれ語る物語とはおのずと別の価値観や目的を持つものであることは言うまでもない。

（6）Roland Barthes,《L'Ecriture de l'événement》, dans *Le Bruissement de la langue*, Editions du 1984, p. 179.

（7）Pierre Nora,《Le Retour de l'événement》, dans J. Le Goff et Pierre Nora (sous la direction de), *Faire de l'histoire, I Nouveaux problèmes*, Gallimard, 1974, p. 220.〈事件〉への強い関心を見せたごく初期の業績として，Edgar Morin の監修になる ***Communications*** 誌の特集号が特筆されるべきだろう。***Communications*** n°18,《L'Evénement》, 1972. その後，Morin の問題提起を受けとめる形で，フランス一八世紀文学研究者が主として共同研究の形ですぐれた業績を次々に刊行している。その主なものを挙げると——Pierre Rétat (sous la direction de), *Le Journalisme d'Ancien Régime. Questions et propositions*, Table ronde du CNRS, 12-13 juin 1981, Centre d'étude du XVIIIe siècle de l'Université de Lyon II, Lyon, Presses Universitaires de Lyon, 1982; Pierre Rétat et Jean Sgard (sous la direction de), *Presse et histoire au XVIIIe siècle—l'année 1734*, Editions du CNRS, 1978; *L'Année 1768 à travers la Presse traitée par ordinateur*, Editions du CNRS, 1981; *L'Année 1778* à *travers la presse traitée par ordinateur*, Presses Universitaires de France, 1982; Pierre Rétat (sous la direction de), *L'Attentat de Damiens—Discours sur l'événement au XVIIIe siècle*, Editions du CNRS, 1979; *La Mort de Marat*, Travail collectif animé et coordonné par Jean-Claude Bonnet, Flammarion, 1988; Jean Sgard, *Les trentes récits de la journée des tuiles*, Presses Universitaires de Grenoble, 1988.

（8）Voir: Akira Mizubayashi, art. déjà cité, p. 79-81.

（9）四九点は，パリ国立図書館および専修大学図書館のBernstein 文庫のいずれかの所蔵になるものである。

（10）Pierre Rétat, *Les Journaux de 1789—Bibliographie critique*, Editions du CNRS, 1988.

（11） *Ibid.* の巻頭にあるAN. ANN. DP. IG. といった略号で表されているカテゴリーは，本研究にとってほとんど役に立たない。

（12） 資料解読のための予備調査，予備学習に役立ったのは以下の研究論文，カタログの類である。まず一七八九年の新聞報道の実態については――Claude Labrosse et Pierre Rétat, *Naissance du journal révolutionnaire 1789*, Presses Universitaires de Lyon, 1989; Pierre Rétat,《L'Année vue par les journaux: problèmes et propositions》, *Dix-Huitième Siècle*, n° 20, 1988, p. 83-97; Claude Labrosse,《Le Récit d'événement dans la presse de 1789》, *ibid.* それから国民議会の成立や仕組み，政治言語の問題などについては――Pierre Lamarque,《La Naissance de L'Assemblée Nationale》, *Dix-Huitième Siècle*, n° 20, 1988, p. 111-118; 1789―*L'Assemblée Nationale*, Exposition organisée au Palais Bourbon à l'occasion du bicentenaire de la Révolution et de l'Assemblée Nationale, juin-septembre 1989; *Des Menus Plaisirs aux droits de l'homme*, La Salle des Etats-Généraux à Versailles, Exposition présentée à l'Hôtel des Menus Plaisirs à Versailles du 5 mai au 3 septembre 1989; Jacques Guilhaumou, *La Langue politique et la Révolution française*, Klincksieck, 1989; Patrick Brasart, *Paroles de la Révolution*―*Les Assemblées parlementaires 1789-1794*, Minerve, 1988.

（13） 以下の五つのデクレである。①利付き貸付けに関するデクレ（近く回答），②封地税に関するデクレ（裁可），③税金に関するデクレ（裁可），④アルザスのユダヤ人に関するデクレ（裁可），⑤穀物輸出に関するデクレ（裁可）。

（14） 数日前に国王に届けられた憲法条項のテクストは一九条までである。しかもここで問題となっている条文は，いわゆる一七九一年憲法の決定稿とはかなり異なっている。

（15） *Archives parlementaires de 1787 à 1860*, éd. J.Mavidal, E.Laurent et E.Clavel, première série (1789 à 1799), tome IX, du sept. 1789 au 11 nov.1789, p. 342-379. これ以後引用する新聞については，注の末尾にRétat による

分類番号を（RXXX）の形で付す。号数、頁数は議事録のみならず、一〇月事件に関わる箇所全体を示すものである。

（16） *Réimpression de l'Ancien Moniteur*, seule histoire authentique et inaltérée de la Révolution française depuis la réunion des Etats-généraux jusqu'au Consulat (mai 1789-novembre 1799) avec des notes explicatives, tome deuxième, Assemblée Constituante, 1859, n°s 67-72. (R078). Rétat, *op. cit.* にも注記されているように（p. 120）、*Gazette Nationale ou le Moniteur universel* のこの〈復刻版〉なるもののうち、創刊号から第九三号まで（五月五日から一一月二三日まで）は革命期以後一九世紀にかけての編集者が諸資料を照合して創作した偽版であり、本当の創刊は一七八九年一一月二四日の第九四号ということになる。

（17） *Le Point du jour, ou Résultat de ce qui s'est passé la veille à l'Assemblée Nationale*, n^{os} XCIX et C, p. 213-236. (R149)

（18） 議員の名の表記、身分、職業、選挙区などについては次のカタログが役に立った。*Notice et portraits des députés de* 1789, Assemblée Nationale, 1989. リストで（　）内のローマ数字は三身分のいずれかを表している。

（19） *Bulletin de la correspondance de la députation des communes de la sénéchaussée de Brest*, n° 57, p. 439-445. (R288)

（20） *Révolutions de Versailles et de Paris; dédiées aux Dames Françaises*, n° 1, p. 1-65. (R166)

（21） *Correspondance de MM. les Députés de la province d'Anjou, à l'Assemblée Nationale*, n° 22, p. 485-504. (R281)

（22） *Gazette de France* は一〇月九日付第八一号が本来であれば事件の記述に当てられるべきところであるが、パリとヴェルサイユのいずれについても何の報告もない。（R195）

（23） 《Le Roi, arrivé, mardi dernier au soir à Paris...》(*ibid.*, n° 82, p. 423).

（24） *Le Patriote français, journal libre, impartial et national*, n°s LXII, LXIII et LXIV. (R144)

（25）《Nous réitérons nos prières à nos Lecteurs de nous pardonner le désordre de cette Feuille; il est le résultat forcé de la circonstance. Nous reprendrons dans le Numéro de demain tout ce que nous avons omis dans les précédents》(*ibid.*, n° LXIII, p. 3).

（26）*Assemblée Nationale, Journal des débats et des décrets*, nos 55-57. (R096)

（27）些細な例を示せば、ほとんどの議事録が無視しているGlezen（32）の発言をとりあげ、意見のまとめ役としての働きを評価しているところなどがそうである。《M.Glezen récapitule les divers avis, et les concilie》(*ibid.*, n° 55, p. 7).

（28）*Journal général de France*, nos 121-122, p. 497-504. (R201)

（29）*Le Novelliste universel ou Analyse raisonnée de toutes les feuilles périodiques, et autres ouvrages relatifs aux affaires du temps*, n° XXIV, p. 1-24. (R134)

（30）*Journal des décrets de l'Assemblée Nationale, pour les habitants des campagnes, et de Correspondance entre les municipalités des villes et des campagnes du royaume*, n° 1, p. 210-224. (R097)

（31）*Assemblée Nationale, Séance et suite des nouvelles de Versailles*, du 5 au 7 octobre 1789 (trois numéros). (R181)

（32）*Ibid.*, du 5 octobre, p. 7.

（33）*Gazette de Paris, ouvrage consacré au patriotisme, à l'histoire, à la politique et aux beaux-arts*, nos VII et VIII, p. 57-80. (R076)

（34）*Ibid.*, p. 61.

（35）*Journal historique et politique de Genève*, du samedi 17 octobre 1789, p. 169-240. (R196)

（36）《Ces dernières paroles excitèrent de grandes rumeurs: plusieurs Députés, blessés, dénoncèrent formellement l'opinant, comme coupable envers l'Assemblée, et demandèrent qu'il fût rappelé à l'ordre. Quelques voix récriminèrent, en accusant les préopinants d'avoir manqué plus violemment encore à Sa Majesté》(*ibid.*, p. 185).

（37） Rivarol: *Journal politique national*, Présentation par Willy de Spens, Collection Alphée, Editions du Rocher, 1989.

（38） 注（17）を参照のこと。

（39） 票決の結果採択されたのはMirabeau 案だが、修正動議が相次いで可決され、最後はむしろBarère 案に近いデクレとなった。

（40） *Courier national*, n°s 108-110. (R050)

（41） *L'Ami du peuple ou Le Publiciste Parisien, journal politique, libre et impartial, par une société de patriotes*, n°. XXVII, p. 227-234. (R157)

（42） *Ibid.*, p. 231.

（43） ルイ一六世は憲法の最初の一九条を裁可したにすぎない。

第三章　一七七八年　二つの死

（1） Voir: Claude Manceron, *Les Hommes de la liberté*, Robert Laffont, t.I, 1972, p. 579-611.

（2） この娘がのちのスタール夫人である。

（3） P・ガクソット『フランス人の歴史』三、内海利朗・林田遼右訳、みすず書房、一九七五年、五九〇頁。

（4） Michel Denis et Noël Blayau, *Le XVIIIe siècle*, Armand Colin, 1970, p. 239.

（5） Jacques Madaule, *Histoire de France*, Gallimard, Collection Idées, t.II, 1966, p. 152.

（6） Michel Denis et Noël Blayau, *op. cit.*, p. 240-241.
（7） Gustave Desnoiresterres, *Voltaire et la société au XVIIIe siècle*, Genève, Slatkine Reprints, t.VIII, 1876, p. 278.
（8） Lettre au marquis de Florian, Voltaire, *Correspondence and related documents*, definitive edition by Theodore Besterman, The Voltaire Foundation, t. XLV, D21101. 以後VCと略し、巻数と手紙の通し番号のみを記す。
（9） Manceron, *op. cit.*, p. 396 et suiv., p. 601-602.
（10） Madaule, *op. cit.*, p. 147.
（11） Louis-Sébastien Mercier, *L'Homme sauvage*, in *Utopies au siècle des lumières*, Microéditions Hachette, 1972.
（12） E・S・モーガン『合衆国の誕生』三崎敬之訳、南雲堂、一九七六年、八九—九〇頁。
（13） René Pomeau, *Beaumarchais*, Hatier, 1962, p. 61-65.
（14） サムエル・モリソン『アメリカの歴史』一、西川正身翻訳監修、集英社、一九七〇年、三四三—三六六頁。
（15） *Lettres philosophiques*, dans *Mélanges*, Gallimard, Bibliothèque de la Pléiade, 1961, p. 4-5.
（16） *Ibid.*, p. 10-14.
（17） Lettre au marquis de Florian, VC, t.XLV, D21101.
（18） Jacques Godechot, *Les Révolutions (1770-1799)*, Presses Universitaires de France, 1963, p. 81-93.
（19） *Ibid.*, p. 103-105.
（20） R. R. Palmer, *The Age of Democratic Revolution*, vol. 1, Princeton University Press, t.I, 1969, p. 244.
（21） Jean Servier, *Histoire de l'utopie*, Gallimard, Collection Idées, 1967, p. 201-204. なお、フランスの哲学者によるアメリカ革命の総括の一例として、一七八六年のコンドルセの論文がある。Condorcet, *De l'influence de la*

révolution d'Amérique sur l'Europe, dans *Œuvres*, nouvelle impression en facsimilé de l'édition de Paris, 1847-1849, Frommann, t.VIII, p. 1-113.

（22）一八世紀の空想小説は、そのあまりに荒唐無稽なユートピア性のため、現実的なプログラムを掲げている啓蒙哲学者から黙殺される場合が多かったのである。

（23）制作の順序から考えれば、『アガトクル』が最後の悲劇ということになるが、作者自身が完成された作品とみなしていないので小論ではとりあげないことにする。『アガトクル』は一七七九年五月三一日、ヴォルテールの一周忌に初演されている。

（24）ダルジャンタル伯宛ての手紙を読むと、一七七六年末には一応の目途がつくが（VC, t.XIV, D20471）、七七年二月になると『イレーヌ』を中断して『アガトクル』に専念し（*ibid.*, D20550）、同年一〇月には今度は『アガトクル』に愛想をつかして『イレーヌ』のパリ上演を真剣に考えている（*ibid.*, t.XLV, D20856）。

（25）Lettre à Condorcet (12 janvier 1778), *ibid.*, D20979.

（26）Lettre au comte d'Argental (14 janvier 1778), *ibid.*, D20985.『イレーヌ』の台本に不満で、ヴォルテールの自尊心を傷つけないように配慮をめぐらせながら、手直しさせるのに苦労したのは、脚本検閲の任にあるスュアールであった。Voir: L. A. Boiteux, 《Voltaire et le ménage Suard》, SVEC, vol. I, 1955, p. 106.

（27）二月一四日のことである。

（28）Bachaumont, *Mémoires secrets pour servir à l'histoire de la République des lettres en France, depuis MDCCLXII jusqu'à nos jours*, t.XI, 1780, p. 113.

（29）*Ibid.* また、VC, t.XLV, D21086に手直しの実例がある。

（30）Gustave Desnoiresterres, *op. cit.*, t.VIII, p. 260 et suiv.

（31）VC, t.XLV, D21099 et D21141. なお、バショーモンにこれに関する記述がある。Bachaumont *op. cit.*, t.XI, p.

153.

(32) Manceron, *op. cit.*, t.I, p. 598.

(33) Métra, *Correspondance secrète politique et littéraire*, t.VI, p. 140-142, Slatkine Reprints, Genève, 1967; Grimm, *Correspondance littéraire*, éd. Tourneux, t. XII, p. 68-73.

(34) Métra, *op. cit.*, t. VI, p. 116.『文藝通信』は上演の模様のみ報じて作品には一切触れていない。Grimm, *op. cit.*, t. XII, p. 67-68. 正面きって『イレーヌ』を批判したのはバショーモンの『秘録』である。Bachaumont *op. cit.*, t. XI, p. 156-157. 同時代人による『イレーヌ』評としては、あとパリソの苦しい賛辞を挙げておこう。Palissot, *Œuvres complètes*, 1809, t. VI, p. 168-170. 以降POCと略記。

(35) メトラによると、終幕でヒロインは自殺せず、アレクシスとめでたく結ばれることになる。Métra, *op. cit.*, t. VI, p. 606.

(36)『イレーヌ』は最初三幕という構成だったが、メルシェの芝居に似ては困るというので五幕に変更された（VC, t. XLV, D20471）。またイレーヌの父の名がバジルからレオンスに変わるのは、ボーマルシェの『セヴィリアの理髪師』を意識してのことである（*Ibid.*, D20856）。

(37) Voltaire, *Œuvres complètes*, 1877-85, Ed. Louis Moland, *et al.*, Paris, Garnier Frères, II, p. 325-335. 以後、VOCと略記する。

(38) *Ibid.*, p. 329.

(39) *Ibid.*, p. 333-334.

(40) Theodore Besterman,《Voltaire's directions to the actors in *Irène*》, SVEC, vol. XII, 1960, p. 67-69.

(41) VOC, t. VIII, p. 367-368.

(42) Besterman, art. cité, p. 68.

（43） *Correspondance littéraire*, t. XII, p. 49.

（44） Félix Gaiffe, *Le Drame en France au XVIIIe siècle*, Armand Colin, 1970, p. 25 et suiv. et p. 401.

（45） 遠因を求めるとすれば、一七七一年におけるディドロの『私生児』初演の失敗にまで遡ることができよう。

（46） Gaiffe, *op. cit.*, p. 186-193.

（47） *Ibid.*, p. 202. 傍点原文。

（48） La Harpe, Epitre dédicatoire des *Barmécides*, dans *Œuvres*, Slatkine Reprints, t. II, 1968, p. 119-120. 以後LHOと略記。

（49） VC, t. XLV, D20986.

（50） Bachaumont, *op. cit.*, t. XI, p. 130.

（51） Métra, *op. cit.*, t. VI, p. 120-123 et p. 143-144. ラ・アルプは師の『イレーヌ』に批判的であり（LHO, t. XI, p. 27）、一方自作には絶対の自信があった。バショーモンは、一月二五日の朗読会が大成功だったと報じている（Bachaumont, *op. cit.*, t. XI, p. 76）。

（52） とりわけメトラはラ・アルプを「高名な批評家」と呼び、『秘密通信』の随所で毒舌を浴びせている。

（53） Métra, *op. cit.*, t. VI, p. 278.

（54） *Ibid.*, p. 316. Grimm, *op. cit.*, t. XII, p. 122 et suiv.

（55） ラ・アルプに点のからいメトラは、ルソーの心酔者であった。Diderot, CORR., t. XV, 1970, p. 105, note 10.

（56） メトラは酷評し（*Correspondance secrète*, t. VI, p. 323-329 et p. 346-347）、『文藝通信』は中立の立場をとる（*Correspondance littéraire*, t. XII, p. 122 et suiv.）。

（57） LHO, t. XI, p. 62-63. Grimm, *op. cit.*, t. XII, p. 166-467.

（58） まず『ヴォルテール頌』（Eloge de Voltaire, LHO, t. IV, p. 321-409）が、ついで翌年、ヴォルテールの『ズュ

ルミーヌ』批判について序文で弁解している「ヴォルテールの霊に」（*Aux mânes de Voltaire*, *ibid.*, t. III, p. 362-380）が書かれる。

(59) *Ibid.*, t. XI, p. 62-63.

(60) René Pomeau, *Beaumarchais*, Hatier, 1962, p. 69-71.

(61) ヴォルテールは一七七八年一月から、パンクックより送られた自作の旧版に手を加え始めている。

(62) Pomeau, *op. cit.*, p. 66-69.

(63) 当初の標題は『狂おしき一日』（*Folle Journée*）だった。

(64) Jean Ehrard, 《La Société du *Mariage du Figaro*》, in *Approches des Lumières*, Mélanges offerts à Jean Fabre, Klincksieck, 1974, p. 169-189.

(65) Roland Mousnier, *Société francaise de 1770 à 1789*, Centre de documentation universitaire, 1970, p. 2.

(66) モーツァルトは一七六三—六四年、一七六六年と、二度パリにきている。

(67) Jean et Brigitte Massin, *Wolfgang Amadeus Mozart*, Fayard, 1970, p. 229-274. Manceron, *op. cit.*, t. II, p. 23-27.

(68) ノルベール・デュフルク『フランス音楽史』遠山一行・平島正郎・戸口幸策訳、白水社、一九七二年、三三三—三三五頁。Manceron, *op. cit.*, t. I, p. 455-459. Métra, *op. cit.*, t. VI, p. 9 et p. 50-51.

(69) モーツァルトをパリで世話したのがグリムである以上、ディドロがモーツァルトに会った可能性は大きい。Diderot, CORR., t. XV, 1970, p. 87.

(70) Jacques Proust, 《Beaumarchais et Mozart: une mise au point》, *Studi Francesi*, 46, 1972, p. 34-45.

(71) Métra, *op. cit.*, t. VI, p. 209-210.

(72) そのラ・アルプにしても、劇場とのトラブルには悩まされ続けていた。Voir: Christopher Told, 《La Harpe

Quarrels with the Actors: Unpublished Correspondence》, SVEC, vol. LIII, 1967, p. 223-337.

(73) J.-P. Belin, *Le Mouvement philosophique de 1748 à 1789,* Burt Franklin, 1913, p. 306-312.

(74) Métra, *op. cit.*, t. VI, p. 209.

(75) Belin, *op. cit.*, p. 313-314.

(76) Métra, *op. cit.*, t. VI, p. 53.

(77) Bachaumont, *op. cit.*, t. XIV, p. 150-151.

(78) Claude Bellanger（sous la direction de）, *Histoire générale de la presse francaise*, Presses Universitaires de France, t. I, 1969, p. 159-162.

(79) *Ibid.*, p. 206.

(80) Métra, *op. cit.*, t. VI, p. 224-225 et p. 308.

(81) Bellanger *op. cit.*, t. I, 1971, p. 243.

(82) 小論で使用するテクストは不完全な流布版で、メトラのオリジナルの抜粋と『ヴェルサイユ公報』の記事を抱きあわせにした『秘密通信』（ロンドン、一七八七—九〇年）である。現在、メトラ『秘密通信』の完全な版本はなく、ストックホルム王立図書館、ミュンヘンのバイエルン州立図書館、パリの国立図書館などに散逸している。Voir: *Dictionnaire des journalistes (1600-1789)*, Presses Universitaires de Grenoble, 1976, p. 276.

(83) Robert S. Tate, Jr.,《Petit de Bachaumont: his Cercle and the *Mémoires secrets*》, SVEC, vol. LXV, 1968, p. 164-167.

(84) VC, t. XLV, D21094.

(85) *Ibid.*, D21160.

(86) *Ibid.*, D21095.

(87) François Moureau (sous la direction de), *Dictionnaire des lettres françaises: XVIIIe siècle*, Fayard, 1960, p. 58. この人物は以前にも「原始言語」に関してヴォルテールに手紙を書いたことがある。Voir: VC, t. XXXIX, D17867.
(88) *La Bible enfin expliquée par plusieurs aumôniers*, VOC, t. XXVIII, p. 4.
(89) Desnoiresterres, *op. cit.*, p. 332-333.
(90) VC, t. XLV, D21174.
(91) *Ibid.*, D21181.
(92) *Ibid.*, D21181, note 4.
(93) E・カッシーラー『啓蒙主義の哲学』中野好之訳、紀伊國屋書店、一九六二年、三六六頁。
(94) ジュネーヴ（一七七七年）、ローザンヌとベルヌ（一七七七—七九年）、イヴェルドン（一七七八—八〇年）。
(95) Diderot, CORR., t. XV, 1970, p. 228.
(96) この刊行は一八三二年に一九四巻で完了する。現在、慶應義塾大学三田図書館貴重書室に全巻が所蔵されている。
(97) 一カ月で三〇〇〇人を数えたという。
(98) Belin, *op. cit.*, p. 332.
(99) ダランベールの没年は一七八三年。
(100) Métra, *op. cit.*, t. IV, p. 143-145.
(101) Belin, *op. cit.*, p. 333-334.
(102) とりわけ第二巻「道徳の実践」。
(103) Condillac, *La Logique*, dans *Œuvres philosophiques*, éd. Georges Le Roy, Presses Universitaires de France, t.

II, 1948, p. 398-400.

(104) VC, t. XLV, D21138.

(105) 第四幕第六場、アレクシスの台辞。

(106) Theodore Besterman, *Voltaire*, Basil Blackwell, 1976, p. 319-345.

(107) Ronald Grimsley, *Jean d'Alembert, 1717-83*, Clarendon Press, 1963, p. 157-172.

(108) D'Alembert, *Essai sur la société des gens de lettres et des grands*, dans *Œuvres complètes*, Réimpression de l'édition de Paris, t. IV, 1821-1822, p. 362 et suiv.

(109) Werner Krauss, *Est-il utile de tromper le peuple?*, Akademie-Verlag, Berlin, 1966.

(110) *Ibid.*, p. 19.

(111) *Ibid.*, p. 66-87.

(112) コンドルセの世代を契機とする「哲学者」概念の変貌については、以下の論考が説得的である。Charles G. Stricklen, Jr,《The *Philosophe's* Political Mission ; the Creation of an Idea, 1750-1789》, SVEC, t. LXXXVI, 1971, p. 137-228.

(113) Jean Robinet, *Condorcet, sa vie, son œuvre, 1743-94*, Slatkine Reprints, 1969, p. 65-66.

(114) Condorcet, *Fragments sur la liberté de la presse* (1776), dans *Œuvres*, Nouvelle impression en facsimilé de l'édition de Paris 1847-1849, Stuttgart-Bad Cannstatt 1968, Friedrich Frommann Verlag (Günther Holzboog), t. XI, p. 253-359.

(115) Diderot, *Sur la liberté de la presse*, éd. Jacques Proust, Editions Sociales, 1964.

(116) Condorcet, *op. cit.*, t. XI, p. 258-259.

(117) Diderot, CORR., t. XV, 1970, p. 97-100.

(118) VC, t. XLV, D21058.
(119) パリソはフェルネーにまで足を運んだこともある。
(120) VC, t. XLV, D21059.
(121) *Ibid.*, D21165の注を参照のこと。
(122) パリソは『ヴォルテール頌』をヴォルテールの死以前に準備していたらしい。*Ibid.*, note 1.
(123) 一七六〇年の『哲学者』上演の一件でパリソを叱責する時でも、ヴォルテールの語調は驚くほどやわらかい。*Ibid.*, t. XXI, D8958 et D9005.
(124) パリソの父はショワズルの顧問弁護士だった。
(125) C. F. Zeek,《Palissot and Voltaire》, *Modern Language Quarterly*, vol. 10(4), 1949, p. 429-437.
(126) パリソがヴォルテールの死の直前、ヴィレット侯爵に宛てて書いた手紙が、二人の捉えにくい関係をよく表す好資料と言える。POC, t. VI, 1809, p. 433-434.
(127) *Ibid.*, t. III, p. 476-477.
(128) *Ibid.*, VI, p. 34 et 36.
(129) *Ibid.*, p. 45-46.
(130) *Ibid.*, t. V, p. 427-437. もっとも『覚書』は一八〇三年に大幅に手を加えられている。
(131) *Ibid.*, t. VI, p. 399-428.
(132) Bachaumont, *op. cit.*, t. XI, p. 215. Grimm, *op. cit.*, t.XII, p. 121.
(133) POC, t. VI, p. 430-431.
(134) *Ibid.*, p. 432.
(135) *Histoire générale de la presse française*, *op. cit.*, t. 1, p. 273-274. Métra, *op. cit.*, t. VI, p. 198.

(136) POC, t. III, p. 378-380.

(137) *L' Année littéraire*, t. IV, 1757, p. 145-173 et 289-300. 以後AL と略記。

(138) POC, t. I, p. 282-316.

(139) AL, t. IV, 1760, p. 217-240.

(140) Jean Balcou, *Fréron contre les Philosophes*, Genève, Droz, 1975, p. 197.

(141) AL, t. VIII, 1762, p. 241-255.

(142) この長篇詩の第三行目からフレロンの名前が見られる。POC, t. II, p. 321.

(143) *Histoire générale de la presse française*, *op. cit.*, t. 1, p. 263-264.

(144) たとえば、一七七六年のヴォルテール攻撃。AL, t. VII, 1776, p. 350.

(145) スタニスラスはグロズィエ師を残してあとの仲間を整理する。Balcou, *op. cit.*, p. 456-457.

(146) たとえば、一七七九年にディドロの『セネカ論』初版とビュフォンの『自然の諸時期』を酷評するのはロワイユーである。

(147) 注（76）を参照のこと。

(148) AL, t. VII, 1778, p. 306. 傍点原文。

(149) 七八年の年始の挨拶がわりに掲載されている批評論「アリストテレスからフレロンまでの批評史」が重要である。*Ibid.*, t. I, p. 3-33.

(150) 『バルメシッド一族』（t. VI, p. 3-42）、『著作集』（t. VI, p. 145-174 et 289-322; t. VII, p. 217-245）。

(151) 『ソフォクレスの勝利』（t. III, p. 328-342）、『ヴォルテール頌』（t. VII, p. 217-245）。

(152) *Ibid.*, t. I, p. 210-214.

(153) *Ibid.*, t. III, p. 289-327; t. IV, p. 73-112.

(154) *Ibid.*, t. II, p. 217-261.

(155) ヴォルテールの名前が見られるのは、彼の『ついに解明された聖書』にたいするデュコンタン・ド・ラ・モット師の反論『解明された創世記』の書評においてである。*Ibid.*, t. VI, p. 200-217.

(156) *Ibid.*, t. V, p. 289-324; t. VI, p. 323-356.

(157) *Ibid.*, t. I, p. 260-282.

(158) この略述にあたっては以下の文献を参照した。Louis J. Courtois, 《Chronologie critique de la vie et des œuvres de Jean-Jacques Rousseau》, *Annales de la Société J.-J. Rousseau*, t. XV, p. 230-240. 《Chronologie de J.-J. Rousseau》 in *Œuvres complètes de Jean-Jacques Rousseau*（以後ROCと略記）, Gallimard, Bibliothèque de la Pléiade, t. I, 1959, p. cxv-cxviii. Lester G. Crocker, *Jean-Jacques Rousseau, the Prophetic Voice (1758-1778)*, The Macmillan Company, 1974.

(159) Métra, *op. cit.*, t. VI, p. 34.

(160) 当時は『告白』をこう呼んでいた。

(161) Métra, *op. cit.*, t. VI, p. 216-217.

(162) *Ibid.*, p. 314-315.

(163) *Ibid.*, t. VI, p. 337-338. マルモンテルの『回想録』にも両者の比較があり、ルソー評価をめぐってマルモンテル夫妻の意見がわかれている。Marmontel, *Mémoires*, éd. M. Tourneux, t. III, 1891, p. 23-32.

(164) Métra, *op. cit.*, t. VI, p. 380-382.

(165) バショーモンはすでにこの世の人ではなく、実際の編集はピダンサ・ド・メロベール。

(166) Bachaumont, *op. cit.*, t. XII, p. 25-26.

(167) *Ibid.*, p. 33.

(168) *Ibid.*, p. 36.
(169) *Ibid.*, p. 46.
(170) *Ibid.*, p. 46-47.
(171) *Ibid.*, p. 55-56.
(172) *Ibid.*, p. 59.
(173) ヴァルロの記述によるが、いずれも未証。Diderot, CORR., t. XV, 1970, p. 97.
(174) Grimm, *op. cit.*, t. XII, p. 138-143.
(175) *Ibid.*, p. 130-132.
(176) ROC, t. IV, p. 589-590. 平岡昇氏の訳文を借用する（ジャン＝ジャック・ルソー『エミール』世界の大思想第二〇巻、河出書房新社、一九七二年、三〇八頁）。
(177) 中川久定「ジャン＝ジャック・ルソーの基本的問題——『対話』の読解を通して」『思想』一九七七年八月、九月、一一月号。
(178) 中川久定「至福の意識と魂の肉体からの離脱の感覚」『現代思想』青土社、一九七四年五月号、一六一—一六五頁。
(179) とはいえここで「擬態」というとき、それはルソーの意識内部で十分に自覚された行為を少しも意味しない。むしろ、エドガール・モランがパスカルについて述べたような、科学的合理主義による死の観念の撃退にたいする逆流としての「不死性への願望」の現れとみなすべきだろう（エドガール・モラン『人間と死』吉田幸男訳、法政大学出版局、一九七四年、二九六頁）。
(180) ジャン・スタロバンスキー『J・J・ルソー透明と障害』松本勤訳、思索社、一九七三年、四二六頁。
(181) ROC, t. I, p. 1065. 今野一雄氏の訳文を借用する（ルソー『孤独な散歩者の夢想』岩波文庫、一九六〇年、一一四頁)。

(182) Lettre à Madame de Corancez, n° 4138, dans *Correspondance générale, de J. - J. Rousseau*, éd. Dufour, Arman Colin, t. XX, p. 331-332.

(183) スタロバンスキー、前掲書、四二七頁。

(184) ROC, t. IV, p. 1149-1195.

(185) *Ibid.*, p. 1199-1247.

(186) *Ibid.*, p. 1249-1256.

(187) *Ibid.*, p. 1209.

(188) *Ibid.*, p. 1196-1197.

(189) *Ibid.*, t. I, p. 1073. 前掲書、今野一雄訳、一二五頁。

(190) スタロバンスキー、前掲書、四三〇頁。

(191) 『モーツァルトの手紙』吉田秀和編訳、講談社、一九七四年、一二七頁。

(192) 同書、一二四頁。

(193) ヴォルテールはパリ到着の翌日にはもうトロンシャンに手紙を書いている。VC, t. XLV, D21032.

(194) ル・カンは『イレーヌ』出演を断ってヴォルテールをがっかりさせたが、ヴォルテールはまだ望みを捨てていなかった。メトラ（*Correspondance secrète*, t. VI, p. 31-33）とメーステール（*Correspondance littéraire*, t. XII, p. 50-55）がヴォルテールの到着とル・カンの死を並べて報じているのも象徴的である。

(195) 四月にフェルネーに帰還する話がもちあがるが、姪のドニ夫人はパリに館を建てることをヴォルテールに勧めて、この計画をこわしてしまう。

(196) VC, t. XLV, D21069.

(197) *Ibid.*, D21044.
(198) *Ibid.*, D21125 et D21182.
(199) *Ibid.*, D21066.
(200) *Ibid.*, D21070.
(201) *Ibid.*, D21081.
(202) René Pomeau, *La Religion de Voltaire*, Nizet, 1956, p. 453.
(203) René Pomeau, 《La Confession et la mort de Voltaire d'après des documents inédits》, *Revue d'Histoire littéraire de la France*, vol. 55(3), 1955, p. 302.
(204) *Ibid.*, p. 304.
(205) VC, t. XLV, D21208.
(206) *Ibid.*, D21221.
(207) Pomeau, art. cité, p. 311.
(208) VC, t. XLV, D21162.
(209) たとえばジャン・オリューの著作。Jean Orieux, *Voltaire ou la royauté de l'esprit*, Flammarion, 1966.
(210) Pomeau, *La Religion*…, p. 457.
(211) VC, t. XLV, D21182.
(212) ヴォルテールの死をめぐる論策としてはルネ・ポモーの論文以前ではギュスターヴ・デノワルテールの著作が信用できる。Gustave Desnoiresterres, *op. cit.*, III: *Retour et mort de Voltaire*.
(213) VC, t. XLV, D21209.
(214) *Ibid.*, D21220.

(215) 一説では、ヴォルテールは二人の聖職者を前にしてイエスの神性を否定したという。Pomeau, *La Religion*…, p. 454.

(216) 《De la doctrine des théistes》, dans *Profession de foi des théistes*, VOC, t. XXVII, p. 68-70. 中川久定の論文にこの作品の要約と分析がある。「ジャン=ジャック・ルソーの基本的問題」下、『思想』一九七七年一一月号、一二四—一二五頁。

(217) VOC, t. XXVII, p.56.

(218) Pomeau, *La Religion*…, p. 398-406.

(219) *De l'âme*, VOC, t. XXIX, p. 336.

(220) とりわけ、VOC, t. XXVIII, p. 243-245.

(221) Jerry L. Curtis, 《La Providence: vicissitudes du dieu Voltairien》, SVEC, vol. CXVIII, 1974, p. 101.

(222) *Tout en Dieu*, VOC, t. XXVIII, p. 101.

(223) Voltaire《*De la vieillesse et de la mort*》, dans J. Roger, *Un Autre Buffon*, Hermann, 1977, p. 109-111. このビュフォンおよび百科全書派の「死」の観念については、市川慎一氏の論文がある。「百科全書派における死の観念」『現代思想』青土社、一九七六年一一月号、一三七—一四一頁。

(224) D'Holbach, *La Morale universelle ou les devoirs de l'homme fondés sur la nature*, 1776, Troisième Partie, p. 225-240.

(225) シモーヌ・ド・ボーヴォワール『老い』下巻、朝吹三吉訳、人文書院、一九七二年、四七八頁。

(226) Voltaire, *Prix de la justice et de l'humanité*, VOC, t. XXX, p. 583-584. この作品の現代日本における対応物を求めるとすれば、日本弁護士連合会編『監獄と人権』（日本評論社、一九七七年）が挙げられよう。

(227) Michel Denis et Noël Blayau, *op. cit.*, p. 235.

（228） Arlette Farge, *Le Vol d'aliments à Paris au XVIIIe siècle*, Plon, 1974, p. 88.
（229） Pierre Deyon, *Le Temps des prisons*, Université de Lille III, Editions Universitaires, 1975, p. 73.
（230） ユベール・メティヴィエ『アンシアン・レジーム——フランス絶対主義の政治と社会』井上尭裕訳、白水社、文庫クセジュ、一九六五年、一二八頁。
（231） Gilbert Lely, *Vie du marquis de Sade*, J-J. Pauvert, 1965, p. 193.
（232） *Ibid.*, p. 278-283.
（233） ミシェル・フーコー『狂気の歴史——古典主義時代における』田村俶訳、新潮社、一九七五年、三八五頁。
（234） メーステール『文藝通信』は酷評している。*Correspondance littéraire*, t. XI, p. 497.
（235） Laclos, *Œuvres complètes*, Gallimard, Bibliothèque de la Pléiade, 1951, p. 483-486.
（236） Françoise Laugaa-Traut, *Lectures de Sade*, Armand. Colin, 1973, p. 85.
（237） Restif de la Bretonne, *La Vie de mon père*, éd. G. Rouger, Garnier, 1970. この小説は『文藝通信』の酷評（t. XII, p. 174-175）にもかかわらず成功をおさめ、翌年再版を出している。
（238） Marc Chadourne, *Restif de la Bretonne ou le siècle prophétique*, Hachette, 1958, p. 198.
（239） ディドロにおける「父」のイメージについては次の論文がある。Roger Lewinter, 《L'Exaltation de la vertu dans le théâtre de Diderot》, *Diderot Studies*, VIII, 1966, p. 164-169.
（240） レティフの父は一六九二年生まれ、一七六四年没。
（241） Voir: Diderot, CORR., t. XV, 1970, p. 40-41.
（242） ヴァルロはこの沈黙を、ディドロが当時進めていた著作集の刊行準備と結びつけて解釈しているが、ただしあくまで「仮定」にすぎないと断っている。*Ibid.*, p. 97-98.
（243） *Ibid.*, p. 98.

(244) この著作については中川久定の学位論文がきわめて重要な業績である。「ディドロの『セネカ論』——初版と第二版とに表現された著者の意識の構造にかんする考察」『京都大学文学部研究紀要』上、一九七三年三月、四五—一八五頁、下、一九七五年三月、一一一—三五五頁。

(245) 中川久定、同論文上、一六五頁、注（2）。Diderot, CORR., t. XV, p. 87-89.

(246) Diderot, *Essai sur Sénèque*, éd. Hisayasu Nakagawa, Tokyo, Librairie Takeuchi, 1966, t. II, 1966, p. 98.

(247) Diderot, *Le Neveu de Rameau*, éd. Jean Fabre, Genève, Droz, 1950, p. 9-14.

(248) 中川久定、前掲論文上、一六六頁。

(249) Bachaumont, *op. cit.*, XII, p. 48.

(250) Diderot, *Essai sur Sénèque...*, t. I, p. 84.

(251) 中川久定、前掲論文上、第二部「『セネカ論』初版の意識の構造」。

(252) Diderot, CORR., t. XV, p. 119.

(253) *Ibid.*, p. 126.

(254) Diderot et Falconet, *Le Pour et le contre*, éd. Yves Benot, Les Editeurs Français Réunis, 1958, p. 55.

(255) Jean Starobinski, 1789: *les emblèmes de la raison*, Flammarion, 1979.

第四章　「頭出し」から映画『メッセージ』、そしてディドロへ

(1)『近現代美術——木村定三コレクション』愛知県美術館、二〇〇八年。

(2) テッド・チャン「あなたの人生の物語」公手成幸訳、『あなたの人生の物語』朝倉久志ほか訳、ハヤカワ文庫、二〇〇三年。

(3) 同書、一八六頁。
(4) 同書、二〇六頁。
(5) 同書、二四四頁。
(6) 同書、二五六頁。
(7) 同書、二四八―二四九頁。
(8) 同書、二五二頁。
(9) 「ディドロとファルコネの往復書簡（抄）」中川久定訳、『ディドロ著作集』第四巻『美学・美術』鷲見洋一・井田尚監修、法政大学出版局、二〇一三年、一〇五―一〇六頁。
(10) 同書、一〇七頁。
(11) ディドロがお好みの「調べ」は「優しい歌」であった。ハープの達人オゲンスキ伯爵の演奏に触れて、絶讃しながらも不満を述べている。「つまり、おそらく、オゲンスキ伯爵は、若く、おどけ者で、ふざけたところがあり、優しく心にしみるような歌への趣味をまだ持ちあわせていないのでしょう。残念ながら、そうした歌だけが私を感動させ、揺さぶり、我を忘れさせてくれるのです」（CORR., t.III, p. 40）。
(12) Diderot et Falconet, *Le Pour et le contre*, éd. Yves Benot, Les Editeurs Français Réunis, 1958, p. 66. なお、この「ボエニエ」なる人物について、校訂者のイヴ・ベノは、そういう名前の人物は当時芸術家にはおらず、わずかに経済学者がいるだけなので、「ノートル＝ダム」寺院とかかわりなどあろうはずもない。おそらくは、ディドロの娘婿のヴァンドゥルが写稿作成に際してディドロの筆跡を読み違えたか、勘違いするかして書きつけた名前であろうと推測している。Voir *ibid*., p. 252, note 46.
(13) 哲学者のコラス・デュフロが「後世と時間哲学に関する議論」と題する小論で展開している主張は、現在の私の考えにかなり近いものである。Colas Duflo, 《Le débat sur la postérité et la philosophie du temps》, in

Stéphane Lojkine, Adrien Paschoud et Barbara Selmeci Castioni (sous la direction de), *Diderot et le temps*, Presses Universitaires de Provence, 2016, p. 291-300. ただし、デュフロの論文はもっぱらディドロ全集本に収録されたファルコネ宛て書翰だけに資料を限定して、ディドロの時間哲学を狭く論じているため、私がここで試みているような多分野、多領域への拡大や飛躍をみずからに禁じてしまっている憾みがある。

(14) 前掲「ディドロとファルコネの往復書簡（抄）」一〇七頁。

(15) Lettre VII [février 1766], DPV, t.XV, p. 50.

(16) Denis Diderot, *Le Neveu de Rameau*, DPV, XII, 1989, p. 69-70.

(17) CORR., t.III, p. 309. 編集者ロトによって「一七六一年九月一八日ないし一九日」と推定されている。ディドロの『一七六一年のサロン』の最初の書き出しである。ディドロの『サロン』連作は奇数年にルーヴル宮で開催される官展の批評を、友人グリムが刊行している『文藝通信』誌にグリム宛ての書翰という形で掲載したものである。したがって、グリムへの親しげな呼びかけを含む最初の数行だけは、書翰全集に収録されている。

(18) Denis Diderot, *De l'interprétation de la nature*, DPV, t.IX, p. 27.

(19) 「リチャードソン頌」鷲見洋一訳、前掲書『ディドロ著作集』第四巻、六五―六六頁。

(20) Denis Diderot, *Lettre sur les sourds et muets*, DPV, t.IV, p. 161-162. 最後の引用はラシーヌ『フェードル』第五幕第六場の有名な「テラメーヌの語り」から。渡辺守章訳、岩波文庫、一九九三年、二五四頁より引用した。王子イポリットの悲惨な死を古典悲劇としてはぎりぎりの限界を越えて、生々しく描き出した箇所。

(21) リヒャルト・ワーグナー『ラインの黄金――舞台祝祭劇『ニーベルングの指環』序夜』（三光長治ほか編訳、白水社、一九九二年、七頁）。なお、ここで活躍するホルンという管楽器にとって、変ホ長調はもっとも演奏しやすい調性であることも見逃せない。ワーグナーがお手本にしたというベートーヴェンにしても、たとえば交響曲第三番《エロイカ》は変ホ長調で書かれており、第一楽章の冒頭は、この調の主和音がトゥッティで二回鳴らされてから低音弦に出てくる第一主題は、まさしくその主和音の三つの音を転回しているだけの単純なモティーフである。「メロディー作家」モーツァルトにも、変ホ長調で書かれた交響曲がある。《第三九番》である。やはり第一楽章の冒頭だが、長い序奏が付いており、そこではある種カオスのような音の試行錯誤が続いて、ようやく主部が始まると、ベートーヴェンの《エロイカ》と同じく、変ホ長調主和音を転回しただけの単純なメロディーが鳴り響くのである。ベートーヴェンにせよ、モーツァルトにせよ、すくなくともこの二曲では、ワーグナーの《ライン》を先取りするかのように、「世界の創造」プロセスをなぞって見せてくれているのだ。

(22) ディドロ『ある哲学者の書類入れからこぼれおちた政治的断章』王寺賢太訳、『思想』第一〇七六号、二〇一三年一二月号、八四頁。

(23) まったく的はずれな、それこそ「ディドロ的」連想だが、若手に手を差し伸べるスタロバンスキーを思い浮かべるとき、五味康佑の名作『二人の武蔵』のある場面を思い出す。山道で若き岡本武蔵が大雨に襲われる。とある掘っ建て小屋に避難すると、そこに老人の先客がいて、二人して黙然と軒先を眺め、滴り落ちる水滴を見つめている。ふと、老人が言う。「おぬし、あの水滴が落ちる間に何回切れるかな」。むろん、心のなかで切るのである。武蔵は三回切った。老人は感嘆して、「ほう、たいしたもんじゃ」。そして付け加える。「本当はな、こうするのじゃ」。次の瞬間、相次いで落ちる雨だれは、すべて一陣の突風を食らったように吹き飛んだのである。老人の正体は剣豪伊藤一刀斎であった。

(24) ジャン・スタロバンスキー『作用と反作用——ある概念の生涯と冒険』井田尚訳、法政大学出版局、二〇〇四年、四六頁。

(25) 同書、四九頁。

(26) 同書、五一頁。

(27) 同書、五三—五四頁。

(28) 同書、五五―六二頁。
(29) 同書、六三―六九頁。
(30) 同書、六九―七四頁。
(31) 同書、七四―七九頁。
(32) 同書、七九―八三頁。
(33) スタロバンスキーと並んで、『ダランベールの夢』を中心に、ディドロの生命論、化学へのこだわり、医学の素養などを強調して、西洋科学史に特別な地位をあたえているのが、イアン・プリゴジン(一九一七―二〇〇三年)である。ほぼおなじ世代に属するこの科学者と批評家が、ディドロを論じるに際してためらわずに『ダランベールの夢』を選び、この傑作の中心に位置する生命誕生の記述を、それもほとんど同じような問題意識から論じているのが面白い。I・プリゴジン、I・スタンジェール『混沌からの秩序』伏見康二ほか訳、みすず書房、一九八七年、一二九―一三二頁。
(34) ENC., t.5, p.642a.
(35) *Ibid*., p. 642b.
(36) Radhouane Briki, *L'analogie chez Diderot*, L'Harmattan, 2016.
(37) CORR., t. XII, 1965, p. 54-55.
(38) フランセス・A・イエイツ『記憶術』玉泉八洲男監訳、水声社、一九九三年。
(39) パオロ・ロッシ『普遍の鍵』清瀬卓訳、世界幻想文学大系第四五巻、国書刊行会、一九八四年。
(40) 鷲見洋一『『百科全書』と世界図絵』岩波書店、二〇〇九年、一〇二―一一〇頁。
(41) DPV, t. V, *Encyclopédie* I, 1976, p. 110.
(42) Denis Diderot, *Mémoires pour Catherine II*, éd. P.Vernière, Garnier Fréres, 1966. この『エカテリーナ二世の

ための覚え書き』は新全集版（DPV）の第二一巻に収録が予定されながら、担当校訂者のフランス人が完全主義者であるためか、数十年来刊行の気配がなかったが、最近ゲラが出たというニュースを入手した。上梓までは時間の問題であろう。

（43） *Ibid.*, p. 262-268.

（44） この間の事情と、とりわけロシア版『百科全書』企画の挫折については以下を参照のこと。Jacques Proust, 《Diderot, l'Académie de Pétersbourg et le projet d'une *Encyclopédie russe*》, *Diderot Studies*, XII, Droz, 1969, p. 103-140.

（45） Diderot, *op. cit.*, p. 247-249.

（46） 佐々木健一『ディドロ『絵画論』の研究』中央公論美術出版、二〇一三年、七一三—七一七頁。

（47） 前出校訂版のポール・ヴェルニエールも同意見である。Diderot, *op.cit.*, p. 314, note 368.

（48） ポール・ヴェルニエールは「ラングル方言で*Regain* のこと」という注を付けている。「*Regain*」は一番草のあとに生える二番草のことであるが、ディドロの故郷の方言については未詳である。*Ibid.*, p. 314, note 369.

（49） 佐々木健一、前掲書、七一一頁。

（50） ENC., t.4, p. 270 a-b.

（51） 佐々木健一もほぼ同じことを述べている。佐々木、前掲書、七一七頁。

（52） Jacques Proust, Introduction à son édition critique de Diderot, *Quatre Contes*, Droz, 1964, p. XLII.

（53） CORR., t.3, p. 119-120.

（54） Marc Fumaroli, 《La Conversation》, in *La Diplomatie de l'esprit*. Nouvelle édition augmentée. Hermann, 1998, p. 283-320.

（55） *Ibid.*, p. 286-287.

(56) *Ibid.*, p. 300.
(57) *Ibid.*, p. 307.
(58) 佐々木、前掲書、八〇一頁、注（13）。
(59) あまたある参考文献で、もっともまとまったものは、以下の二点であろう。Arthur M. Wilson, *Diderot sa vie et son œuvre*, traduction française, Robert Laffont, 1985 (texte original, 1957, 1972), p. 505-508; Jean Fabre, 《Deux frères ennemis : Diderot et Jean-Jacques》, *Diderot Studies*, III, Droz, 1961, p. 155-213.

あとがき

前著『一八世紀　近代の臨界――ディドロとモーツァルト』（ぷねうま舎、二〇一八年）に続いて、これが二冊目になる。前著同様、これまでに書いてきた若干の論文を並べている。それも、最初のフランス留学から帰った一九七〇年代の文章まで収録されているのだ。書き下ろしもあるので、新旧とりまぜてここ四〇年余りの文章が一堂に会したことになる。ではバラバラの論文集かというと、そうではなくて、一定の主題に即して配列を考えた、これは首尾一貫した「共時性」特集なのだ。自分でも驚いたことに、半世紀近く前から「いま・ここ」「共時性」という考えに取り憑かれていたことになる。いずれは「共時性」についての論文集を出すつもりで書いていたわけではまったくないのだが、要するにあまり進歩が見られないというだけのことかもしれない。

巻頭に置かれた序論代わりの「『世界図絵』から『いま・ここ』へ」では、本書の基本主題である「共時性」「世界図絵」について、なるべくわかりやすく説明しようとした。学生の頃から、過去のある時代について考えたり、ましてや記述する場合に、どういう「言葉」や「概念」を使ったらいいのか思いあぐむことがあり、その疑問が私の関心を「カード」とか「電算機」とか「シソーラス」といった、かなりプラグマティックな領域に向けさせた謂れについて書いている。要するに過去に生きた人たちの感性や思想とシンクロナイズするための方法を探していたのである。後半では、「共時性」研究者の仮想敵として「通時性論者」なる困ったキャラクターを設定したので、その相手をどことなく愚弄しているような底意地の悪い印象を抱かれるかもしれない。だがこれは論を進める以上、やむをえないレトリックであり、実は両者はそれほど截然と区別されるようなものではない。かくいう私自身がけっこう頑迷な通時性論者として振る舞う場面もあるのだから、そこのところをご理解いただいて苦笑しながら読み進めて欲しい。日本の一八世紀研究者のなかで、私は通時性よりも共時性に惹かれる度合いがかなり大きいという資質ないし偏見ないし傾向を持ちあわせているというだけのことである。私をそういう方法に向かわせた張本人がいるとすれば、それは何をおいてもドニ・ディドロである。前著と違い、最終章を除けばタイトルや見出しのどこにもディドロがほとんど登場しないにもかかわらず、ディドロは本書のいたるところに潜み隠れて、私を挑発し、説得し、時には揶揄し続けている。

さて、本書の内容紹介に入るとしよう。前著『一八世紀　近代の臨界』で、「共時性」をやたらと鼓吹しながら、それが実際にはどういう論文になるものなのか、ほとんど具体例を示せなかったので、罪滅ぼしのつもりで世に問う一書である。一八六二年から時代を遡る順番で、一七七八年までの三つの年を選び、それぞれ時期、時代を「共時性」の方法で輪切りにした論述になっている。むろん、各章の執筆に際して、とりわけ古い時期の論文では、「いま・ここ」とか「共時的記述」などへの強い方法意識が働いていたわけではない。なんとなく、「同時多発」の花火のような効果を、薄ぼんやりと期待して書いた文章ばかりである。

第一章「一八六二年　パリの福澤諭吉」は、慶應義塾の創立一五〇周年を記念して、たまたま所属していたアート・センターが企画した論文集『福澤諭吉と近代美術』に寄稿したものである。福澤が生涯にただ一度訪問したパリにおける動静について書いている。福澤に関しては、私はまったくの門外漢である。母校で勤務先でもある慶應義塾が開催した周年行事として、二〇〇一年の福澤没後百年記念と、二〇〇九年の慶應義塾創立一五〇年記念の展覧会に、慶應義塾大学アート・センターのメンバーとして参加し、準備をしたときに、福澤の主要著作をにわか勉強したぐらいである。今回は慶應義塾福澤研究センター准教授の都倉武之氏に原稿を閲読してもらい、きわめてありがたい指摘とアドバイスを頂戴した。ここに記して感謝したい。また、本章の執筆（二〇〇九年）に際して参照できなかったパリの福澤とロニーに関する重要な業績が二点あるので以下に紹介する。山口昌子『パリの福澤諭吉——謎の肖像写真をたずねて』（中央公論新社、二〇一六年）。松原秀一「日本学の創始者レオン・ド・ロニ」（『フランス文化万華鏡』Art Days, 二〇一六年、九一—一七七頁）。

第二章「一七八九年　ヴェルサイユ行進」にまとめられた三編は、フランス大革命二〇〇周年を記念して、盟友植田祐次、水林章両氏と始めた共同研究の副産物のような個人論文である。神奈川県の生田にある専修大学ベルンシュタイン文庫に通って、マイクロリーダーで仕事をした日々が懐かしく思い出される。あの頃の私たちは「事件論」に凝っていて、ピエール・ノラやロラン・バルトを読み、歴史的文脈や政治的背景などに簡単に回収されない「出来事」の一回性や瞬発性といったテーマに関心を持っていた。いまから振り返ると大革命初年の一〇月五日から六日にかけて起きた事件の新聞報道だけを分析の対象とした記述は、やはり「いま・ここ」研究以外の何物でもない。

第三章「一七七八年　二つの死」は、岩波書店の月刊誌『思想』が一九七八年にルソーとヴォルテールの没後二〇〇年を記念して刊行した特集号に掲載された論文で（原題「二つの死――一七七八年の状況とルソー、ヴォルテール」）、本書に収録された文章ではもっとも古いものである。これまた周年記念で書かれた文章であり、ほとんど処女作に近い。執筆のきっかけは外発的な動機だが、どこかで現在の私の共時的記述にたいする関心につながってもいる。さすがにこの論文で使用されている参考資料はかなり古くなってしまい、すべて新しい文献で補強し直す可能性も考えないではなかったが、一九七〇年代という古きよき時代を記憶にとどめるよすがとしては、注などの書誌情報をあえてそのままにしておくのも意味があるのではないかと考え、ほとんど手を加えていない。

こうして見てくると、何のことはない、ここまでの全三章すべてが「周年」をきっかけに書き起こされた論考ということになる。ふだんは何か論文を書こうとすると、おのずと条件反射のように「通時性」の枠組みにはめられ、そこから筆が進み始めるのだが、ある時代の「周年」というささやかな祝典気分に見舞われたときだけ、前後の「通時」を問題にせず、「いま・ここ」に思いが馳せられるということなのだろうか。そういう面白い発見をして、ふと考え込む時が多くなっている今日この頃である。

末尾に置かれた第四章「『頭出し』から映画『メッセージ』、そしてディドロへ」は本書のなかで唯一、大部分がごく最近の書き下ろしでできている文章である。ここまで行間に潜み隠れて、筆を進める私に向かって、いろいろと囁きかけたり、叱咤激励したり、お説教をしてきた困った狂言回しのディドロをとらまえ、いやがるのを無理矢理拝み倒して、ついに舞台に登場願ったわけである。

毎日少しずつ書き足しては、読み直したり、削除増補を絶えずくりかえしてようやく脱稿した苦心の作である。ディドロについて、現在感じていること、考えていることを洗いざらい吐き出したようなテクストで、論じている対象からの必然的影響だろう、話があちこちに飛ぶ「メタファー思考」のスタイルを最後まで変えることができなかった。これが論文かよと言われてしまいそうだが、バカボンパパの口真似で言わせてもらえば、「これでいいのだ」。後半でディドロ「わたしの仕事法」の翻訳全文を使わせていただいた佐々木健一氏にも深甚なる感謝を申し述べたい。氏のライフワークである浩瀚な『ディドロ『絵画論』の研究』（全三部、中央公論美術出版、二〇一三年）を頂戴し、しばらくして日本語とフランス語でこれを書評するという、当初は「死ぬ思い」で、しばらくすると「やって良かった」と思えるようになった経験がなかったら、おそらくこの第四章は書かれなかったであろう。

最後に、何を馬鹿なと笑われてしまいそうな途轍もない話をさせてください。人文系の研究で「作家論」「思想家論」が書かれる場合、多くの研究者はかならず私製の年表や年譜を用意する。半世紀前まではカードで作られていた資料が、いまはエクセルやファイルメーカーのようなデータベースソフトに置き換わるだけである。編年体という基本の発想と概念は変わらない。また、時折刊行される大文学者や大哲学者の全集本にも、最終巻あたりに詳細な年譜が添えられる。ある人物が生まれてから死ぬまでのすべての経過を、すくなくとも事実や事績のレヴェルでくまなく記録し尽くしておきたいという願望は、伝記作者や評伝作者にとどまらず、「作家論」「思想家論」をてがけるあらゆる書き手に共通した衝動、執念であることは明らかだ。

かくいう私もある人物の年譜を読むのは嫌いではない。だが時折、次のような妄想というか、非常識な想像に身を任せることもある。これから書き記すことを、私はかなり本気で信じているのだが、話す相手によって受け取り方はまるで違う。ある宴席にいた女性編集者はひどく面白がってくれ、是非仕事に活かしたいとまで言ってくれたものだが、そのとき近くにいた某教授は「いったい何が面白い?」といった表情でまるで相手にしてもらえなかった。まあ、聴いてください。

仮にAという大小説家とBという高名な批評家が、東京の荻窪あたりに住んでいたとしよう。年齢はほぼ同じだが、氏育ち、学歴や交遊関係、文学的な傾向や嗜好はまったく違うので、両者を個別に論じた若手研究者の論文にも、二人を比較したり、並べて論じる者は皆無である。二人の没後に別々の出版社からほぼ同時に刊行された全集本でも、それぞれの最終巻に収録されている索引にはお互いの名前など見当たらない。ところが、である。JR荻窪駅近くの路地にあるちょっとしたバーの名前が、両者の年譜には頻出するのだ。物好きな人が、そのバーに足を運び、まだ健在な老マスターに質問してみると、何とも驚くべき事実が明らかになる。件《くだん》の小説家と批評家は、そのバーの常連であり、お互い自宅が近いということもあって、よく足を運んでいたというではないか。それも、示しあわせたように、毎週火曜日と金曜日の二〇時頃からカウンターに仲良く隣り合わせて、えんえんとワインやブランデーの杯を傾けあっていたのである。マスターは聞くともなしに二人の話に耳を傾けていたが、話題は多岐にわたり、相手の新著や随筆などにもよく目を通していて、忌憚のない感想や批評を吐露するのを惜しまなかったらしい。要するに文芸編集者などの介在しない、市井の名もないバーだからこその特権的な交遊の空間がそこには現出していたのである。

ここから私の「共時性妄想」の翼が羽ばたき始めるのだ。小説家Aと批評家Bのみならず、それこそ明治期から現代にいたるおびただしい大作家や大芸術家や大政治家や大実業家の「年表」「年譜」「日誌」「書翰」などのデータを、誰か篤志家がすべて一緒にして、その天文学的規模に及ぶ情報のデータベースを作成したらどうなるのだろう。また、そのデータベースに新旧の地図まで組み込んで、あらゆる地名が検索できるようにするのもいい。日替わりの流行歌、物の値段、映画や連ドラなども入れるのである。一研究者が特定の作家や芸術家だけを対象に作成する「カード」などにはとうてい収まりきらない巨大なデータの玉手箱が出来上がることは間違いない。誰もそのような怪物的データベースを作ったことがないし、ましてやそれを使って仕事をしたこともないのだから、いまからそれについて是非論を闘わせるのは愚の骨頂というものだが、たった一つだけ確かなことがある。どんな伝記作家や研究者でも逃れることができない「直進する時間」という偏見や幻想からいっとき解放されて、「横に拓ける共時性の景観」に目と心を奪われ、茫然として佇むに違いない、ということである。「序論に代えて」で述べたことだが、私が一九六〇年代にフランスでめぐり会った「定期刊行物データベース」の亡霊が、ここでは姿形を変えて、ふたたび私たちの巷を徘徊し始めてはいないであろうか。

本書もまた、前著に続いて、ぷねうま舎の中川和夫氏からの心のこもったサポートがあって実現した。有難うございました。

著者識

二〇一九年七月二五日

図版出典

図1　ジョン, リチャードソン『マネ』三浦篤・田村義也訳, 西村書店, 一九九九年.

図2　Philippe Mellot, *Paris sens dessus-dessous*, Editions Michèle Trinckyel, 1993.

図3　Edouard Baldus, Marseille [gare] Vers 1860. *Des Photographes pour l'empereur. Les albums de Napoléon III*, Sous la direction de Sylvie Aubenas, Bibliothèque Nationale de France, 2004.

図4　*Etranges etrangers: photographie et exotisme*, 1850-1910, introduction par Charles-Henri Favrod, Paris: Centre national de la photographie, 1989.

図5　Alain d'Hoghe (dir.), *Autour du symbolisme photographie et peinture au XIXe siècle*, Bruxelles, Palais des Beaux-Arts, 2004.

図6　Joseph Deniker, *Les races et les peuples de la terre*, Paris: Masson et cie, 1926.

図7　Monique Sicard, *La Fabrique du regard: images de science et appareils de vision, XVe-XXe siècle*, Paris: 0. Jacob, 1998.

図8　幸野楳嶺『南天鶉図』絹本・着色、1892年頃、愛知県美術館

図9　林司馬『雪』紙本・着色、1939年頃、愛知県美術館

図10　土田麦僊『春昼』絹本・着色、1926-30年頃、愛知県美術館

図11　西村五雲『新月』絹本・着色、1937年頃、愛知県美術館

図12　平福百穂『藤花小禽』紙本・墨画淡彩、1924年、愛知県美術館

図13　南桂子『網とかもめ』カラーエッチング・紙、1957年、愛知県美術館

図14　香月泰男『風船売り』油彩・画布、1960年、愛知県美術館

図15　香月泰男『洗濯』紙・水彩・墨・クレヨン、1963年、愛知県美術館

図16　浜口陽三『とうがらしのある静物』カラーメゾチント・紙、1955年、愛知県美術館

鷲見洋一

1941年生まれ. 専攻, 18世紀フランス文学・思想・歴史. 慶應義塾大学大学院博士課程修了. モンペリエ市ポール・ヴァレリー大学で文学博士号取得. 慶應義塾大学文学部教授. 同大学アート・センター所長, 中部大学人文学部教授を経て, 現在, 慶應義塾大学名誉教授.
著書に『翻訳仏文法』上下（日本翻訳家養成センター, 1985, 87. 後ちくま学芸文庫),『『百科全書』と世界図絵』(岩波書店, 2009),『一八世紀　近代の臨界――ディドロとモーツァルト』(ぷねうま舎, 2018), 編著に『モーツァルト』全4巻（共編, 岩波書店, 1991), 訳書にロバート・ダーントン『猫の大虐殺』(共訳, 岩波書店, 1986, 後岩波現代文庫), アラン・コルバン, J. -J. クルティーヌ, ジョルジュ・ヴィガレロ『身体の歴史 I』(監訳, 藤原書店, 2010), アラン・コルバン, J. -J. クルティーヌ, ジョルジュ・ヴィガレロ『男らしさの歴史 I』(監訳, 藤原書店, 2016)、ディドロ著作集第4巻『美学・美術』(監修, 法政大学出版局, 2013) ほかがある. また,「繁殖する自然――博物図鑑の世界」展（2003),「『百科全書』情報の玉手箱をひもとく」展（2013）などの企画・構成・解説を担当.

いま・ここのポリフォニー
輪切りで読む初発の近代

2019年9月25日　第1刷発行

著　者　鷲見洋一《すみよういち》

発行者　中川和夫

発行所　株式会社 ぷねうま舎
〒162-0805　東京都新宿区矢来町122　第二矢来ビル3F
電話 03-5228-5842　ファックス 03-5228-5843
http://www.pneumasha.com

印刷・製本　株式会社ディグ

ISBN 978-4-906791-92-7　Printed in Japan